# Todo lo que sucedió con Miranda Huff

Javier Castillo 

# Todo lo que sucedió con Miranda Huff

SUMA de letras

Primera edición: mayo de 2019



Diseño de la cubierta: Penguin Random House Grupo Editorial / Yolanda Artola
Fotografía de la cubierta: © Brooke Shaden



ISBN: 978-1-644730-30-0

Impreso en Estados Unidos – *Printed in USA*

Penguin
Random House
Grupo Editorial

«Cuando miré de nuevo a sus ojos,
me di cuenta de que ya no estaba en ellos».

*A Verónica,*
*el viento que empuja mi vela.*
*A Gala,*
*la pequeña leona que ruge con una sonrisa.*
*A Bruno,*
*el feliz retraso en la entrega de esta novela.*

Prólogo

# Ryan

## A la mañana siguiente

*25 de septiembre de 2015*

Aún sentía el olor de la sangre en mi nariz. Veía la cinta policial meciéndose con la brisa, rodeando el vehículo de Miranda, y las luces de las linternas bailando entre la oscuridad de Hidden Springs. Escuchaba el siniestro silencio que invadía la cabaña. No había rastro de ella por ninguna parte. Parecía que la tierra se la había tragado o que el bosque la había engullido en mitad de la noche. Mi mujer había desaparecido.

Me tiré en el sofá del salón de nuestra imponente casa sin valor, con la luz de la mañana entrando con intensidad a través de las cortinas de gasa, y me cubrí los ojos con la mano, cuando aporrearon la puerta principal. Apenas había dormido. Había llegado un par de horas antes a casa, al amanecer, tras pasar una de las peores noches de mi vida, y me había tumbado intentando ordenar las ideas en mi cabeza.

Aún no había tenido tiempo de asimilar lo que había pasado, y lo último que deseaba era levantarme del sofá para atender a algún mensajero o quién sabe a quién. Estaba agotado. La noche había sido eterna, así que hice como si no hubiese nadie en casa. Respiré hondo unos instantes y cuando abrí los ojos, vi el rostro de Miranda, inexpresiva, mirándome desde arriba, como siempre hacía.

Tragué saliva y estuve a punto incluso de preguntarle que dónde había estado, pero, al parpadear, desapareció. Una vez más.

Golpearon de nuevo la puerta, con más fuerza. ¿Y si era Miranda con alguna excusa por haberse esfumado sin avisar? Me levanté de un salto y corrí hacia la entrada.

—¡¿Miranda?! —vociferé, al tiempo que agarraba el pomo dorado y abría sin mirar siquiera quién llamaba.

—Señor Huff —dijo una voz femenina, mientras yo trataba de reconocer a quién pertenecía.

Me di cuenta de que era la inspectora, con mirada seria. Llevaba puesta la misma ropa que anoche, igual que yo.

—Ah, es usted —respondí, agotado y desolado—. Puede llamarme Ryan —continué, dándome la vuelta y dirigiéndome al sofá—. ¿Ha descubierto algo?

—Hemos encontrado el cadáver de una mujer cerca de donde desapareció su esposa —dijo sin moverse del arco de la puerta.

Me detuve en seco, de espaldas a ella. Se formó un nudo en mi garganta que apenas me dejó coger aire.

—¿Señor Huff? ¿Me oye?

Había hablado con la inspectora unas horas antes para denunciar la desaparición de Miranda, pero no esperaba una visita como aquella. Creía que mi esposa simplemente aparecería por casa sin más, y que me contaría una historia sobre por qué se había esfumado así, de aquella manera tan extraña. Todo quedaría en una anécdota estrafalaria, como tantas que ya habíamos acumulado.

—El cuerpo estaba enterrado a escasa profundidad —continuó la inspectora—, en el margen de un camino que usan los senderistas de la zona para pasear por el bosque, cerca de Hidden Springs.

El sonido del nombre de aquel pueblo se repitió en mi mente. Hidden Springs. La inspectora siguió hablando sobre cómo un padre y su hijo habían advertido un pie que sobresalía del suelo y que había quedado al descubierto por la lluvia de aquel día, pero yo seguía de espaldas a ella, inmóvil, conteniendo las lágrimas.

—Verá, señor Huff. Sé que quizá no es el momento y es difícil —hizo una pausa y cambió de tono— ... pero tiene que venir a identificar el cadáver.

## Capítulo 1

## Ryan

# La última vez

*24 de septiembre de 2015*

Me desperté en la cama con las sábanas arrugadas bajo mi cuerpo desnudo y, al abrir los ojos, eché de menos que allí estuviesen los de Miranda, observándome intensamente, escudriñando mis sueños. «¿Qué demonios te han invadido esta noche? ¿De quién huías en tu pesadilla? ¿En quién diablos te has convertido?», parecía pensar, mientras la luz dorada del amanecer iluminaba su cabello rojizo y daba un brillo especial a sus ojos marrones. Ella siempre lo hacía. Cuando se despertaba, se quedaba a mi lado, viéndome dormir, como si fuese un espectáculo, hasta que llegaba el momento en que yo abría los ojos y comenzábamos a discutir. La verdad es que aún no sé por qué lo hacía. Aunque ella decía que era para compartir juntos «los primeros momentos de la mañana», yo pensaba que era porque se trataba de los únicos instantes del día en que no nos lanzábamos dardos punzantes el uno al otro. Supongo que aún le gustaba sentir que podíamos compartir algo más que insultos, reproches o, una y otra vez, la misma frase: «Te lo dije». Miranda era ingeniosa para lanzar burlas, y tengo que admitir que a mí me irritaban y me divertían a partes iguales. Tenía una mente tan rápida asociando ideas, interconectando el pasado y eligiendo siempre las palabras correctas o el puñal más afilado, que discutir con ella se había convertido en nuestro mejor, único y mortal entretenimiento.

Me levanté y apoyé los pies en la moqueta mullida de color crema que ella misma había elegido cuando nos embarcamos a construir esta casa, nuestro «hogar-dulce-hogar», nuestro proyecto de futuro y nuestra decrépita gran inversión financiera que se fue al traste con la crisis inmobiliaria.

Sentí que su perfume invadía todo el cuarto. Era un Givenchy que yo le había regalado el año pasado por nuestro segundo aniversario. El aniversario «que-pone-las-cosas-en-su-sitio» y que sería el estándar que marcase los siguientes años. Mis padres siempre decían que el primer aniversario es todo alegría. Después de la boda llega la gran celebración de la nueva vida en pareja, y ambas partes se conforman con cualquier cosa con tal de no perturbar la tregua por el aire fresco de todo lo que se vive. Para el segundo aniversario, en cambio, ya se ha acabado esa novedad, ese chisporroteo y esas ganas de demostrar, y es cuando sale a relucir el cutrismo en la elección de regalos, en lo poco que se conoce o escucha, o incluso importa la otra parte de la pareja. «¿Acaso no sabes que la vainilla me da ganas de vomitar?». Parece que aún la estoy viendo, cuando me miraba molesta, alzando la voz para que todo el restaurante se diese cuenta de mi gran y monumental cagada.

Pero no la voy a culpar por su decepción en aquel entonces. Antes del aniversario ya me había dado algunas pistas sobre lo que podría querer, pero si te soy sincero, nunca presté la suficiente atención durante aquellas conversaciones. Tal vez se debiera a que en ese momento yo estaba preocupado por cómo se estaba desplomando el precio de nuestra casa, la que habíamos construido en una zona nueva de «casas de bien» a las afueras de Los Ángeles y que, en palabras del agente inmobiliario, iba a ser «el nuevo Beverly Hills». Si resumo lo que ocurrió en los siguientes meses a que comprásemos la parcela con todos nuestros ahorros, fue algo así: yo estaba convencido de que podríamos asumir aquel dispendio, así que pedí un gran y monumental préstamo para construirla, y no hace falta decir que fue mi segunda gran y monumental cagada. La crisis inmobiliaria había desplomado el valor de nuestra casa a un cuarto de lo que debíamos, así que nos habíamos quedado atrapados en ella hasta un futuro incierto, como si fuese una reluciente y enmoquetada prisión de madera.

Antes de que se diera esa situación, vivíamos en Hollywood, en un apartamento *loft* de alquiler de una zona tranquila, accesible y con todo-lo-que-uno-pueda-necesitar. Eso es lo que ponía en el anuncio del periódico cuando la alquilamos, un par de años después de salir de la Escuela de Cine, y ambos teníamos las mismas ganas de comernos el mundo y de vivir juntos. Llevábamos tiempo saliendo, y yo ya tenía claro que Miranda sería mi «Ella», mi todo-lo-que-uno-pueda-necesitar. Efectivamente, aquel piso incluía «todo» lo que nuestro noviazgo necesitaba: una cama cómoda en la que poder acostarnos. No nos importaba que, en realidad, el apartamento fuese un cuchitril en mitad de la nada de Los Ángeles, en una calle secundaria de una calle secundaria, haciendo esquina con ninguna parte, a quince metros de las vías del tren. Supongo que era a eso a lo que se referían con «accesible» en el anuncio. Si prestabas atención, podías sentir en el café de la mañana el temblor del suelo por el paso del tren.

Respiré de nuevo y me empapé de aquel olor. Me sorprendió que se hubiera echado aquel perfume, puesto que desde que se lo regalé no lo había usado ni una sola vez.

Sé que lo odiaba. Era como si hubiese estado allí unos segundos o minutos antes de que yo me despertase, y se hubiera marchado de manera etérea. Ella siempre andaba como deslizándose por el suelo, sin hacer ruido, moviendo su culito de lado a lado y frenándolo en seco en cada extremo como si estuviese chocándolo contra un muro invisible. Me la imaginé correteando así por la habitación, descalza, llevando solo la ropa interior.

Yo tenía dieciocho años la primera vez que vi a Miranda y caí rendido a su encanto natural. Estaba en mi misma clase, la había visto varias veces por los pasillos, o atendiendo con ilusión en clase, con una sonrisa única que llegaba a flotar en el aire, y una broma que le gasté a mi profesor de cine sobre Harry Potter fue lo que nos hizo conectar. Aquella anécdota inocente que apenas llegué a pensar cambió para siempre nuestro futuro. El profesor objeto de mi burla fue el gran James Black, un exdirector, si es que alguna vez uno deja de serlo, que había conseguido el óscar a mejor película en 1982 con *La gran vida de ayer*. Este film se había convertido en todo un clásico y era un referente en las escuelas de guion por su increíble estructura circular. El inicio y el final estaban conectados de un modo magistral, y durante toda la cinta sucedían pequeñas coincidencias sutiles que parecían enlazar cada trama. Pero también se estudiaba en las clases de fotografía, por la composición especial de cada plano, o en las de interpretación, por la solvente e impecable actuación de los cinco actores que parecían tener más vida que uno mismo. Black había conseguido ese óscar con su primera película y, de la noche a la mañana, pasó del completo anonimato a convertirse en una megaestrella al crear una de las mejores cintas de la historia. Yo era alumno de James Black y lo admiraba tanto por su increíble visión del cine como por su manera de apartarse de los flashes para dedicarse a que otros estudiantes de cine como yo llegásemos algún día a lo más alto, igual que él. Miranda apareció junto a mí como un rayo fulminante mientras yo leía un guion. Tengo que admitir que en aquel momento ni siquiera llegué a considerar la importancia que tendría aquella conversación en nuestras vidas. Uno nunca se da cuenta de los momentos trascendentales mientras suceden. Tan solo me fijaba en su manera de gesticular, a caballo entre la dulzura y la sensualidad, y la energía y la tranquilidad que emitía su cuerpo. Cuando nos despedimos, lo único que hice fue volverme dos veces para comprobar que aquel culo era de verdad. ¡B-i-n-g-o!

Me puse el pantalón del pijama, que estaba tirado junto a la cama, y salí al pasillo. Me fijé en las dos maletas que ya estaban hechas a un lado. Miranda y yo íbamos a pasar el fin de semana en una cabaña de madera que habíamos alquilado en Hidden Springs, en pleno Angeles National Forest, por recomendación expresa de nuestro «asesor matrimonial». Sí, eso es, un asesor matrimonial.

El tipo decía que necesitábamos «reconstruir los pilares de nuestra confianza», «rememorar lo que significa una aventura», «respirar aire fresco». Iba a comentar lo que pienso de nuestro asesor matrimonial, de sus métodos y de su maldito tono reconfortante y comprensivo, pero solo diré que se había divorciado dos veces.

Su plan consistía en que Miranda y yo pasásemos un fin de semana aislados en la montaña, junto al río, y que desconectásemos los móviles, los ordenadores, y olvidásemos la escritura durante unos días. Entre sus otros consejos estaban: establecer un tiempo diario para contarnos nuestras cosas (forzándonos a hablar), cenar fuera dos veces en semana (ya lo hacíamos), compartir la ducha (esta me gustaba), dormir desnudos (buena idea, pervertido) y probar juguetes sexuales (¿de qué dije que era el asesor?).

Escuché el ruido de la ducha, con el agua cayendo con intensidad, así que me asomé por la puerta del cuarto de baño para comprobar si estaba allí. El vapor subía por encima de la cortina semitransparente, y su silueta se contoneaba dentro de ella. La escena me recordó a *Psicosis*, ella disfrutando del agua mientras yo me acercaba, siniestro y oscuro, desde la puerta. Creo que aún no lo he dicho, raro en mí, pero soy guionista. Aunque quizá debería decir que «era» guionista. Siempre me he enorgullecido de decirlo nada más conocer a alguien. Esa palabra se escapa de mi boca al saludar por primera vez: «Hola, soy Ryan Huff, guionista». Incluso cuando alguien me presentaba ya como guionista: «Este es Ryan Huff, guionista», yo repetía «guionista», para recalcarlo por si no lo hubiese oído bien, o para que se le quedase grabado en la mente: GUIO-NIS-TA. Quizá es por mi empeño de que la gente me dé un valor superior al que en realidad tengo, o para justificar de antemano que estoy «en el mundillo», como dice la gente de Hollywood. Recuerdo mis inicios en la ciudad, después de haber vendido por cuatro duros mi primer guion para un corto. Era el primer fin de semana que pasábamos en nuestro pequeño gran cuchitril, aún no nos había dado tiempo a hacer la compra, así que fui a desayunar yo solo a la cafetería de una gasolinera mientras Miranda asistía a un seminario de no-sé-qué. La camarera me preguntó que a qué me dedicaba:

—Guionista —espeté, orgulloso.

—Como todo el mundo en esta ciudad —me respondió con desdén, arrojándome sobre la barra un borrador de guion, escrito por una tal «Durdeen Sparks».

Lo hojeé mientras desayunaba, y me pareció extremadamente bueno. Era de lo mejor que había leído en mucho tiempo. Cuando le pregunté que si conocía a la tal Durdeen Sparks, me dijo:

—Por supuesto, la tienes delante, chato —me contestó, señalando la chapa con el nombre grabado que tenía en el uniforme.

En realidad, fue una lección de humildad que me ayudó a sobrellevar bien los primeros rechazos de un proyecto en el que estaba trabajando. El guion de Durdeen me hizo ver que el nivel estaba mucho más alto que el que yo estaba escribiendo en ese momento, así que me encerré durante meses en casa, reescribiendo una y otra vez, saliendo muy de vez en cuando, mientras Miranda y yo casi nos consumíamos en aquel lugar. El dinero que había cobrado por el guion del corto desapareció en un par de meses, y Miranda, quien también se había unido a mí en la escritura de guiones con sus propios proyectos, no había conseguido avanzar más allá de un par de folios de cada una de las más de veinte ideas en las que estaba trabajando.

Ella siempre fue mucho más creativa que yo. Es más, las grandes ideas de mis guiones siempre habían surgido de su oscura e intrincada cabeza. Su mente era capaz de construir escenarios, tramas, subtramas y giros con tal facilidad, que nunca soporté su ritmo. Ella cogía una idea y la desarrollaba hasta el extremo en su mente, con los más mínimos detalles, pero nunca fue capaz de llevarla al papel con la estructura y el alma que precisaba para que llegasen a la gran pantalla. En cambio, yo había sido de pocas ideas, algo corto en creatividad, pero muy constante y sacrificado. Había sido capaz de pasar noches enteras sin dormir para encontrar la frase perfecta para un personaje. Sacrificio y constancia, lo que siempre había faltado en lo que escribía Miranda. Creo que nunca terminó ninguno de los guiones que empezó, y pienso que ese es uno de los motivos por los que me tenía tanto resentimiento. Antes, al principio de mi carrera, no era así. Me miraba con admiración, presumía de mí ante sus amigas. ¿Dónde se quedó la Miranda de la universidad? ¿Dónde se escondió?

Me fijé en su silueta a través de la cortina: Miranda mantenía, exactamente, la misma figura que cuando nos conocimos. Era pertinaz y rigurosa, y seguía a rajatabla un plan de entrenamiento que incluía natación, carreras mañaneras al aire libre y alguna que otra sesión de senderismo por el campo. No sé cómo era capaz de mantener tal nivel de actividad y no desfallecer. Incluso cuando estábamos de viaje, se llevaba las zapatillas de correr y no faltaba a su sesión de ¿diez?, ¿doce?, ¿veinte? kilómetros antes de desayunar. Nunca llegué a escuchar qué distancia hacía, me cansaba solo de pensarlo.

Sintió mi presencia tras el cristal y se giró hacia mí. La vi quedarse inmóvil unos segundos tras la cortina, para justo después inclinarse hacia un lado y asomar la cabeza:

—¿Vienes? —dijo, mirándome con frialdad.

—Claro —respondí—. Cómo decirte que no.

## Capítulo 2
## Ryan
## Viejos amigos

*24 de septiembre de 2015*

Salí de casa tras la ducha, con el pelo aún mojado y sin desayunar. Miranda se había quedado preparando los últimos detalles para nuestra escapada, y me pidió que fuese al supermercado a por algo de comida para el fin de semana. Ella se encargaría de terminar de hacer las maletas para que nos pudiésemos marchar tranquilos, sin que la casa se viniese abajo, y revisaría que no nos dejábamos nada imprescindible que pudiésemos echar en falta durante las cuarenta y ocho horas más largas de nuestro matrimonio. Estábamos en uno de esos baches en los que cada paso era dado sobre un puente colgante en el que la madera estaba comida por las termitas, y ambos temíamos que durante nuestra escapada nos diésemos cuenta de que nuestro matrimonio tenía fecha de caducidad.

Estaba bajo el marco de la puerta de casa, agarrando las llaves del Buick de la entrada y a punto de salir, cuando oí que Miranda llamaba por teléfono:

—¿Hannah? ¿Puedes encargarte de echar un ojo a la casa durante el fin de semana?

Estaba llamando a Hannah Parks, nuestra vecina de al lado, con quien compartíamos un protocolo oculto: echarle un ojo a la casa significaba, en otras palabras, encender las luces por la noche y apagarlas por la mañana, una táctica inaudita frente a los ladrones. Si lo piensas bien, es la peor señal que puedes lanzar al mundo. Es algo así como: «¡Eh! ¡Mirad! ¡Aquí! ¡Esta casa brillante y resplandeciente durante toda la noche! ¡Entrad! ¡Además de encontrar productos valiosos sin vigilancia, no os tropezaréis con los muebles en la oscuridad!». Cuando ella y su marido Tom salían de viaje, en teoría era yo quien debía adentrarme en su casa cada atardecer y amanecer para seguir el protocolo, pero créeme cuando digo que nunca lo llegué a hacer. «Hoy por ti y mañana por mí», respondía yo cuando me agradecían el esfuerzo.

—Sí, Ryan y yo vamos a pasar el fin de semana a solas en una cabaña en el bosque. ¡Lo sé! Es tan...

Miranda desvió la mirada hacia mí, seria, como si no acabásemos de acostarnos. Me guiñó un ojo, inexpresiva, y yo le devolví el gesto. Me miraba con indiferencia, igual que lo había hecho durante los últimos meses; una mirada casi animal. No me refiero a intensa, salvaje, sino todo lo contrario. Mirada de ciervo. Prácticamente inexpresiva, con sus grandes pupilas clavadas en mí sin gesticular lo más mínimo, como esperando algún movimiento por mi parte, expectante si acaso, buscando cualquier excusa para salir en estampida. Cuando tu mujer te mira como un ciervo, sabes que estás en la cuerda floja. Me di la vuelta al instante y cerré la puerta detrás de mí.

Me monté en el Buick y dejé atrás la casa. La miré de reojo por el retrovisor, observando lo desmedida que era para solo nosotros dos. Allí podría vivir una familia de cinco o seis miembros. En realidad, ese era el plan. Tras casarnos, decidimos dejar pasar un tiempo para nosotros, para poder viajar y disfrutar antes de la llegada de un bebé. Había conseguido ganar algo de dinero con la venta del guion de mi primer largometraje, y fue cuando decidimos invertir en nuestra actual casa. «Preparando el nido» sería la expresión que mejor define nuestra compra. Nominaron aquel guion a los BAFTA, y aquello significó el inicio de la debacle.

Nos invitaban a Miranda y a mí a festivales, a fiestas privadas, a premieres. Llegamos incluso a codearnos con Scorsese y con Fincher en una fiesta organizada por Aaron Sorkin en su casa, a quien yo había conocido de rebote en un festival, y fue cuando pensamos que un golpe de fortuna y de talento nos había colocado en el camino correcto. Pero entonces todo se torció. La presión del éxito destrozó mi creatividad. La arrinconó en algún lugar oscuro de mi mente, y me hizo incapaz de escribir nada decente. Cada nuevo guion era peor que el anterior, y conforme los meses pasaban y el dinero se iba evaporando entre nuestros dedos, la tensión entre Miranda y yo fue en aumento. Yo quería estar a la altura del guion nominado, y no hacía más que alejarme de lo que un día había llegado a escribir.

—Olvida los premios y céntrate en escribir —me aconsejó—. Los premios no nos dan de comer.

Pero no le hice caso. Ella me conocía más que nadie en el mundo, comprendía mi mente y cada uno de sus recovecos, y cometí el error de no seguir su consejo. Una de las cosas que no he mencionado es que aquel guion nominado fue idea de Miranda y nunca se lo agradecí expresamente. No me refiero al grueso del guion, sino al punto de partida. Una chispa creativa de Miranda había dado lugar a mi mejor trabajo y nunca me atreví ni tan siquiera a reconocerlo en los créditos.

Poco a poco, los flashes desaparecieron, las invitaciones a las premieres cada vez fueron más escasas, y las llamadas de mi productor cada día menos frecuentes.

Creo que aquello fue la cerilla que prendió fuego a nuestra relación. Ignorar su consejo no hizo más que añadir gasolina a un matrimonio que se estaba consumiendo en el rencor y en la falta de agradecimiento. A partir de ahí, los rechazos a mis guiones fueron en aumento, y me encontré de bruces con que teníamos una enorme casa que pagar y con que todas mis historias eran rechazadas. Miranda comenzó a escribir ideas para anuncios de televisión, y se convirtió en la única fuente de ingresos que permitía que pagásemos a duras penas las letras de la hipoteca, que caían como enormes yunques sobre nuestro buzón.

En realidad, Miranda nunca me echó nada en cara. Ese rencor se basaba en conjeturas mías, una teoría que reconstruí con pedazos de miradas, de silencios incómodos y de respuestas rápidas y cortas cuando hablábamos sobre trabajo. Ella era muy práctica y no le gustaban los enfrentamientos directos. Creía que las discusiones no servían para nada y, en cambio, cuando teníamos algún desencuentro, se callaba, escuchaba toda la conversación atenta y, al final, soltaba sonriente un:

—De acuerdo —asentía, para después marcharse de la habitación.

Nunca hubo nada que me sacase tanto de mis casillas y ella se enorgullecía de ello. Siempre supo cómo enervar a un hombre. Se crio siendo la hermana mayor de una familia donde solo había varones (su madre, Liza, murió de cáncer cuando ella tenía once años) y asumió el rol de su progenitora mientras sus hermanos, Zack y Morris, apenas admitieron las responsabilidades de aquel hogar repleto de testosterona, en el que su padre, el viejo Tim, trabajaba durante el día y se emborrachaba por la noche. Incluso en ese ambiente, su mente privilegiada le enseñó aquella lección que le serviría durante todo nuestro matrimonio: «Si quieres joder a un hombre, dale la razón». Me la sé tan bien porque me propuso aquella misma frase para la mujer de uno de mis personajes. Créeme cuando digo que capté la indirecta enseguida.

Después de pasar por el supermercado, me desvié hacia las afueras de Los Ángeles para visitar a Black. Vivía en una de esas casas bajas que se podría permitir cualquiera. Es más, a pesar de haber ganado ingentes cantidades de dinero con sus películas, apenas había cambiado su estilo de vida. Aquella era la misma casa que se compró cuando apenas estaba comenzando, tenía un vehículo usado que no paraba de arreglar en el taller y almorzaba todos los días en el Steak York, un bar de esos en los que en la carta encuentras fotografías de la comida y te dicen «cariño» al servirte el café. Si querías ver a Black, una eminente figura del cine norteamericano de los últimos treinta años, no tenías más que ir a mediodía al Steak York y allí estaría él, comiéndose un filete con patatas y huevo. Había incluso un autobús turístico en Hollywood que pasaba por delante del Steak York para señalar dónde se comía sus filetes el gran Black. «Y aquí, amigos y amigas, preparen sus cámaras porque es el lugar en el que almuerza todos los días James Black», seguido de un espectáculo de flashes apuntando hacia el bar.

Llegué a su casa y no vi el coche aparcado frente al garaje. Un vecino vio que detuve el vehículo frente a su acera y se me quedó mirando, como si fuese culpable de algo. Miré la hora: eran las doce treinta y cuatro, 12.34. Uno, dos, tres, cuatro. La hora parecía marcarme el ritmo de un baile que estaba a punto de comenzar. ¿Quizá con mi mujer durante el fin de semana? Uno, dos, tres, cuatro. El vecino aporreó dos veces mi ventanilla y me gritó desde el otro lado:

—A esta hora Black ya está en el Steak —dijo con la mano sobre sus ojos, tapándose la luz, intentando distinguirme.

Asentí y le sonreí falsamente. Tengo que admitir que me jodió su maldito interés en observar el interior del vehículo.

Di marcha atrás y conduje algunos minutos hacia el Steak York. Aparqué en el parking del complejo y me fijé en la pinta que tenía el lugar. Tenía aspecto de casa prefabricada de aluminio, con los cristales amarillentos y las cortinas marrones. Dos señoras con falda de tela gruesa entraron en el bar al mismo tiempo que yo apagaba el motor; el autobús de las 12.45 paró al otro lado de la calle. Me bajé del coche y saludé a la multitud que lanzaba los flashes hacia donde yo estaba. «Debería haberme vestido algo mejor».

Entré al Steak, haciendo sonar las campanas de viento que estaban al otro lado de la puerta. Miré al fondo, lejos de la barra, y allí estaba Black, sentado, leyendo *Los Angeles Times,* con una camisa azul y unas diminutas gafas redondas como las de Harry Potter. Eran su seña de identidad. Llevaba toda la vida con ese modelo de gafas, y gracias a ellas nos convertimos en amigos.

—¿Ha leído los libros de J. K. Rowling? —le lancé el primer día de clase en primero de carrera, en cuanto lo vi entrar por la puerta y se presentó.

Intentaba hacerme el gracioso delante de los demás alumnos, pero sin resultar hiriente. Sabía que una persona como él, con tanto a la espalda, no podía haber leído Harry Potter y que no comprendería la malicia (absurda, ahora que lo pienso) de mi comentario.

—¿Ha visto usted *Ciudadano Kane*? ¿Ha analizado la fotografía de Wes Anderson? ¿Ha leído el guion final de *El apartamento*? —me respondió, mientras anotaba, uno tras otro, aquellos nombres en la pizarra—. Nunca será nadie en el cine si se presta a divertir al resto de la clase en lugar de aprovechar el tiempo en aprender de los más grandes.

Yo no supe qué responder. La clase se quedó en silencio y yo permanecí callado durante unos instantes sabiendo que había tocado alguna herida innecesaria.

—Además, joven —añadió Black—, nunca respondería nada sobre mi vida privada a un *muggle*. —Sonrió, mientras lanzaba la tiza a otro alumno y le preguntaba que qué esperaba del curso.

Así era la personalidad de Black, una auténtica caja de sorpresas, enérgico y desafiante. Era de esas personas que en cada conversación te daban ganas de coger apuntes. Sabía tanto sobre tantas cosas que yo siempre acudía a él en busca de consejo. No solo para temas relacionados con el cine, las tramas o los diálogos de algunas de mis historias, sino también sobre asuntos personales. Se había convertido en el consejero más importante durante mis inicios en Hollywood y, por otro lado, tenía una visión de conjunto de mis problemas con Miranda, de tal manera que me daba una solución en apenas unos minutos cuando yo todavía no había conseguido desentrañar a qué diablos se refería mi amada esposa cuando discutíamos.

—Van a hacer un *remake* de *Blade Runner* —dijo, sin apenas levantar la vista del periódico a modo de saludo.

Había desarrollado un sexto sentido para saber cuándo me aproximaba. Llevábamos tantos años siendo realmente amigos, que ya nunca nos saludábamos.

—¿Qué le pasa a la antigua? —respondí, mientras me sentaba en el sillón frente a él.

—Pues no sé. Supongo que les faltan ideas o les sobra dinero. O ambas cosas. O que quieren más dinero. Sí. Eso. Quieren más dinero.

—Esa siempre suele ser la respuesta. Más dinero.

Levanté la vista hacia Cariño, como yo llamaba a la camarera, una señora de cincuenta años que se maquillaba como una chica de dieciséis, y le hice un gesto para que me pusiese una copa. «Un whisky», vocalicé sin pronunciar palabra.

Black ya tenía un plato de huevos fritos con beicon en la mesa, y aún no había levantado la vista hacia mí. Tenía el pelo gris y la frente arrugada. Vestía un jersey marrón y, según la Wikipedia, ya había cumplido los sesenta años, pero cuando le preguntabas por su edad siempre respondía lo mismo: «Cincuenta». Desde que lo conocía contestaba lo mismo.

—¿No comes filetes hoy? Defraudarás a tu audiencia —dije, señalando hacia la ventana donde había un grupo de turistas asiáticos apuntando sus cámaras hacia nosotros.

—Según mi médico, tengo el colesterol alto —respondió, mientras se llevaba un trozo de beicon a la boca—. Quiero que siga siendo así. No me gustaría llegar a la consulta la próxima vez y haberle dado una alegría a ese tipo.

Le sonreí.

—Y tú... ¿Ya necesitas una copa?

—Tal vez necesite dos.

—No me lo digas. —Soltó los cubiertos y se tocó la sien con dos dedos de cada mano, como si estuviese delante de una pitonisa—. ¿Miranda de nuevo?

—Ni te lo imaginas.

—Creía que ya estabais mejor. ¿No vais a ver todas las semanas a ese tipo? ¿Cómo se llama?

—El doctor Morgan.

—Siempre olvido su nombre. Creo que lo llamaré Comecocos Uno.

—No es un comecocos..., es más bien... un consejero matrimonial. De los malos, en realidad. No podemos permitirnos otro.

Black levantó la vista hacia mí, compasivo. Él había seguido un camino radicalmente opuesto al mío desde joven y había amasado una fortuna difícil de calcular. Sus películas habían recaudado más de mil millones de dólares. Había tomado decisión acertada tras decisión acertada en su carrera, todo lo contrario que yo. Por su aspecto, no parecía que Black fuese millonario, pero las revistas y las noticias que siempre analizaban su vida no paraban de destacar cifras cada vez más abultadas sobre lo que había llegado a cobrar durante su carrera.

—Ryan, te lo dije ya una vez y no creo que haga falta que te lo diga ninguna más.

Ya sabía lo que me quería decir. «Si necesitas dinero, solo tienes que pedírmelo». Cuando le conté que Miranda y yo no estábamos atravesando un buen momento económico, se ofreció a solucionar nuestros problemas financieros en un solo día. Sacó un talonario y firmó un cheque que me tiró directamente en la mesa. Me negué en redondo. Ni siquiera lo miré, sino que lo rompí en cuatro trozos y me levanté molesto. Tengo que admitir que no pude ver si había puesto cantidad alguna. James se había ofrecido a solucionarnos la vida, literalmente. Un cheque en blanco que nos hubiese permitido pagar la hipoteca que nos asfixiaba y que estaba lanzando nuestro matrimonio al abismo del rencor. Pero yo no era amigo de Black por su dinero, ni podía permitir que lo que él no gastaba en sus cosas, lo utilizase para solucionar nuestras malas decisiones. Mi padre siempre me dijo que tenía que asumir la responsabilidad de mis actos. De crío, yo era de los que rompía algo en casa y me desentendía completamente. Actuaba como si no hubiese ocurrido y seguía con mis cosas. Negando incluso, ante la evidencia, que yo fuese el culpable.

—No necesitamos dinero, James —mentí—. De verdad que no. Te agradezco el gesto, pero de verdad que en estos momentos vamos bien.

Black me dedicó una ligera sonrisa y siguió:

—Pues pasa de ese tipo. De verdad, no creo que os haga ningún bien. Alguien ahí, metiéndose en vuestra vida, en vuestras cabezas; metiendo ideas en ellas como si de verdad os conociese.

La camarera se acercó y dejó la copa en la mesa.

—Aquí tienes, cariño —dijo ella—. ¿Cuándo pasarás a recogerme?

—¿Se ha muerto Peter y no me he enterado? —pregunté, levantando la mirada hacia ella.

—Qué más quisiera. Allí sigue en casa, tirado en el sofá, viendo las noticias.

—Seguro que sigue siendo un galán y estás empeñada en no verlo.

Cariño en realidad se llamaba Ashley Hills, estaba felizmente casada y tenía una táctica de flirteo extraña con todos los clientes, como si fuese a ganar más propinas así. De ahí que la llamase Cariño.

—Antes era tan apuesto como tú. Así, alto y atlético. Tu cara me recuerda mucho a la suya cuando era más joven, con la mandíbula marcada y mirada de buen chico, pero no sabes cómo te jode la vida el paso del tiempo.

James agarró mi copa, la levantó, brindando por lo que Ashley acababa de decir, y dio un trago.

—Otra copa más, cariño —añadió—. Ryan acaba de perder la suya.

—Marchando, cielo —respondió, alejándose hacia la barra, caminando como si siguiese teniendo veintiuno.

—Un día tienes que probar otro restaurante —le dije a Black, tratando de eliminar de mi mente el culo de Ashley.

—Oh, créeme. Lo hice. Una vez.

—¿Y?

—Se formó incluso un mayor revuelo.

—¿Por?

—No me esperaban allí.

Reí. En parte tenía razón. Black se había convertido en un estandarte de Hollywood, una atracción turística a la hora del almuerzo, y que se presentase en otro lugar era como si la Estatua de la Libertad apareciese de repente en pleno Times Square.

—Bueno, ¿y cuál es el plan? ¿Qué os ha propuesto ahora el Comecocos Uno? ¿Que visitéis algún bar de esos de intercambio de parejas? He leído en el *Variety* que van a hacer una película sobre eso. Ni se te ocurra, Ryan. Ni se te ocurra.

—¿Intercambio de parejas? Lo que me faltaba. Que Miranda pudiese comparar. No tengo la autoestima tan alta como para aguantar algo así. No, no. Nos ha pedido algo mucho más simple.

—¿Que habléis entre vosotros como una pareja normal?

—He dicho mucho más simple, no algo imposible.

—¿Tan mal va la cosa?

—Bueno..., digamos que hemos tenido semanas mejores.

A Miranda le habría fastidiado que me refiriese a nuestra situación actual con esa frase: «Hemos tenido semanas mejores». Como si lo que nos ocurría solo fuese cosa de unas semanas. La cosa ya llevaba meses así y cada día que pasaba, estábamos más distanciados el uno del otro. Nos habíamos desincronizado, como dos relojes desacompasados que ya nunca coincidían a la misma hora. En los momentos en los que yo recuperaba algo de ilusión por nuestra relación, ella se encontraba marchita, sin ganas de hablar las cosas y con su agenda ajetreada. Y en los que ella tenía algo más de tiempo para dedicarnos a nosotros mismos, a mí me venía la inspiración y me encerraba en mi estudio a escribir sin querer saber nada de nadie. No nos habíamos dado cuenta de lo que ocurría, nuestras vidas se alejaban poco a poco; vivíamos bajo el mismo techo, pero a distintas horas. Cuando a mí me apetecía que almorzásemos juntos, ella tenía una reunión; cuando ella reservaba por sorpresa en un restaurante para celebrar un nuevo contrato con una agencia de publicidad, yo ya había cenado solo en casa y no me apetecía en absoluto salir. Si seguíamos por ese camino, estábamos destinados a alejarnos para siempre. Fue idea de ella lo del asesor matrimonial. Sonaba genial, un juez imparcial que dictase sentencia cuando una de las partes cometía una tropelía hacia la otra, pero en la práctica no era así.

El doctor Morgan apenas era capaz de hacer que nos sentásemos a la vez a contar lo que nos ocurría. En la primera consulta discutimos delante de él por haber tenido que recurrir a un consejero matrimonial. Desde ese día, nuestras visitas al doctor Morgan siempre fueron individuales: ella entraba, contaba su película; yo entraba, contaba la mía. Nos esperábamos el uno al otro en un Starbucks que había al otro lado de la calle. Tengo que admitir que aquellos ratos en la cafetería después de la consulta fueron lo más cerca que estuvo el doctor Morgan de conseguir que nos aproximáramos el uno al otro.

—Sabes que siempre he pensado que Miranda es la mujer perfecta, ¿verdad? Inteligente, independiente y atractiva. Tiene las tres cualidades que he buscado toda la vida en una mujer —dijo Black antes de darle un sorbo a mi copa.

—Yo también lo llegué a pensar. Si no, no me hubiese casado con ella. Simplemente que ahora no..., no sé cómo decirlo. No nos soportamos.

—Bueno, ¿y qué va a ser entonces?

—Pasar un fin de semana juntos en una cabaña rural. Sin móviles. Sin nada que nos distraiga el uno del otro.

—Joder. Pues suena hasta bien.

—Sí, porque tú no estás casado con ella y, encima, no tienes móvil.

Black siempre había presumido de no haber incorporado a su vida los teléfonos móviles. Era un antisistema tecnológico. Renegaba de las redes sociales, de los *smartphones,* incluso de los efectos especiales para sus películas. Si querías contactar con él o preguntarle algo rápido, tenías dos opciones: ir a su oficina y decirle a Mandy, su ayudante, que le dejara el recado, o ir al Steak, por si daba la casualidad de que estuviese comiéndose uno de sus filetes. Black admiraba la pureza de los contactos cara a cara.

—Si alguien me quiere encontrar, ya sabe dónde estoy. Mis rutinas son fáciles. Si quiere contarme algo, que venga aquí. Si quiere enviarme alguna foto, que me la mande impresa. Me encanta una buena foto impresa. ¿Dónde han quedado los álbumes impresos?

—Creo que ya no hay ni tiendas de fotografía para imprimirlas.

—Deberías montar una. El papel siempre es mejor. Huele bien y el brillo influye mucho en una buena foto.

—No sabría ni por dónde empezar.

El móvil comenzó a sonar en mi bolsillo. Lo saqué y miré la pantalla.

—Es Miranda. ¿Qué querrá ahora?

Cuando Miranda me llamaba al poco de salir de casa, significaba que algo iba mal. No me apetecían malas noticias.

—Se supone que estáis intentando salvar vuestro matrimonio. Cógelo. El doctor Morgan te diría que lo cogieses.

—¿Y qué me diría mi amigo?

—Que lo cojas de una puta vez —respondió—. Un matrimonio es como un guion. Cada diálogo cuenta.

Black siempre conseguía sacarme una sonrisa. Sabía que me diría algo así.

—Dime, cariño —contesté, observando cómo Black se llevaba a la boca un trozo de pan mojado en la yema del huevo—. Qué faena. No me digas. Claro. Sí. Por supuesto. Nos vemos allí. Yo también.

Y colgué. Black levantó la vista y me miró extrañado.

—¿Ves? No ha sido para tanto. ¿Qué quería?

—Ha habido un lío con uno de los anuncios y tiene que pasar por el estudio.

—Entonces ¿te libras de tu fin de semana romántico?

—¡Ja! Ya quisiera. Nos vemos directamente en la cabaña.

Black me miró en silencio unos instantes y continuó:

—Me suena a que no va a aparecer por allí. Sí que tiene mala pinta lo vuestro, sí.

—Lo sé, joder, lo sé. Demasiada mala pinta.

Lo que no sabía era cómo se complicarían las cosas aquel día, y cómo los siguientes acontecimientos se iban a precipitar sobre mí como un huracán destrozándolo todo a su paso.

# Capítulo 3
## Miranda
## Cuánto duele todo

Fue..., cómo decirlo..., fascinante. Sí. Has leído bien. Fas-ci-nan-te. Un chisporroteo en el estómago, un cosquilleo incesante en la punta de los dedos. Ocurrió a las pocas semanas de empezar el curso. De camino a clase, me lo encontré solo sentado en mitad del campus, en vaqueros y con una camisa desenfadada, leyendo un taco de folios escritos a máquina. Durante las semanas iniciales del curso me había topado con él ya varias veces: concentrado, escribiendo en la biblioteca de la facultad, con sus gafas de pasta que solo se ponía para leer, que no hacían más que incrementar el halo de misterio que se escondía debajo de su cara dulce, o tomando notas en una libreta marrón tumbado en el césped central del campus, pero aún no habíamos hablado. Tenía cara de niño bueno, con una sonrisa de esas que iluminan una noche oscura. A veces había fantaseado con descubrir qué se ocultaría detrás de su cara dulce. En el fondo, me imaginaba que en su interior era todo fuego, ardiente, aunque estuviese apagado bajo el agua de esos ojos de mar. Se llamaba Ryan Huff, y ya me había fijado en él el primer día de clase, al verlo intentar llamar la atención de James Black. Era tímido y no lo era. Era inteligente pero también patoso. Se le notaba lleno de pasión y sin ella en absoluto. Era perfecto para mí.

La noche anterior había acabado llorando por ¿Larry? ¿Morris? ¡Qué más da! Elijamos Larry. Sí, le pega Larry. Era el chico con el que me estuve viendo en esa época y también el mayor capullo de toda la UCLA. Un par de años mayor que yo, estudiaba empresariales y nos habíamos conocido en la fiesta de bienvenida que organizaron la semana antes del inicio del curso. Aquella primera noche, Larry se comportó como si fuese la única mujer del universo. Me gustó. Era avispado y atractivo, espalda ancha, jugaba a lacrosse y sabía simular bien una carcajada sincera. Nos estuvimos viendo durante unas semanas en las que fue cortés, agradable y protector hasta que nos acostamos, y aún desnudos sobre la cama, me dijo:

—Bueno, Miranda, ha estado bien. Muy bien. Pero el curso acaba de empezar y... es bueno que conozcamos a otras personas y probemos cosas nuevas.

Me levanté

Me vestí.

Asentí.

Me marché.

Esa era yo: un imán para retrasados.

Me sentí estúpida. Me sentí sucia. Me sentí una cateta de pueblo engañada por un pijo de ciudad. Al día siguiente, justo antes de ver a Ryan en mitad del campus, vi a Larry flirteando con otra, agarrándole la cintura y riendo con su falsa carcajada sincera.

Al verlo así, tan feliz y sonriente, sentí que el mundo entero se caía sobre mí. Fue una sensación extraña e inesperada, como un viento huracanado destrozándome las entrañas. Reconozco que pensé que aquel malestar era por cómo me sentía por haber sido tan estúpida con Larry, pero, en realidad, ahora tengo la certeza de que no fue más que un presentimiento horrible y espantoso sobre cómo sería mi vida con Ryan.

## Capítulo 4

## Ryan

## La cabaña

*24 de septiembre de 2015*

Me despedí de Black y me dirigí hacia la puerta, evitando a un par de japoneses que entraban entusiasmados para pedirle una foto.

—Diviértete —me gritó cuando me alejaba, sin siquiera darse la vuelta.

«Diviértete», como si eso fuese posible a solas con Miranda. Ya no recordaba los momentos en los que me había divertido con ella. Se habían convertido en flashes, en imágenes fijas, y creo incluso que había olvidado el sonido de su risa. Sé que me encantaba cómo sonaba, que me hacía sentir vivo y que me alegraba de ser yo el motivo de ella, pero tengo serias dificultades para recordar el timbre exacto que solía tener.

No me refiero a que no la hubiese escuchado reír en los últimos meses; es que, simplemente, su risa ya no era igual que antes. En ese periodo estaba como apagada. Si hacía un chiste, la risa duraba lo justo y necesario, y cuando terminaba, lo hacía de golpe, como si hubiese cumplido su cometido y ya no fuese necesaria. Parecía que ya solo se reía por compromiso. Uno se daba cuenta de esas cosas. Las risas son como los orgasmos. O salen de dentro, de las entrañas, o te das cuenta al instante de que algo no encaja.

Hacía tiempo que Miranda simulaba también los orgasmos. Eso sí que no se me ha olvidado, cómo eran cuando los disfrutábamos de verdad. Solía temblarle el abdomen, contorsionaba su cintura en movimientos intensos, apretando con sus dedos mis omóplatos, mientras ambos jadeábamos. Y un día, de repente, solo gemía y me apretaba contra ella, como si uno fuese estúpido y no se diese cuenta de que quería que el calvario acabase lo antes posible. Tengo que admitir que habíamos pasado rachas en las que no me apetecía acostarme con Miranda por miedo a si fingiría o no. Me agobiaba pensar que estaríamos desnudos, tumbados uno sobre o junto al otro, y mintiéndonos incluso en nuestras entrañas. La desnudez hace que te vuelvas vulnerable. No se debería mentir cuando no se tiene la ropa puesta. Es contraproducente. Desnudarse frente a alguien debería ser en cuerpo y alma y, nosotros llevábamos un tiempo que solo desnudábamos nuestro cuerpo. Creo que a ningún hombre le gusta creer que no es capaz de hacer disfrutar a su mujer. No es que lo haga siempre. Por ejemplo, en la ducha había estado más eufórica que en los últimos meses, más juguetona, por así decirlo, y tengo que admitir que había sido perfecto. Incluso tuve la sensación de que todo era como antes. Me agarraba con intensidad, mientras el agua caía sobre nosotros, me mordía el labio y sus piernas me envolvían como si me hubiese atrapado en una trampa de la que no me fuese a librar.

Mientras lo hacíamos, pensé que tal vez nuestra futura aventura rural avivaría la chispa que nos faltaba, pero luego, al terminar, siguió duchándose, salió de la ducha en silencio y se vistió con rapidez. Su indiferencia me dejó helado. Fue como si no hubiese ocurrido; abandonó el cuarto de baño y no me dijo nada. Fue, en realidad, como si viviese con una extraña. Y solo me vino un pensamiento: «¿Dónde te has escondido, Miranda?».

Un rato después, me monté en el coche y me dirigí hacia el este. Miranda me había dicho que ya nos veríamos en la cabaña y que llegaría antes del anochecer, así que no tenía prisa. Paré un par de veces para hacer algunos recados y cerrar algunos asuntos. Me pasé por el Nicks y compré una botella de vino, fui a una librería y me compré un par de *thrillers* para leer ese fin de semana. Si el plan con Miranda fallaba, podría evadirme de las discusiones de dos maneras distintas. El doctor Morgan había sido bien claro: «Si discutís, desconectad un rato, haciendo cualquier cosa, y luego, cuando el sofoco del primer momento se haya disipado, hablad de nuevo las cosas. La única regla para este fin de semana es que no podéis abandonar el plan». Pasar el fin de semana bebiendo y leyendo, aunque fuese con Miranda entre las mismas cuatro paredes, no me parecía mal plan.

Miré el reloj. Eran ya las seis de la tarde, el día se había esfumado y yo ya andaba buscando excusas, alargando el momento de salir hacia Hidden Springs, un pueblo de montaña al este de Big Pines, para encontrarme con Miranda. Allí habíamos alquilado la cabaña. Todo el mundo conoce Big Pines porque es donde se encuentra el Mountain High Resort, una estación de esquí en las montañas San Gabriel, en pleno Angeles National Park, pero no tan concurrido. En realidad, es un poblado de paso. Según la web del municipio, con apenas cuatro secciones y todas de texto plano sobre un fondo blanco, Hidden Springs tiene un censo de tres mil habitantes y la friolera cantidad de cien puntos de interés. Exactamente cien. Ni uno más ni uno menos. Me llamó la atención ese dato en la web, especialmente cuando consideraban puntos de interés la gasolinera, el supermercado o la estación de bomberos.

Como ya he dicho, elegimos Hidden Springs por recomendación del doctor Morgan. No era un lugar muy caro, especialmente en esta época del año, todavía sin nieve, con un relativo clima de montaña no demasiado agresivo. Estaba a unos dos mil quinientos metros de altitud, así que la temperatura, a pesar de estar en septiembre y esto ser Los Ángeles, era muy cambiante. En verano puedes, literalmente, asarte de calor y en invierno, con toda la montaña nevada, puedes helarte las pelotas. Es un sitio perfecto para pasarlo mal.

Conduje durante una hora y, pronto, me incorporé a la autovía 2, que pasaba directamente por Big Pines y Hidden Springs. La cabaña estaba, según las indicaciones de Miranda, al sur de Hidden Springs, circulando durante unos quince minutos por un camino de tierra al final del poblado, justo avanzando por la calle en la que se encontraba el mercado.

Cuando llegué a Hidden Springs, antes del anochecer, lo primero que vi fue el Merry Café, una cafetería con forma de casa de madera pintada de verde, con tejado inclinado y decorada de Navidad durante todo el año, pues así llamaba la atención de los que pasaban por la autovía 2 que conectaba también con Los Ángeles. Me apetecía tomarme un café. Justo en el momento en que me acercaba, encendió las luces que decoraban el tejado y, la verdad, su maldita táctica atrayente de mosquitos funcionaba. Pero miré la hora. Aún me quedaba encontrar la cabaña, en alguna parte al sur de Hidden Springs, y las indicaciones de Miranda habían sido algo escasas. Subí una cuesta y pronto encontré el camino de tierra que había comentado mi esposa, al terminar Crest Street. Me adentré por él temiendo que una rueda se quedase atrapada en el barro. Pasé por algunas casas de campo, salpicadas de vez en cuando entre los pinos de la zona, y tardé un tiempo en encontrar el complejo de casitas de madera donde estaba situada la cabaña. De repente, recibí un mensaje de Miranda en el móvil, que leí con una mano en el volante: «Te veo».

No decía nada más. Bajé la velocidad y miré a ambos lados entre los árboles, intentando divisar la silueta o el coche de Miranda frente a alguna de las cabañas que había por allí, pero no conseguía encontrarla. Me pareció extraño el mensaje: dos simples palabras que tenían demasiado significado. La noche ya había caído sobre la zona, y no había luz ni coches en ninguna de las cabañas salvo una luz lejana que provenía de una del final del camino. Cada casita estaba separada de la siguiente por unos cien metros, así que, a ojo, me quedaban unos trescientos metros para llegar. Paré frente a la casa número once, y me sorprendió que estuviesen todas las luces encendidas. El coche de Miranda, un Chrysler todocamino rojo con matrícula de Nevada, estaba aparcado frente a la casa, así que intuí que ya me estaría esperando con la cara larga por haber llegado más tarde que ella. No había farolas en esa área, la única luz que existía era la del interior de la cabaña, iluminando el pequeño porche de madera y el frontal de mi vehículo.

Cogí las bolsas con lo que había traído de comida del asiento del copiloto y, antes de salir, suspiré. No sabía por qué, tenía un nudo en la garganta. No me gustaba tener que forzar nuestra relación, tener que llegar al punto de planificar una escapada así porque no éramos capaces de ponernos de acuerdo. ¿Qué nos había pasado? ¿Cómo habíamos llegado a ese punto?

Me asomé por la ventana, con una sonrisa apaciguadora por si Miranda me veía desde el otro lado, pero no conseguí verla en el interior. Me acerqué a la puerta y estuve a punto de toquetear la madera con el ritmo de «La cucaracha», pero tras el primer golpe, esta se deslizó hacia dentro movida por mi llamada. Miranda la habría dejado abierta para que yo entrase, pero la visión del interior de la cabaña, sin rastro de ella, me dejó aturdido.

Estaba todo en marcha; un grifo de la cocina abierto, mi maleta y la de ella junto al chéster marrón del salón, un par de copas de vino servidas sobre la encimera de la cocina, un tocadiscos crepitando sobre el final de un elepé.

—¿Miranda? —grité, dirigiendo mi voz hacia el pasillo del fondo, donde suponía que estaban el baño y el dormitorio, pero no obtuve respuesta.

Aceleré el ritmo y me sumergí en el pasillo con pasos firmes. Tenía la extraña sensación de que algo no encajaba, que había un silencio tan abrumador en la zona hacia la que me dirigía, que conforme me acercaba, más crecía en mí la certeza de que no la encontraría. La madera crujía a mis pies y el olor a barniz recién pintado me invadía las fosas nasales cuanto más me adentraba en la cabaña.

—¿Miranda? —repetí—, ¿esconderte es uno de los juegos que te ha propuesto el doctor Morgan?

No me respondió y me hizo gracia. Me imaginaba a Miranda dentro de un armario o entre los árboles de fuera, silenciosa, con esa mirada juguetona que solía tener antes, y tengo que admitir que recordar su picardía me hizo contemplar el fin de semana de otro modo. Tal vez lográsemos pasarlo bien comportándonos como dos universitarios, con la casa para nosotros solos porque nuestros padres se habían ido a pasar el fin de semana a Dios sabe dónde para evitar descubrir qué hacían sus hijos cuando ellos no estaban.

—Está bien. Si quieres jugar, jugamos —grité, queriendo que se me oyese por todas las estancias.

Comencé a caminar despacio, tratando de evitar hacer ruido para sorprender a Miranda y encontrarla de pronto cuando menos se lo esperase. Recuerdo sus gritos de sorpresa al principio de nuestra relación y cómo nos reíamos cuando la levantaba abrazándola y le hacía cosquillas. Ese tipo de juegos siempre nos llevaba a hacer el amor. Me quité los zapatos y pisé descalzo cerca de las paredes para que la madera bajo mis pies no crujiese. Llegué al final del pasillo, empujé la puerta del baño y me quedé sin saber qué pensar con lo que vi: la cortina de la ducha estaba tirada en el suelo, con manchas de sangre salpicadas por todas partes.

—¡Miranda! —grité asustado—. ¡Miranda!

Volví sobre mis pasos, y corrí hacia el dormitorio, esperando toparme con ella allí, pero solo estaba la cama deshecha y la luz de una lamparita encendida sobre la mesilla de noche. Salí rápido hacia la sala de estar, mirando en todas direcciones, deseando que ella apareciese por delante de mi campo de visión riendo y diciéndome que era todo una broma, pero conforme pasaban los segundos y mis gritos eran ignorados, mi corazón me decía que algo grave le había pasado. Corrí hacia la mesilla de la sala de estar, cogí mi teléfono y la llamé con la esperanza de que lo cogiese, pero un relámpago me sacudió el pecho cuando escuché que su móvil estaba apagado.

# Capítulo 5
## Ryan
## Sangre

*24 de septiembre de 2015*

Estuve recorriendo la cabaña una y otra vez mientras llegaba la policía. En cada uno de esos paseos, confiaba en que encontraría a Miranda en el salón, sonriendo e inventándose cualquier excusa de por qué se había ido. Me senté en el chéster de cuero y me serví un vaso de la botella de vino que había comprado antes de venir. La situación me estaba superando. Mientras esperaba, comprobé una y otra vez el último mensaje que me había enviado justo antes de llegar a la cabaña. TE VEO. No recuerdo bien cuánto tiempo pasó, pero no quise moverme demasiado por la casa para no alterar las pruebas que hubiese. De repente, las luces de un todoterreno iluminaron la fachada de la cabaña, con dos focos cegadores que atravesaron la cortina de la ventana. Me incorporé a trompicones y salí fuera. Era el guardabosques. Se bajó del todoterreno, pasándose la mano por el bigote moreno para eliminar los restos de comida. Estaba vestido con un pantalón verde oscuro y una camisa de manga corta beis. Era un tipo fornido, de espalda ancha y más bajo que yo, y caminó hacia mí con cara de que le había molestado mientras veía la televisión.

—¿Señor Huff? —dijo al tiempo que sacudía la cabeza.

—Menos mal que ha venido.

—Mitch Mcmanan, del servicio de guardabosques. Ya he dado aviso a la oficina del sheriff. No tardarán en llegar.

—¿Por qué no ha acudido directamente la policía? Mi mujer ha desaparecido. Es un asunto grave.

Pronunciar aquellas palabras en voz alta me revolvió por dentro. Uno nunca piensa que vaya a tener que decir algo así en la vida real. Ese tipo de cosas solo le ocurría a la gente en los guiones o en los libros. Decirlas en primera persona fue un golpe duro en mi estómago.

—Ya le he dicho que están de camino. No se altere ni se preocupe. Todo saldrá bien, señor Muff.

—Huff.

—Usted no se preocupe, todo saldrá bien —repitió, en un tono más lento, casi mecánico, como si lo hubiese leído en el manual de la policía sobre qué decir en situaciones como esta.

Era una frase estándar que dudo que funcionase con alguien. A lo largo de mi vida, si alguien decía que no me preocupase, me acababa preocupando más. Me pareció cómica la actitud de Mitch. En el fondo, la situación en sí era demasiado esperpéntica. Miranda había desaparecido y habían enviado a un señor barrigón y bigotudo a que la encontrara. Si Miranda se hubiese podido enterar de cómo iba a ser el encargado de su búsqueda durante las horas más importantes para encontrarla, habría escrito un guion para alguna comedia. Pero esta no era una de nuestras historias. Esta era la vida real, y no tenía nada de cómico lo que estaba sucediendo. A Miranda le debía de haber pasado algo y yo estaba perdiendo el tiempo con un maldito pueblerino con delirios de grandeza.

—¿Puedo echar un vistazo? —dijo, señalando con la mirada hacia la puerta.

—¿No es mejor esperar a que llegue la policía?

—Las primeras horas son las más importantes —me respondió, en el mismo tono de antes—. ¿La ha llamado por teléfono?

Suspiré. ¿Acaso iba a llamar a la policía sin siquiera intentar contactar con ella? Su teléfono estaba apagado.

Había llamado a su oficina, donde su compañera Denise me había dicho que había salido horas antes. Había hablado también con Hannah Parks, nuestra vecina, quien me respondió que había salido en su coche una hora después de irme, seguramente para ir a la oficina. Me preguntó si había pasado algo con ella y le colgué. Me enervaba que esa mujer tuviese que enterarse de todo.

—Por supuesto. Está apagado.

—Mmm...

Pareció molestarse. Como si el caso se le estuviese complicando.

—No..., no. Usted quédese ahí —me dijo, levantando una mano cuando me disponía a seguirlo.

Asentí, molesto. Me quedé en el arco de la puerta, mientras él entraba y caminaba dando pasos lentos por la casa. Lanzó una mirada hacia la copa de vino que me había servido y siguió echando un vistazo a la cocina.

—¿Dónde...?

—En el cuarto de baño —señalé hacia el pasillo del fondo.

Se perdió por él, andando tranquilo, mientras yo esperaba en el porche, mirando hacia el interior. Poco después volvió como si no le hubiese afectado ver la cortina así ni la sangre en el suelo, y siguió observando el salón.

—¿Qué le parece? —tuve que preguntar.

Me molestaba su silencio y estar perdiendo el tiempo. Si Miranda estaba en alguna parte sufriendo, cada minuto podría significar un mundo entero para ella.

—Pues... no tiene buena pinta —respondió, acercándose a la cocina y cerrando el grifo de agua que no dejaba de correr—. Pero usted no se preocupe, todo saldrá bien.

A lo lejos, surgieron de la oscuridad las luces de un coche de policía. Mitch vino hacia mí, y me dio un par de palmadas en la espalda. Sabía lo que estaba pensando sin siquiera pronunciar palabra. «No se preocupe, todo saldrá bien». El coche aparcó justo detrás del mío y dos agentes salieron del vehículo dejando las luces encendidas. Mitch asintió varias veces, como si estuviese aprobando la llegada de la caballería y los acontecimientos fuesen a dar un giro de ciento ochenta grados. Y no sabía hasta qué punto esto sería así. Eran dos agentes recién salidos de la academia de policía. Uno rubio y alto, el otro moreno de mi estatura. El rubio tenía el uniforme bien planchado y caminaba con elegancia, casi deslizándose por el suelo; el moreno tenía la barba descuidada, uno de los lados del cuello de la camisa sobresalía sobre la chaqueta y se intuían perfectamente, incluso en la oscuridad de la noche, las arrugas del pantalón.

—¿Es usted Ryan Huff? —preguntó el rubio.

—El mismo..., verán..., mi mujer...

—Ya, ya. Ya nos ha contado todo por teléfono —interrumpió el moreno—. ¿Cuándo la ha visto por última vez?

—Esta mañana, antes de salir de nuestra casa, a las afueras de Los Ángeles.

—Entonces ¿no la ha visto aquí?

—No..., bueno, me escribió un mensaje diciéndome que me estaba viendo llegar cuando me aproximaba con el coche.

—¿Es ese su coche? —inquirió el rubio, dirigiéndose hacia él.

Se asomó por la ventanilla para ver el interior.

—Sí. Y el rojo es el de mi mujer.

—Es un buen coche —dijo el moreno—. ¿Cuánto cuesta uno de estos? ¿Cincuenta mil?

—No lo sé. ¿Qué importa eso?

—¿No sabe cuánto se ha gastado su mujer en su coche? Yo con la mía comparto hasta cuánto me ha costado el café por la mañana.

—No me acuerdo. Se lo compró hace tiempo. ¿Piensan ayudarme a encontrar a mi mujer?

En realidad sí me acordaba, pero no me apetecía que un par de policías se pusiesen a hablar de lo que teníamos. Desde fuera, Miranda y yo podíamos aparentar una vida de lujos: nuestra maldita mansión en la zona nueva de Los Ángeles, nuestros dos coches de alta gama, nuestra ropa de marca, nuestros amigos famosos... Pero en realidad, aquellos lujos eran un espejismo que habíamos levantado cuando las cosas nos iban bien y estábamos en la cresta de la ola. En ese momento teníamos dinero y pensábamos que sería ilimitado, pero tanto la casa como los coches estaban al límite de los avisos por embargo.

—¿Ha salido usted a buscarla por aquí? ¿Ha visto algo? —inquirió Mitch, que hasta ese momento se había quedado al margen de la conversación, como memorizando la actitud que tenían los agentes para practicarla delante del espejo.

—Me he asomado desde el porche y he mirado hacia los alrededores, pero está todo demasiado oscuro. Les he llamado y he esperado a que viniesen. Ustedes se encargan de estas cosas.

—¿Y ha podido esperar aquí tranquilo? ¿Cuánto tiempo ha estado esperando? —inquirió el policía rubio.

—No..., no sabría decirle.

—¿Cuánto hemos tardado en venir desde que ha llamado? —preguntó el rubio al moreno.

—Hora y media diría yo —respondió.

—¿Cómo ha podido esperar hora y media sin hacer nada? Si sabía que estaba cerca, ¿por qué no ha salido a buscarla? ¿No cree que si alguien le hubiese hecho algo a su mujer desde que le envió ese mensaje, usted podría haber hecho algo? —insistió el rubio, que parecía haber encontrado un hilo hiriente del que tirar.

—Eh..., sí. Supongo que sí. Pero... no sé.

No podía admitir que eso fuese verdad. Estuve a punto de echarme a llorar. Tenían razón. ¿Por qué no salí a buscarla? ¿Acaso estábamos tan mal como para que, en el fondo, no me importase que le hubiera pasado algo?

—Bueno, tampoco es para alarmarnos —saltó el moreno—. Puede que haya salido a dar un paseo o incluso podría haberse marchado con alguien.

—¿Con alguien?

—Quiero decir. Que aunque su coche esté ahí, alguien podría haber venido a recogerla y haber ido a cualquier sitio.

El policía rubio se perdió por el interior de la cabaña. El moreno se quedó conmigo y con el guardabosques en el exterior, y permanecimos en silencio durante unos instantes como si acabase de pasar un ángel entre nosotros.

—Verán..., no lo entienden —dije, intentando continuar la conversación. No sabía por qué, pero aquel silencio me estaba matando por dentro. Era como si estuviese siendo escrutado por un par de pueblerinos que me echaban la culpa de todo lo que había ocurrido. Era una mezcla entre indiferencia, porque la cosa no iba con ellos, y enfado, por haberles hecho alargar el turno—. Ella no se iría nunca sin avisarme. Miranda y yo somos uña y carne. Tenemos nuestras discusiones como todas las parejas, pero estamos muy unidos.

—¿Tienen hijos? —preguntó el moreno.

—No, no tenemos hijos aún.

—¿No son de Hidden Springs, verdad? —continuó el interrogatorio.

—Es una cabaña alquilada. Vivimos en Los Ángeles.

—¿Y a qué se dedican?

—Guionistas en Hollywood.

—¿En serio? —saltó Mitch, como si acabase de encontrarse de bruces con una estrella.

Una de las grandes ventajas de ser guionista es el anonimato. Prácticamente nadie asocia tu cara a Hollywood, por lo que puedes hacer una vida tranquila en Los Ángeles, ir al supermercado, al cine o a tomarte un Big Mac en pleno Paseo de la Fama, que absolutamente nadie te reconoce. De cien personas que ven una película, noventa y cuatro reconocerían a los actores por la calle, doce se acordarían del nombre del director (aunque no le pondrían cara), y solo una sabría el apellido del guionista. Es una profesión que te permite disfrutar del dinero de la industria del cine, ganar un auténtico pastizal, y seguir siendo completamente anónimo. Una de las lecciones que aprendes al entrar en el mundillo del cine es que ser famoso cuesta caro: guardaespaldas, casa en urbanización privada, coches de alta gama blindados, ropa de firma, restaurantes con zona reservada. En cambio, ser guionista reconocido es relativamente barato, puedes vivir en cualquier parte, puedes vestir de Waltmart, o frecuentar restaurantes de comida rápida. Otra ventaja es la admiración automática que se genera en cuanto mencionas la palabra Hollywood. A decir verdad, yo estaba más fuera de Hollywood que cuando era estudiante en la UCLA, época en la que escribía con más ilusión y con mayor tino. Asentí a Mitch sin decir una palabra, y miré al policía moreno esperando su reacción. Me miró indiferente.

—¿Y qué películas ha escrito usted? —continuó Mitch, con una ilusión que no me esperaba.

—¿Conoce *No estoy aquí*? Es mía. Tuvo una nominación a los BAFTA.

—Ni idea —respondió decepcionado—. Pensaba que sería usted de los buenos.

Tengo que admitir que esa última frase me molestó. Permanecimos en silencio unos segundos, que se me hicieron eternos, cuando, de repente, se oyeron los pasos del policía rubio acercarse desde el interior:

—Está bien, señor Huff. Se lo tenemos que preguntar y tiene que decirnos la verdad —dijo saliendo de la cabaña—. No podremos ayudarle si no nos la cuenta.

—Por supuesto. Dígame.

—¿Se han peleado?

—¿Pelearnos?

—Hay signos de violencia en el baño. Hay sangre, la cortina de la ducha tiene varios rieles rotos y está descolgada tirada en el suelo. La cama del dormitorio está deshecha. Hay dos copas con vino casi vacías en la cocina y una llena hasta arriba en la mesilla del salón. Si no ha visto a su mujer, ¿por qué hay dos copas usadas? ¿De verdad que no ha estado con ella aquí?

—Yo me lo he encontrado todo así. Cuando les avisé, me serví una copa más, que es la que está en la mesilla. Las otras dos estaban ahí. Ya le he dicho que ni siquiera he visto a mi mujer. He llegado a la cabaña y me he encontrado lo mismo que ustedes.

El policía rubio y el moreno se miraron. Mitch miró a ambos, tratando de entrar en ese círculo, pero fue en vano.

—Está bien. Lo pregunto porque es muy común que una persona se marche sin decir nada después de una pelea.

—Nunca nos hemos puesto un dedo encima.

—Verá, señor Huff, entienda que lo tenemos que preguntar. Tal vez ha sido algo momentáneo. Un golpe o un empujón en un momento de tensión.

—¿Ha llamado a sus padres? —insistió Mitch—. Tal vez esté en casa de sus padres.

—¿Pelearnos? ¿Sus padres? No lo entienden. Tiene que estar por aquí cerca. —Me molesté. Habían llegado demasiado rápido a nuestros problemas conyugales—. Nos va bien. Somos un matrimonio feliz. Tenemos nuestras cosas, como todo el mundo, pero nunca pondría un dedo encima a mi mujer. —Noté la humedad de unas lágrimas en mis ojos, derrotado.

Estuvimos unos minutos más hablando, pero la verdad es que el resto de la conversación la viví como si no me estuviese ocurriendo a mí. Después, el moreno fue a dar una vuelta por los alrededores, con una linterna, y el rubio fue al coche y estuvo un rato hablando por la radio. Volvió sobre sus pasos y me informó, mientras se metía las manos en el bolsillo del pantalón:

—Para que se quede tranquilo, señor Huff, voy a derivar la búsqueda de su esposa a la UPD de la oficina del sheriff, la unidad de personas desaparecidas. Ellos sabrán qué hacer.

—No sabe cuánto se lo agradezco —respondí, aliviado.

Un largo rato después, no sabría decir cuánto —no presté atención al reloj ni a las conversaciones banales de Mitch y los otros dos—, las luces de un coche adicional aparecieron por la lejanía, entre los árboles, hasta que estuvieron lo suficientemente cerca como para dejar ver que se trataba de un Pontiac gris que aparcó detrás del resto de vehículos. De él salieron una mujer y un hombre que saludaron al mismo tiempo que enseñaban su identificación como detectives del cuerpo especial de desapariciones y homicidios de la oficina del sheriff de Los Ángeles. Justo en ese instante, mi móvil vibró de nuevo. Saludé a ambos, preocupado, al tiempo que sacaba el teléfono de mi bolsillo y comprobaba que me acababa de llegar un mensaje:

—¿Es ella? ¿Es su mujer? —dijo Mitch—. No me lo diga. Está en casa de sus padres.

No respondí. No pude. Era un mensaje de Mandy, la secretaria de Black. Nunca me había escrito a esas horas. Mandy era una persona demasiado correcta en las formas como para escribirme en un momento en el se suponía que yo estaría dormido. Al leer el mensaje, me quedé aturdido. Solo decía: «Ryan, tienes que venir. Ha pasado algo con Black».

## Capítulo 6
## Miranda
## Entre líneas

Después de lo que me había pasado con Larry no quería ver a ningún tío, pero Ryan..., Ryan era distinto. Un relámpago intenso me sacudió el pecho. Quizá fue por despecho. Quizá fue porque siempre me pareció interesante desde que lo vi. «Miranda, ¿a qué esperas para decirle algo?».

No sabía por qué, pero intuía que era noble. Tenía algo de acento del interior, aunque no lo había escuchado lo suficiente como para acertar el estado de donde procedía. Además, era gracioso. Bueno, graciosillo. El primer día de clase le hizo esa broma sobre Harry Potter a James Black, y le salió el tiro por la culata. Me dio ternura verlo agachar la cabeza tras la respuesta de Black. Habían pasado un par de semanas desde aquello, y me lo había cruzado varias veces, pero nunca habíamos hablado.

En realidad, en el fondo, me recordó... a mí. Sí. A mí. Me vuelvo insegura cuando me siento observada, justo como lo vi sentirse aquel día delante de toda la clase. Se le notaba que, en el fondo, no era el típico gracioso o el centro de atención como Larry, sino un chico normal que había intentado llamar la atención del grupo para superar su sensación de sentirse fuera de lugar.

Uno de los folios que estaba leyendo se le escapó de las manos y se deslizó sobre el césped. Vi el momento perfecto para lanzarme a hablar con él:

—Tú eres el de la broma de Harry Potter a Black.

—El mismo que viste y calza —me respondió, sonriendo y frunciendo el entrecejo, pero porque ese día hacía mucho sol. Fue la primera vez que me lanzó su sonrisa—. Encantado.

—No estuvo mal. A mí me hizo gracia. Tarde o temprano alguien se lo hubiese dicho. Y oye, hay que tener un par de pelotas para vacilar al legendario James Black.

—Hay que ser muy gilipollas.

—También. —Sonreí—. Él es en realidad mi ¿director? favorito. Digo director, como también podría decir guionista. Escribe él mismo todo lo que dirige.

—Lo sé. También es el mío. Por eso me siento tan capullo.

—Si no te sintieras un capullo, realmente lo serías.

—Si no fuese un capullo, no me sentiría como uno. En realidad, yo no suelo ser el gracioso.

—Tranquilo. Ya aparecerá otro en clase feliz de ocupar tu puesto. Aquí, en Los Ángeles, sobran.

—¿Eres de aquí?

—De San Francisco.

—No me lo digas, ¿te has fugado de Alcatraz?

—No, pero puedo decir que he conseguido entrar y salir dos veces de allí. Una con mis hermanos y otra con mis tíos que vinieron de visita. Es una atracción turística. ¿Y tú? ¿De dónde te has fugado?

—De Lawrence, Kansas

—Ah, ya. Una vez pasé cerca. A unas dos mil millas.

—Muy graciosa. No es tan pueblo como te lo imaginas.

—Bueno, ¿y qué..., qué lee tan atento el gracioso de Lawrence, Kansas?

—El guion final de *El apartamento*. Lo he sacado de la biblioteca.

—¿Has visto la película? Es una auténtica joya.

—Esta tarde después de clase pensaba pasarme por el archivo y sacar el VHS para verla en el dormitorio. No quiero que Black vuelva a pillarme en una así.

—Yo la tengo —mentí—. ¿Te apetece que la veamos juntos?

—¿La has visto?

—Contando por lo bajo, unas cien veces —vacilé.

—¿Cien? ¿Qué tiene para ser tan buena?

—Te responderé con una frase que leí en una entrevista al propio Black. No es lo que ves, sino lo que está detrás, en un segundo plano, sin llamar la atención, lo que hace que algo te atrape. Especialmente lo que no consigues ver, pero sabes que está ahí. En *El apartamento* esa sensación es continua. Te ríes, pero sabes que hay algo más escondido en esa historia que parece tan simple. Te preocupas, pero no tanto como para no disfrutar. Es... lo que está siempre entre líneas.

Se incorporó con una sonrisa.

—Me has convencido, prisionera de Alcatraz. ¿A las cinco? —dijo, estrechándome la mano a modo de trato cerrado.

—¿Dónde?

—Yo elijo el lugar. Déjame intentar una cosa.

## Capítulo 7
## Ryan
# Tornado

*24 de septiembre de 2015*

El mensaje de Mandy me dejó descolocado. Yo no paraba de pensar en qué le había podido ocurrir a Miranda y, de pronto, aquellas palabras también parecían indicar que algo le había sucedido a Black.

Conocí a James Black en 1996 por una auténtica carambola del destino. Era el primer día de clase de cine en la Universidad de California, y se había armado un gran revuelo en torno al campus. Los días previos al inicio de las clases, el gran James Black, director y guionista de una de las películas que había pasado a la categoría de clásico al poco de su estreno, *La gran vida de ayer,* anunció en una rueda de prensa que dejaba definitivamente su carrera como director para pasar a la docencia. La noticia había corrido como la pólvora, y los rumores sobre cuál sería la universidad en la que el mítico James Black impartiría clases se fueron extendiendo por todas las universidades del país. Se comentaba que lo haría en la Universidad de California del Sur (UCS) o en la de California, Los Ángeles (UCLA). Ambas universidades habían incorporado en las últimas semanas anuncios sobre sus nuevos cursos de cine en sus facultades, por lo que todo parecía indicar que acabaría impartiendo clases en cualquiera de las dos, pero las apuestas se decantaban por la de California del Sur. De las dos, era la universidad con mayores recursos, con mayores conexiones con Hollywood, y había sido catalogada como la Facultad de Cine más rica del planeta, gracias a donaciones periódicas de George Lucas o Steven Spielberg. La UCLA, en cambio, destacaba más por su historia que por sus recursos, y con el tiempo se había convertido en el patito feo de las dos, a pesar de haber sido la cuna del mismísimo Francis Ford Coppola.

Yo había conseguido plaza en ambas universidades, resultado de mis buenas notas en el instituto de Lawrence, las recomendaciones de los profesores (que eran amigos íntimos de mis padres al haber crecido juntos en una época en que Lawrence no era más que un pueblo en el que todos se conocían), y una larga lista inventada de trabajos para la comunidad. Mi elección final de universidad fue fácil. Confirmé mi plaza en la Universidad de California del Sur: la rica, la cara, la de gran porvenir. Debido al alto coste de la matrícula, había tenido que solicitar un gigantesco préstamo avalado por mis padres, Henry y Sophia Huff, para poder financiar los estudios. Mi padre, con su trabajo de mecánico, y mi madre, contable para una pequeña empresa productora de lejía, con los sueldos típicos de una pequeña ciudad en un estado de interior, no ganaban lo suficiente como para costearme con ahorros una de las universidades más caras del país. El 22 de abril de 1996 recibí la llamada del banco diciéndome que ya disponía de los fondos de mi préstamo universitario en mi cuenta, y aquel día tanto mis padres como yo lo celebramos cenando una hamburguesa en el *dinner* más famoso de Lawrence. Todo parecía indicar que estudiaría en la cuna actual de los grandes directores y guionistas de América. Llevaba meses viéndome a mí mismo por aquellos pasillos y con un gran porvenir en la industria del cine, pero un golpe de mala fortuna hizo que el viento se llevara por los aires todo mi futuro.

Ocurrió el 1 de mayo de ese mismo año, apenas una semana después de celebrar la concesión de mi préstamo universitario. Sin que nadie lo esperase, sin haber sido pronosticado por ninguna agencia de meteorología, un pequeño y devastador tornado se originó a las afueras de Lawrence, Kansas, cerca de donde siempre había vivido junto a mis padres. El tornado destruyó nuestra casa y otras tres viviendas de la zona, para disiparse poco después tras arrancar varios postes de teléfono y destrozar una granja, aniquilando a su paso varios centenares de gallinas. Tan rápido e inesperado como había surgido, había sido capaz de dinamitar mis planes de futuro, dejando por donde había pasado una delicada y constante nevada de plumas blancas que tardó varios días en desaparecer. Por suerte, todo sucedió cuando mis padres disfrutaban de un almuerzo por su aniversario y yo había quedado con unos amigos en el centro de Lawrence. No hubo que lamentar ningún herido, pero los daños económicos, especialmente para mi vida, fueron desastrosos.

—Tengo buenas noticias —dijo de manera distante y fría el empleado de la aseguradora—, el seguro les cubrirá el veinticinco por ciento de la reconstrucción de la casa.

—¿Cómo que el veinticinco por ciento? —respondió aturdido mi padre, Henry.

—Verán, señor y señora Huff..., estaba claro en la póliza que contrataron. En realidad el seguro que tienen no les cubre los daños por causas meteorológicas.

—Pero si llevamos toda la vida pagándolo —dijo mi madre, desconsolada—. ¿Por qué no nos lo han dicho antes? Dios santo, vivimos en el valle de los tornados. No tiene ningún sentido. Nunca hubiésemos contratado una póliza que no cubriese los daños por tornados. ¿Cómo nos van a hacer esto?

—Por eso les salía tan barato, señora Huff. Han ahorrado un dinero. Créanme que les estamos haciendo un favor. En circunstancias parecidas, la aseguradora se desentendería. Pero visto que no han dado ningún parte en los últimos quince años, la compañía quiere tener un detalle con su familia. Un veinticinco por ciento está bastante bien, dadas las circunstancias.

—Se les debería caer la cara de vergüenza —gritó mi padre, levantándose de la mesa.

Salimos de aquella oficina desolados y durante el camino en coche al New Life Motel, al que nos mudamos mientras se solucionaba el asunto de nuestra vivienda, no fuimos capaces de abrir la boca. Al apagar el motor, y antes de bajarnos, aseveré:

—Usaremos el dinero de la universidad.

Mi padre se giró hacia mi madre, que estaba sentada en el asiento del copiloto, y esperó a que ella dijera algo.

—Pero Ryan..., no... —susurró mi madre.

—¿Con él tendríamos para reconstruir la casa?

—Ryan..., por favor..., ese dinero es para tu futuro —dijo mi padre—. Ya nos las apañaremos.

—Respóndeme, papá. ¿Cuánto dinero del préstamo universitario haría falta para reconstruir la casa?

—Casi todo, hijo.

Apreté la mandíbula y respiré hondo. Sabía lo que aquello significaría. Un adiós eterno a mi carrera en el cine. Era lo que siempre me había maravillado. La magia de los diálogos, de las historias bien contadas, y de los personajes bien construidos sobre unos decorados que brillasen en todas direcciones.

Miré a mi madre, que había comenzado a discutir con mi padre. Yo ya había dejado de oírles, al haberse fijado en mi mente aquel único pensamiento. Se me hizo un nudo en la garganta.

—Pues está decidido —dije, con dificultad—. No hay más que hablar.

Después de aquello, a los pocos días, y tras retirar hasta el último penique de los fondos de mi cuenta, envié mi carta de rechazo de la plaza con la que tanto había soñado al departamento de admisiones de la universidad. Toda mi vida había girado en torno a conseguir estudiar cine y convertirme en un gran contador de historias. Para ser sincero, escribiendo aquella carta derramé más de una lágrima.

De no ser por lo que ocurrió un mes después, yo habría acabado trabajando con mi padre en el taller para siempre. Un día, cuando ayudaba llevando tablones de madera de un lado para otro mientras los albañiles y carpinteros reconstruían la casa, llegó el cartero. Miró a un lado y a otro, buscando el buzón de correos que se había llevado el tornado.

—¿Puede darle esto al señor... Ryan Huff? —dijo, alargando la mano y entregándome una carta.

Era de la Universidad de California, Los Ángeles, a la que ni había contestado cuando elegí estudiar en la otra universidad, su hermana rica. La abrí con desgana, pensando en que sería una carta de desistimiento de la plaza, al no haber respondido en el plazo fijado, y que no haría otra cosa que recordarme la vida que no podría seguir. La carta decía lo siguiente:

*Estimado candidato Ryan Huff,*

*Nos complace anunciarle que, dada una generosa donación anónima inesperada, su solicitud de matrícula en nuestra Facultad de Teatro, Cine y Televisión ha sido galardonada con una beca cuyo importe asciende a la totalidad del coste de los dos primeros años. Nuestro donante ha sido claro en sus condiciones: el montante total de la donación sería íntegramente destinado a sufragar los gastos de matrícula de los nuevos alumnos hasta que se agotasen los fondos.*

*Si acepta la plaza, y la correspondiente beca, deberá enviarnos relleno el siguiente formulario que adjuntamos a continuación.*

*Atentamente,*
*Robert S. Hawk*
*Decano de la Universidad de*
*California, Los Ángeles.*

Releí el contenido una y otra vez, asegurándome de que lo había entendido bien. Alguien anónimo había donado una cantidad gigantesca que sufragaría los dos primeros años de los alumnos con plaza en la Facultad de Teatro, Cine y Televisión. La universidad que yo había ignorado, y a la que además ni me había acordado de enviar la carta de rechazo de plaza, me había otorgado una beca para los dos primeros años. No podía creerlo y comencé a llorar de felicidad delante del resto de albañiles que recorrían el jardín en todas las direcciones.

Mis padres acogieron la noticia incluso con mayor alegría, puesto que aquella carta inesperada aliviaba en gran medida el sentimiento de culpabilidad que les acompañaba desde que comenzó la reconstrucción de la casa.

—Tienes que aceptarla, hijo —me dijo mi padre, que estaba sentado sobre el brazo del sillón de la habitación 308 del New Life Motel.

—Si acepto, y aunque haya una beca por los dos primeros años, no sé si podré pagar el resto de cursos —respondí, nervioso.

—Eso será un problema dentro de dos años. Ahora, Ryan, responde a esa carta y ve haciendo las maletas —dijo mi madre, entre lágrimas de alegría.

Durante ese verano, y tras haber confirmado mi plaza en la Facultad de Teatro, Cine y Televisión de la Universidad de California, Los Ángeles, seguí con interés la noticia del retiro de James Black de la industria del cine y los rumores sobre su posible destino en alguna de las dos universidades de California. A principios de septiembre, y justo unos días después de que se terminara la reconstrucción de la nueva casa Huff, mis padres se despidieron de mí con un intenso abrazo frente al autobús que me llevaría a Los Ángeles.

—Eres una gran persona, Ryan —me dijo mi madre, con los ojos húmedos de orgullo.

Mi padre asintió y añadió:

—Haz que todo el mundo lo sepa.

Hice un ademán con la cabeza y les di un último abrazo, sin saber hasta qué punto aquel momento me acompañaría durante el resto de mi vida.

Los rumores sobre Black fueron creciendo durante las semanas previas al inicio de las clases hasta tal punto que ambas universidades cerraron de imprevisto el plazo de traslado de expedientes entre ellas para evitar una fuga masiva de alumnos de una a otra cuando finalmente se supiese cuál de las dos elegiría Black. A mí me daba igual. No podía ni pensaba cambiarme de universidad, puesto que solo contaba con beca para la UCLA. Consideraba que tenía tanta suerte pudiendo estudiar cine en aquellas aulas, que me importaba poco quién llegase a ser mi profesor.

Al llegar al aula el primer día de clase, me senté en la segunda fila y esperé mientras todos los asientos se llenaban de alumnos como yo, venidos de todos los rincones del país. La facultad era un auténtico caos de estudiantes que iban en todas las direcciones posibles, y desde el pasillo no paraba de escucharse un murmullo constante de pasos y conversaciones que se solapaban unas con otras. Saludé a dos chicos de Chicago que se sentaron delante de mí, de los que más tarde descubriría que eran hermanos, y, de pronto, el sonido proveniente del pasillo desapareció. Parecía que la gente se había metido en sus clases o que algo estaba pasando fuera. Fue tan evidente, que todos nos quedamos mirando hacia la puerta, extrañados, hasta que, unos segundos después, la atravesó un hombre canoso, con gafas de pasta redondas, su seña de identidad, vestido con traje oscuro y corbata negra. Lo reconocí al instante.

—Buenas a todos —dijo sonriendo—. Bienvenidos a Escritura de guiones 101. Mi nombre es James Black.

## Capítulo 8
## Miranda
# El proyector

Aquel día Ryan me buscó después de clase, justo a la salida de Introducción a la escritura de guiones. Me agarró de la mano y me arrastró fuera del torrente de alumnos que ya nos escapábamos por la puerta.

—Ven —me dijo.

Con esa simple palabra comenzó nuestra magia. Ese fue el inicio de nuestra historia.

Se puso delante y tiró suavemente de mí. Sentí cómo su mano fuerte agarraba la mía. Me guio por el pasillo, en silencio, mientras girábamos una y otra vez por la facultad entre una multitud ignorante de todo lo que estaba empezando en aquel instante. En ese momento me fijé bien. Era alto. No demasiado, pero bastante más que yo. Me preguntaba su edad. ¿Diecinueve?

¿Veinte? Su canción favorita, su secuencia de película favorita. La verdad es que me comenzó a gustar su actitud. Era... ¿interesante? No. Interesante no lo definía bien. Era... eléctrico. Sí. Esa era la palabra. Eléctrico. Saltaban chispas entre nuestras manos. Me fijé en sus piernas delgadas, su cuerpo atlético. Tenía la barbita descuidada de dos días y medio, de esas que arañan los labios en cada beso.

Me.

Volvió.

Loca.

Seguimos recorriendo el campus, cada vez más perdidos, girando una y otra vez por los pasillos y los rincones de la facultad, hasta que bajamos una escalera hacia el sótano. Lo seguí nerviosa. Tengo que admitir que no ver a ningún otro alumno por aquella zona me hizo dudar de si lo conocía lo suficiente como para cometer alguna locura junto a él, hasta que, de pronto, se detuvo frente a una puerta con la luz apagada.

—¿Qué es? —le pregunté.

—Mejor que lo veas.

Me soltó la mano y abrió la puerta con cuidado. Seguí sus pasos, apenas un metro detrás de él. Era una sala oscura, de un negro tan absoluto que estuve a punto de asustarme, pero, de repente, se acercó a un lado y pulsó un interruptor. Un par de lámparas se encendieron e iluminaron con una luz tenue unas diez o doce sillas viejas acolchadas en terciopelo azul, y enfrente de ellas había una pared blanca. En el centro, tras las escasas butacas, había un proyector de cine de 35 mm, que ocupaba gran parte del fondo de la pequeña sala.

—¿En serio es esto lo que creo?

—La antigua sala de cine de la facultad. Aquí se estudiaba en pequeños grupos los grandes clásicos. Ya..., como las cintas de vídeo se pueden sacar del archivo y verlas en casa, casi nadie viene.

—¿Eso es...?

—Un proyector de 35 mm Victoria 5 MI. Hay muy pocos de estos aún en funcionamiento. Se fabricaban en Italia. Es un modelo clásico en Europa. Aquí, en Estados Unidos, creo que hay muy pocos.

—Es...

—... maravilloso —dijimos a la vez, fascinados por la magia de aquel aparato.

Me estuvo observando durante unos instantes, con la sonrisa en la cara, mientras yo inspeccionaba la bobina superior, cargada con una película a punto de proyectarse.

—¿Adivinas qué película es? —me dijo.

—No puede ser...

Me acerqué al film y me fijé en una de las imágenes en miniatura que se observaban en la película.

—*¿El apartamento?* ¿Es *El apartamento?*

—Me dijiste que la habías visto unas cien veces. Estoy seguro de que ninguna en uno de estos.

—Pero ¿sabes utilizarlo? —le pregunté, fascinada.

El recorrido de la película parecía enredarse una y otra vez por la máquina, perdiéndose en recovecos imposibles, saliendo de la bobina, girando en todas direcciones gracias a un complejo sistema de rodillos, para acabar pasando por delante del proyector hasta bajar a la bancada, donde otra bobina se disponía a enredar de nuevo la película. Me resultaba imposible imaginar cómo se montaba aquello para poder ponerla en marcha.

—Bueno, yo no. Pero... esto es cosa de Jeff. Agradéceselo a él.

La silueta de un hombre corpulento apareció junto a la puerta.

—N..., no..., no es n..., na..., nada —dijo, balbuceando de manera casi ininteligible.

Grité impresionada. Su rostro se iluminó con la luz tenue del interior de la sala, y me asusté. No es que fuese un hombre poco agraciado, es que se veía que era una persona que sufría un grave problema físico. El rostro lo tenía marcado con cicatrices, sus hombros sobresalían abruptamente de su torso, como dos bultos que parecían evitar el contacto con su propio cuerpo. Las manos eran gigantescas en comparación al resto del cuerpo y su mandíbula se extendía más allá de su mentón. Tenía entradas en la frente. A pesar del aspecto algo tosco de sus extraños ángulos, dibujó una sonrisa que me calmó al instante. Debía de tener unos cincuenta años aproximadamente, pero era difícil saber si estaba en lo cierto.

—Jeff era el encargado del proyector cuando se utilizaba hace unos años. Ahora se encarga del mantenimiento de esta parte de la facultad.

—S..., se..., seño... li... ri... ta. —Sonrió de nuevo—. Jeff Hardy.

—Encantada..., Jeff —susurré—. Soy Miranda.

—Yo soy Ryan —me dijo, como si no lo supiese ya.

Nos sonreímos durante un instante, sabiendo los dos que aquel era el inicio de algo especial.

—¿Cómo conoces esto, Ryan?

—Se lo..., lo ense..., enseñé... yo.

—Jeff me ayudó el primer día del curso a sacar el carnet de estudiante. Nos llevamos bien desde entonces.

—E..., eres, eres un..., un buen tipo, Lyan, Ryan.

—Y... hace unos días me trajo aquí para enseñarme este pequeño tesoro oculto.

Jeff sonrió. Se le notaba orgulloso de poder compartir la magia de aquella diminuta sala de cine oculta a la vista de los miles de alumnos de la UCLA. Señaló al fondo, a una puerta gris cerrada con un ventanuco oscuro en la parte superior.

—¿Se... lo... vas... a ense... ñar?

—¡Ah, sí! Tienes que ver esto, Miranda —me dijo Ryan, con una voz que flotó en el aire durante unos instantes.

Caminamos en dirección a aquella puerta; yo con dudas, él decidido. Por un momento pensé en que quizá me había adentrado demasiado en las profundidades de la facultad, en una zona en la que no se oía a ningún otro alumno pasear por allí. A fin de cuentas, apenas conocía a Ryan, aunque después nunca llegaría a conocerlo realmente.

Abrió la puerta y encendió la luz de aquel pequeño almacén, iluminando unas estanterías de metal repletas de cientos de carcasas metálicas de bobinas de cine. Había de distintos formatos, que se intuían a simple vista al ver el grosor de la caja. Las de 8 mm eran diminutas en comparación con el resto, y estaban apiladas en un pequeño rincón de la primera estantería, mientras que el resto estaban colocadas de manera desordenada. Las de 16 mm se entremezclaban con las de 35 mm, y destacaban sobre todas ellas las carcasas de los formatos de 65 mm o incluso las de los grandes formatos IMAX de 70 mm.

—No es posible..., ¿es esto lo que creo que es?

—Un archivo de las mejores películas del último siglo. La pequeña colección clásica de la facultad, en los distintos formatos más usados —añadió Ryan.

Entre todas las cajas metálicas, destacaban tres de color negro mate de 35 mm. Estaban colocadas en el centro de la estantería, solo mostrando el canto, pero su color oscuro parecía atraer la atención sobre el resto. Me acerqué, tiré de una de ellas y leí de qué película se trataba:

*La gran vida de ayer.* Escrita y dirigida
por James Black, 1976

Me quedé tan sorprendida que no supe ni qué decir. Fuera, Jeff había encendido el proyector y el cañón de luz iluminó la pared frente a las butacas. Escuché el zumbido del proyector Victoria, como un ligero crepitar constante que invadió el aire y mi corazón. Por los altavoces de la sala sonó la sintonía de la MGM y miré a Ryan, que me estaba esperando con la mano extendida. Fue en aquel instante, en ese momento exacto en el que nuestras manos se tocaron, cuando mi vida comenzó a derrumbarse.

## Capítulo 9
## Ryan
## Sospechoso

*25 de septiembre de 2015*

Llegué a la comisaría un rato después, acompañado por la inspectora Sallinger y el inspector Sachs. Según me habían contado por el camino, Hidden Springs era una localidad especial, puesto que se encontraba entre la frontera de los condados de San Bernardino y de Los Ángeles, y disfrutaba o sufría, dependía del día, las consecuencias de no saber a quién correspondía la jurisdicción de según qué casos. Durante el camino desde Hidden Springs hasta Phelan, ambos habían tratado de darme conversación, pero la verdad es que había comenzado a desconfiar de sus ganas de ayudar desde el mismo instante en que pronunciaron la palabra comisaría.

La desaparición de Miranda la habían asumido desde la oficina del *sheriff* de Los Ángeles, pero la comisaría más cercana se encontraba en San Bernardino, en Phelan, a escasos quince minutos en coche. Ambos cuerpos compartían recursos en los casos que afectaban a la zona y, nada más entrar en la comisaría, tuve la sensación de que tanto la inspectora Sallinger como el inspector Sachs habían estado allí muchas otras veces. Debían de ser las tres o las cuatro de la madrugada, y saludaron con una evidente familiaridad a un agente somnoliento que se escondía tras un mostrador en la entrada. La luz de los fluorescentes pintaba de blanco las baldosas del suelo y de las paredes. Atravesamos una puerta negra que dio paso a una sala con escasa iluminación, pero suficiente para ver varias mesas sin personal, con folios y carpetas apiladas, junto a un mismo número de pantallas de ordenador apagadas. El ambiente era tan desolador como la cabaña en la que se suponía que debía de haberme encontrado con Miranda. Nadie por ninguna parte.

—Necesitamos que presente una denuncia formal para poder asumir el caso. Todo parece indicar que no se ha marchado por voluntad propia —dijo el inspector Sachs, apartando a un lado las carpetas de uno de los escritorios.

—¿Nos acompaña? —añadió la inspectora, al tiempo que señalaba con la mano hacia la mesa tras la que se estaba sentando el inspector Sachs.

Pero antes de acomodarse, vi que el inspector agarraba una silla de otra de las mesas y la llevaba hacia la nuestra. La inspectora se sentó en ella, él en la suya, y ambos me miraron esperando a que yo hiciese lo mismo en la que estaba al otro lado de la mesa.

—Debe de estar cansado, señor Huff, pero... —comenzó la inspectora—, ¿puede hacernos el favor de contarnos cómo era su mujer? ¿Tiene una foto?

—Sí, bueno..., esta es de carnet. —Abrí mi cartera y saqué una fotografía de Miranda, sonriendo a la cámara, sobre el fondo blanco—. En casa tengo más. Podría dárselas mañana.

—Vaya, era muy guapa.

Suspiré. No sabía qué responder a aquello.

—¿Tiene familia cercana?

—¿Ella? Sí. Dos hermanos mayores. Zack y Morris. Aún no saben nada y no me atrevo a llamarlos.

—Debería hacerlo lo antes posible. Tal vez esté con ellos.

—Bueno, no lo creo. Están casados y desde que estamos juntos solo los hemos visto una vez. Nunca ha estado muy cerca de ellos.

El inspector Sachs apuntó algo en un papel.

—¿Y qué me dice de sus padres? ¿También viven en San Francisco?

—Su madre murió cuando ella era una cría. Su padre, Tim, está en una residencia.

—Hablaremos con sus hermanos de todas formas.

—Verá, señor Huff...

—Ryan, por favor.

—Ryan. —Se corrigió la inspectora Sallinger—. Necesitamos tomarle las huellas para descartarlas de entre las que encontremos en la cabaña.

—¿Necesito un abogado?

—Dios santo, no. No está detenido ni mucho menos. Somos un equipo. Todos aquí queremos encontrar a su mujer sana y salva.

El inspector Sachs miró de reojo a la inspectora y yo durante esa mirada tragué saliva. No me estaba gustando cómo se estaban poniendo las cosas.

Me tomaron las huellas e insistieron en que era necesario para la investigación. Continuamos hablando un rato más, y durante nuestra conversación, mi teléfono móvil vibró un par de veces. Comprobé que eran llamadas de Mandy, la secretaria de Black. ¿Qué diablos querría? No quise interrumpir la conversación con los inspectores, y procuré facilitarles toda la información oportuna que pudiese ayudar a encontrar a Miranda. Hablamos sobre nuestra relación, sobre nuestras ligeras y efímeras discusiones, sobre la perspicacia y la capacidad de mi mujer para ver las dos caras de una moneda, el canto y quizá algún otro plano que yo no supiese ni que existía. Ella era la inteligente de la relación, y yo no hacía más que seguir las huellas que iba dejando tras de sí. Cuando pensaba que nuestra conversación estaba a punto de terminar, el inspector Sachs cambió de tono y aseveró:

—Bueno, dígame la verdad, señor Huff. Todo esto está muy bien, pero es mi obligación preguntarle: ¿Ha matado a su esposa?

Respiré hondo. Escuchar aquella pregunta me dejó helado. Hasta ese mismo momento no pensaba que yo fuese un sospechoso, pero... ¿qué otra cosa tenían? ¿A qué otra persona podrían empezar a culpar?

—Por supuesto que no —respondí serio.

Ambos me miraron durante unos instantes. No sé por qué, pero tuve la sensación de que estaban a punto de ponerme las esposas.

—Bien. Entonces puede estar tranquilo. La encontraremos, se lo aseguro —continuó la inspectora Sallinger.

Me agarré las manos, al sentir que la derecha estaba temblando.

—Mi compañero lo llevará hasta su coche en Hidden Springs y se podrá marchar a casa. Descanse y hablamos mañana. Aquí tiene mi número de teléfono. Si a primera hora aún no tiene noticias de su mujer, me llama. —Me extendió un papel en el que había garabateado su número—. Vaya pensando en un listado de quienes puedan haber tenido contacto con su mujer en los últimos días. Hemos mandado un equipo a revisar la casa. Si hay algo que nos ayude a encontrarla, no dude que lo encontrarán.

—Gracias, gracias—exhalé.

—Y una última cosa, señor Huff.

—Lo que necesite —dije levantándome de la silla y guardándome el teléfono de la inspectora en el bolsillo.

—Descanse. Intente dormir lo que pueda hasta que amanezca. Si su mujer se ha ido por voluntad propia, puede que mañana sepamos algo de ella. Tenga el teléfono encendido. Ni se imagina la de desapariciones que se resuelven al día siguiente con una ruptura. Que el teléfono empiece a sonar y al otro lado se encuentre su mujer diciéndole que lo deja. Ese sería el mejor de los escenarios, y créame que no sería el fin del mundo.

Asentí, algo confuso.

—¿Y el peor de los escenarios? —añadí.

La inspectora me miró en silencio unos instantes y frunció el entrecejo.

—Supongo que ya se lo imagina —respondió.

## Capítulo 10
## Miranda
## Secretos

Cuando la última imagen de *El apartamento* pasó por delante del proyector y el film se soltó de los rodillos hasta enrollarse de nuevo en la bobina que no dejaba de dar vueltas, hacía ya un rato que Ryan y yo habíamos dejado de mirar la pantalla. El cañón de luz iluminaba la pared de un blanco perfecto, mientras nos besábamos en aquella sala oscura.

Jeff nos había dejado solos a mitad de la proyección para atender algún desperfecto que había surgido en alguna parte de la facultad, y unos minutos después Ryan me acarició el antebrazo, erizándome la piel de todo el cuerpo. Lo miré, me miró y nuestra historia había empezado a rodar.

Nos estábamos besando a oscuras, y yo ya había borrado de mi mente el nombre de aquel tipo con el que había salido durante los primeros días del curso, cuando sentí unos pasos desde el pasillo. Miramos atrás, y vimos la sombra de Jeff bajo el marco de la puerta, observándonos expectante en silencio.

—Jeff —llamó Ryan—, ¿sigues ahí? ¿Nos pondrías otra película?

Jeff sostenía una caja de herramientas en la mano derecha y tardó algunos instantes en respondernos.

—Cla..., cla..., claro —dijo con dificultad.

—La que tú quieras, Jeff. Aún no son ni las seis. Nos daría tiempo a ver otra, ¿no?

—Sí. Sí. Po..., podéis ver la de Black. Es mi..., mi favorita.

Jeff pareció recobrar el ritmo. Soltó la caja de herramientas en el suelo, se adentró en la salita y volvió con las tres carcasas negras con el film de Black.

—Os..., os va a..., a encantar. Es..., es mejor es..., esta versión.

—¿Es una versión extendida?

—Es mejor aún... Tiene se..., secretos.

—¿Qué secretos? —pregunté, curiosa.

—Lo... tenéis que... ver.

Jeff abrió la primera de las carcasas negras y sacó una gran bobina de film de 35 mm. En la carcasa se leía escrito en una pegatina blanca:

*La gran vida de ayer*. Escrita y dirigida por James Black, 1976

Yo llevaba ya un rato dándole vueltas a aquella frase, desde que la había visto en un primer momento, y algo no me encajaba del todo, pero no sabía qué.

—¿1976? —dijo Ryan—. ¿La película no se estrenó en 1982?

—¡Eso es! ¡Esa fecha no encaja! —exclamé entusiasmada.

—Debe de ser la versión preliminar de Black —susurró Ryan—. Tiene que ser una versión anterior a la que finalmente llegaría a los cines.

—¿Y qué hace aquí? —susurré.

—Es..., es una lar..., larga historia —respondió Jeff.

—¿Larga historia? Me encantan las largas historias. En los detalles suele estar la magia de los recuerdos.

—Pe..., pero no... pod..., podéis decir nada. Na..., nadie sabe que... la tengo.

—¿Ni siquiera Black?

—No..., no. Él no..., no puede enterarse de que... os la he enseñado..., me... mataría.

—No te preocupes, Jeff —respondí—. Puedes confiar en nosotros.

Jeff hizo un ademán con la cabeza y yo asentí con una ligera sonrisa. Jeff me inspiraba ternura. Parecía una buena persona. Agarró el extremo del film y empezó a enrollarlo en todas direcciones por el proyector, hasta que por fin, tras pulsar un par de interruptores, la bobina comenzó a girar y la imagen blanca del proyector se oscureció por completo.

La banda sonora de los créditos iniciales comenzó a sonar y, al instante, Ryan y yo volvimos la vista hacia la pared. Tenía algo tan especial esa música que era imposible no prestarle atención. La pantalla negra, la música sonando. Apareció el título en blanco sobre negro: *La gran vida de ayer,* para desaparecer al instante.

La pantalla negra se fue aclarando por el centro, dejando ver un plano aéreo sobre un carrusel rojo de un parque infantil girando lentamente, casi al ritmo de la música. Desde una esquina, aparecía una niña vestida de rojo que se acercaba lentamente de espaldas al carrusel, girándose frente a él y extendiendo el brazo para detenerlo. La chica miraba hacia arriba, directamente a la cámara, sonreía y volvía a mirar al carrusel. Unos instantes después, la muchacha caminaba alejándose de espaldas, hasta salir del plano. La imagen del carrusel inmóvil se mantenía durante unos segundos, mientras la cámara se iba aproximando desde arriba hasta el lugar exacto de la barra donde la niña había apoyado la mano. Justo en ese lugar se veía que la pintura roja del carrusel se había desconchado y, bajo ella, se podía leer el número cinco rayado sobre el metal.

Me di cuenta de que la imagen era algo distinta a la que yo recordaba. A pesar de ser el mismo plano exacto, la niña parecía otra, y la ropa era algo distinta. Sin duda, aquella primera versión de la película estaba filmada en plan *amateur*, aunque igualmente se notaba la mano maestra de Black. Estaba realmente nerviosa. ¿Por qué habría filmado la película de nuevo unos años después? Quizá fuese porque el resultado final de esa primera versión, filmada realmente sin apenas recursos, no cumpliese con el nivel que él esperaba, pero la pregunta se me había quedado en la cabeza.

—Creo que es el mejor principio de la historia del cine —dijo Ryan, que no parecía haberse dado cuenta de que la escena era ligeramente distinta a la versión oficial—. La primera vez que lo vi, no me di cuenta de que la secuencia iba marcha atrás.

—Pues debería ver más cine, señor Huff —dijo una voz rasgada detrás de nuestra espalda.

Ryan y yo nos giramos en el acto y reconocimos al instante, sorprendidos, la figura de James Black junto a la puerta.

## Capítulo 11
## Ryan
# Fuera de sí

*25 de septiembre de 2015*

El inspector Sachs me llevó en su coche en silencio hasta la cabaña. Una vez allí, me fijé en que ya habían colocado las cintas de la policía alrededor de la construcción de madera, y varios agentes estaban mirando entre los árboles de la zona con linternas. No vi entre ellos a Mitch, el guardabosques, aunque su coche seguía aparcado en el mismo sitio.

—Haga caso a la inspectora, señor Huff. Váyase a casa y descanse. Deje que nosotros nos encarguemos de encontrar a su mujer.

Miré al inspector y me despedí con un ligero gesto con la cabeza. Justo en el instante en que abrí la puerta y salí del coche, tuve la sensación de que todos los agentes pararon lo que estaban haciendo y me miraron con ojos incriminatorios. Agaché la cabeza y me dirigí a mi automóvil.

—Señor Huff. —Escuché al inspector Sachs desde el interior del vehículo. Me volví y lo vi encorvado hacia la ventanilla del copiloto, con el entrecejo fruncido—. Supongo que está de más decirlo, pero...

—Pero ¿qué?

—No haga el idiota. No salga del estado de California.

El inspector Sachs pisó el acelerador y dio marcha atrás con el vehículo, dejándome con la certeza de que yo era hasta ese momento el único sospechoso que habían encontrado. Aquella última frase me dejó un sabor amargo en la boca y, cuando me reincorporé, me fijé de nuevo en que todos los agentes que deambulaban por la cabaña y las inmediaciones se habían multiplicado.

El coche de Miranda, el flamante nuevo todocamino rojo, tenía alrededor un cordón policial que recorría unas picas clavadas en el suelo, a poco más de un metro de distancia del vehículo. En él se podía leer: «No pasar. Escena de crimen».

Crimen. ¿Acaso ya estaba confirmado lo que le había pasado a mi mujer?

Caminé en silencio hasta mi coche y me monté. Miré una última vez hacia la cabaña, y luego hacia la zona de árboles. Algunas linternas bailaban en la oscuridad y los halos de luz destellaban de vez en cuando hacia donde yo me encontraba. «¿Dónde estás, Miranda? ¿Dónde te has escondido?».

Salí marcha atrás por el camino de tierra de Hidden Springs, y comprobé que el resto de casas de la zona tenían todas las luces encendidas. Algunos de sus dueños habían salido para observar el alboroto de coches de policía que se habían reunido en torno a nuestra cabaña. En cuanto pude, di la vuelta al coche y me incorporé a la autovía 2, de vuelta a Los Ángeles. Era aún de noche y, sabiendo que no podría dormir por todo lo que había sucedido, cogí el móvil y marqué el teléfono de Mandy, la ayudante de Black. Esperé, uno tras otro, todos los tonos de llamada, hasta que finalmente sonó la voz mecánica del buzón de voz. Probé de nuevo, con el mismo resultado. «Maldita sea, Mandy. ¿Por qué diablos no me lo coges?».

Tiré el móvil al asiento del copiloto y pisé el acelerador. Conduje durante una hora larga de vuelta a Los Ángeles, sin poder quitarme de la mente la imagen de los restos de sangre del baño de la cabaña. Cuando llegué a la ciudad, me fui directo a la casa de Black. Todavía no había amanecido, pero su casa era la única de la calle con todas las luces interiores encendidas, destacando como un faro encendido en mitad de una tormenta. Era su hogar de siempre, con un pequeño porche de madera, correctamente pintado de verde botella. La casita contaba con un diminuto jardín sin valla y un garaje adosado para un único coche. Era la misma que se compró cuando se mudó a Los Ángeles después de su primer éxito y, a pesar de haber acumulado una enorme fortuna, nunca había querido cambiar de vida. Según él, aquella casita tenía todo lo que él necesitaba.

Me bajé del coche, llamé a la puerta y, casi al instante, me abrió Mandy mirándome preocupada.

—Dios santo, Ryan. ¿Dónde te has metido? Te he llamado mil veces. No puedo con él. Ya no sabía qué hacer ni a quién llamar. Ha perdido los papeles, Ryan. James está fuera de sí.

—Pero ¿qué ha pasado? ¿Está bien?

—No. Nada está bien, Ryan. Nada. Nunca lo había visto así. Tal vez a ti te escuche.

Mandy tenía más o menos mi misma edad, treinta y pocos, aunque solo eran suposiciones mías, y lucía un pelo moreno recogido en una cola mal hecha. Se notaba que había salido de su casa con prisa para poder ayudar a Black. Llevaba puestos unos vaqueros y una camiseta de tirantes gris, que seguramente era su camiseta del pijama.

—Me llamó a medianoche, llorando. Vine en cuanto pude y he tratado de hablar contigo desde entonces. No me dice nada. Te envié el mensaje cuando comprobé que no me hacía caso. Dios santo, cuánto has tardado.

—No he... —Iba a explicar lo que había ocurrido con Miranda, pero preferí no alarmarla más.

—¿Dónde está?

—Abajo.

Bajé la escalera que daba al sótano y, mientras me acercaba, escuché el ruido metálico de cosas moviéndose de un lado a otro. Al llegar, comprobé en persona que las advertencias de Mandy no eran exageradas. James Black, el gran director de cine y creador de una de las mejores películas de la historia, *La gran vida de ayer*, estaba desnudo, arrodillado junto a una estantería de metal con decenas de carcasas de películas, abrazado a una de ellas y llorando desconsoladamente.

## Capítulo 12
# James Black
## Primeros encuentros

*1975*

La primera vez que James Black pisó el césped del campus de la Universidad de California, Los Ángeles, fue un día de septiembre de 1975. El campus estaba hasta arriba de alumnos que andaban en todas las direcciones y James disfrutó durante unos instantes del color y la vida que giraba a su alrededor. Él era de Rutland, en Vermont, en la otra punta del país, un diminuto pueblo frío de apenas diez mil habitantes, y no estaba acostumbrado a ver tanta gente por todas partes: un grupo de chicos y chicas hablaban sentados bajo la sombra de un árbol, había estudiantes moviéndose de un lado para otro y ni una sola nube en el cielo. Desde donde se encontraba situado James, todo tenía un ritmo tan distinto a lo que estaba acostumbrado, que no pudo evitar sonreír. Junto a él tenía la maleta de piel que su madre le había preparado para su nuevo destino, y la había cargado tanto que había tenido serios problemas para subirla y bajarla del autobús.

—Perdonad, ¿la Facultad de Artes y Ciencia? —preguntó a un grupo de chicas que pasaba por su lado.

Todas se rieron y siguieron andando sin detenerse, alejándose de él.

—No me lo digas, ¿también a Cine y Televisión? —dijo una voz a su espalda.

James se giró algo desconcertado y vio quién le hablaba. Un chico de pelo castaño, de su misma edad. Era atlético, portaba una mochila de cuero marrón y sonreía.

—¿Eh? Sí. ¿Cómo lo sabes?

—Porque nuestro curso es el único que empieza hoy y dudo mucho que alguien que lleve ya aquí dos semanas dando clases esté preguntando dónde está su facultad.

James sonrió y alargó la mano para saludarlo.

—James Black, de Vermont.

—Jeff Hardy, de Dakota del Norte —respondió con una sonrisa efusiva.

—¿Por qué viene alguien a estudiar a California desde Dakota del Norte?

—¿Por qué viene alguien desde Vermont?

—Porque es la única universidad del país que me ha concedido una beca.

—¿A ti también? Ya somos dos —respondió Jeff con una sonrisa—. Si no llega a ser por la beca, nunca me hubiese matriculado. Sin ellas, la gente como yo nunca podríamos estudiar.

—Cuando seamos directores de éxito, ya nos encargaremos de que no desaparezcan.

James hizo un ademán con la cabeza, con una sonrisa de oreja a oreja. Jeff le devolvió el gesto, en una especie de promesa silenciosa.

—¿Y por qué elegiste Cine y Televisión? —añadió Jeff.

—Bueno, supongo que siempre hay una historia detrás de lo que uno acaba haciendo. En mi caso..., mi padre trajo un televisor a casa cuando yo era un crío. Fue una mala época en mi vida, y pasé largos periodos de tiempo frente a la pantalla, maravillado ante las películas que emitían. Durante los años posteriores a aquello, siempre que veía algo en mi entorno que me fascinaba, alguna imagen de esas en vivo que te atrapan, deseaba tener una cámara en la mano para poder grabar ese instante para siempre.

James hablaba con pasión. Se le notaba entusiasmado al rememorar ese pasado.

—Qué profundo —exhaló Jeff.

—¿Y tú? ¿Por qué elegiste cine?

—Yo, por las mujeres.

James soltó una carcajada que hizo que se volviesen los estudiantes que estaban tirados en el césped del campus.

—¡Ja, ja! No es broma. Quiero hacer castings a esas mujeres espectaculares de las películas.

—Si algún día soy director, ya sé a quién no contrataré para que haga las audiciones.

Jeff le devolvió la carcajada y ambos rieron durante algunos segundos.

Un rato después, Jeff se ofreció a acompañar a James para que pudiera soltar la maleta en la zona de dormitorios de la universidad, y así asistir juntos a la clase de iniciación del curso de Cine y Televisión. Se sentaron en primera fila, y ambos cogieron papel y lápiz para ir apuntando los nombres de los profesores que iban pasando delante de la pizarra. Cada uno daba una charla de unos diez minutos explicando lo que se impartiría en su asignatura. Después salían por la puerta que había al otro lado de la clase. Así fueron desfilando uno a uno frente a las nuevas caras de preocupación de los alumnos.

La mayoría de los profesores eran hombres, de unos cincuenta o sesenta años, con voz apagada y llenos de arrugas y de ganas de no estar allí. James y Jeff se miraban con cada profesor nuevo que entraba en la clase, mandándose el mensaje de que el curso se les iba a hacer demasiado largo si mantenía el tono que expresaban sus profesores.

—Dios santo. Acabo de ver un cadáver —susurró James, volviéndose hacia Jeff.

Acababa de salir un profesor viejo y con la voz tan cansada que apenas lograba terminar las frases, y del que James ni siquiera había conseguido entender qué asignatura impartiría.

Jeff le respondió con un codazo.

—James.

El sonido de unos tacones recorrió los recovecos de toda la sala. James se volvió y miró hacia la puerta. Una mujer con el pelo moreno de media melena caminó decidida hacia la pizarra. Iba vestida con una falda de tubo gris y una blusa blanca y, con cada paso de sus tacones negros, la clase que había sido invadida minutos antes por un murmullo cada vez más ensordecedor dejó paso a un silencio casi sepulcral, solo interrumpido por los constantes y rítmicos golpes de los tacones contra el suelo. En silencio, y con toda la clase atenta, la mujer escribió en la pizarra:

*Historia del cine americano.*
*P. Hicks*

En cuanto terminó de escribir, se volvió hacia la clase, soltó la tiza y dijo, seria:

—¿Alguna pregunta?

Los alumnos se miraron unos a otros, extrañados. Todos los profesores habían entrado, se habían presentado y habían dado el sermón sobre su asignatura y lo importante que era. Ella no había hecho nada de eso, y viendo que nadie se atrevía a preguntar, se alejó en dirección a la puerta, haciendo sonar sus tacones por el suelo. Justo cuando estaba a un escaso metro de la puerta, la voz de James sonó desde las filas delanteras:

—¿No cree que debería explicarnos qué va a impartir en su asignatura?

La profesora P. Hicks se volvió impasible, lo miró a los ojos y respondió:

—¿Cómo se llama?

—James Black, profesora.

Ella permaneció en silencio, invitándolo a través de su mirada a que hablase, sin embargo, James no captó el mensaje.

—Bien. ¿Y sabe leer, señor Black?

—Sí, claro —respondió James—. Si no, no podría estar aquí. Creo que un buen futuro director de cine debe saber leer.

—Por supuesto. Tiene razón. Detrás de una buena película hay mucho escrito. Es más, diría que ninguna gran película de la historia existiría sin las palabras.

—Bueno, está el cine mudo —contraatacó Black.

—Va de listillo, pero créame cuando le digo que los listillos no suelen ser buenos directores.

James sonrió.

—Bueno, yo solo he dicho que el cine mudo no requería palabras. Al final, una película puede transmitir mucho solo con las imágenes.

La clase entera comenzó a murmurar, y James se envalentonó.

—¿Entonces su asignatura no nos enseñará a dirigir películas?

—¿Podría leerme lo que he escrito en la pizarra?

—Historia del cine americano. P. Hicks.

—Y ahora, piense, ¿de qué cree que tratará mi asignatura?

—De historia, de proyectores, de los hermanos Lumière, del viaje a la luna, de Chaplin y poco más. No sé. Esperaba aprender a dirigir. Ninguno de los profesores anteriores parece que vaya a enseñarnos a hacerlo, y si mis cálculos no fallan, usted es la última profesora que queda por explicarnos su asignatura. Tengo la sensación de que no aprenderemos a hacerlo.

—Dígame, señor Black. ¿Por qué cree que una asignatura como la mía no le enseñará a dirigir?

—Porque dirigir no va de ver otras películas. Dirigir va de fijarse en los momentos y captarlos con la cámara. Dirigir va de crear una historia desde cero y grabarla.

—Señor Black, será un director nefasto si no ve otras películas. Será el peor director de la historia si no observa cómo lo han hecho otros. Cómo han evolucionado de una técnica a otra, de un tipo de plano a otro, de un tipo de narrativa a otra. ¿Cree que un escritor no lee otros libros? ¿No lee los clásicos? ¿No lee cómo ha evolucionado la escritura de una época a otra? Para escribir hay que leer libros, y para dirigir hay que ver películas. Muchas. Muchísimas. No hay otro camino. Es el único posible. Lo triste para un director es que nunca podrá ver todas las películas que se han hecho y jugando con esa misma idea, un escritor...

—... nunca podrá leer todos los libros que se han escrito —completó James Black, asombrado.

Se quedó inmóvil, mirándola, con un nudo en la garganta que apenas lo dejaba respirar.

—¿Estás bien? —susurró Jeff, que intentó sacar a James de su perplejidad.

La profesora Hicks volvió sobre sus pasos a la pizarra y comenzó a escribir, al tiempo que decía:

—Gracias a la cortesía del señor Black, aquí tienen el primer ejercicio del curso.

La clase bufó, con miradas inquisitivas en dirección a James, que seguía abstraído, hasta que vieron lo que la profesora Hicks acababa de escribir: «Volver a ver su película favorita».

# Capítulo 13
# Miranda
# Un gran amor

—¡¿Profesor Black?! —grité, agarrándole la mano a Ryan.

Un escalofrío me recorrió el cuello al sentir el tacto de sus dedos entrelazados con los míos. Ryan se dio la vuelta, impresionado al verlo bajo el arco de la puerta.

—¿¡James!? —dijo Jeff—. No..., no...

—¡Jeff! ¡Viejo amigo!

Jeff caminó con rapidez hacia el proyector y lo paró al instante, haciendo que se detuviese la bobina, y dejando proyectada, en un plano congelado, la silueta de una mujer tumbada sobre una cama deshecha.

—No sabes cómo me alegro de verte otra vez —dijo Black, acercándose a él, con su sonrisa y sus gafas de pasta—. ¿Cuánto tiempo ha pasado? ¿Quince, veinte años?

—Eh..., eh... —tartamudeó Jeff—. No..., no sé.

James le dio un par de palmadas en la espalda, a quien se le notaba evidentemente incómodo con la situación.

—Es... increíble. Qué pequeño es el mundo. ¿Dónde nos vimos por última vez?

—Fue en..., en mi casita... aquí en... la universidad. Después de...

—Ah, ya lo recuerdo. Cierto. Vaya..., cómo pasa el tiempo. Estás mucho mejor, amigo. Me alegro de verdad. Quién lo diría después de aquello. Fue una desgracia.

Jeff tragó saliva e intentó hablar:

—James...

—Lo bueno es que apenas te han quedado secuelas. Bueno, salvo las que saltan a la vista.

—Bueno..., es..., estoy bien.

—Me alegro, amigo. De verdad que me alegro.

Ryan y yo observamos la conversación en silencio. No sabíamos qué ocurría, pero se notaba entre ellos una tensión difícil de explicar. Como si estuviesen hablando entre líneas y ninguno de nosotros pudiésemos comprender qué se decían.

—¿No es increíble que nos encontremos aquí, amigo? Después de tantos años, creo que no hay mejor manera que esta para volverse a ver.

—Yo..., yo también... me alegro de verte, Ja..., James.

—¡Y encima proyectando mi película! ¿No es maravilloso? —vociferó con una alegría incómoda.

—Pue..., pue..., puedo explicártelo, James —respondió Jeff, a quien se le notaba evidentemente preocupado.

—¿Qué hay que explicar? ¿Acaso me he perdido algo?

—Verá, profesor Black —inquirió Ryan, metiéndose en la conversación.

—Usted es Ryan Huff. El *muggle* de clase. Me alegro de verlo de nuevo.

Ryan sonrió, al ver que Black lo había reconocido.

—Llámame James, chico.

—Bueno, James. Disculpe.

—¿Y usted es? —dijo, dirigiéndose a mí con una sonrisa y rostro afable.

—Miranda. Miranda Collins. También estoy en su clase.

—Discúlpeme por no reconocerla. Prometo que su nombre no se me olvidará.

Asentí, vergonzosa. Estaba teniendo una conversación con el gran James Black. En ese momento no sabía cómo reaccionar. Si hubiese sabido todo lo que iría descubriendo sobre él, seguramente mi actitud hubiese sido otra.

—Le conté a Jeff —continuó Ryan— que necesitaba ver *El apartamento* porque usted nos lo había propuesto en clase. Él nos trajo aquí a verla. No hay nada como hacerlo en un proyector. —Ryan me miró de reojo justo tras aquella frase y continuó—: Acabábamos de terminarla y Jeff nos ha ofrecido ver su película.

James Black nos miró a Ryan y a mí, y luego suspiró. Jeff comenzó a desenrollar el film del proyector con rapidez. Black se acercó a nosotros y se sentó exactamente en la butaca detrás de mí.

—¿Os cuento un secreto?

—Por favor... —respondió Ryan al instante.

Me fijé en que seguía agarrándome la mano, tras la espalda de la butaca, fuera de la vista de Black. Yo estaba tan nerviosa que respondí con un ligero «sí» con el movimiento de mi cabeza, que no sé si llegó a salir de mi boca.

—No os gustaría tanto *La gran vida de ayer* si supieseis que en realidad no está terminada —suspiró Black con un aire melancólico.

—¿Eh? ¿Qué quiere decir? La película empieza y termina. Se comprende perfectamente, a pesar de la estructura circular de la trama —inquirí.

—Lo que oís. La película está sin acabar. Lo de la estructura circular de la trama... ¡Ja! Me hace gracia cada vez que escucho eso. Es una invención de los críticos de cine que no han comprendido que a la película en realidad le faltan algunas partes. Hay lagunas en la trama. Los críticos interpretan esos huecos como quieren.

Hablan sobre la profundidad de esos huecos que dejan a la imaginación del espectador lo que ha ocurrido, pero la simple y llana verdad es que está sin acabar. La tuve que entregar así a la productora. No me quedó otra.

—Pero sí que tiene una estructura circular. Es lo que simbolizan las vueltas del carrusel del inicio, ¿verdad? Que todos los personajes están destinados a vivir una y otra vez los mismos problemas en distintas etapas de su vida. ¿No es así? —añadió Ryan.

La cara de James Black cambió en un instante. Hizo una mueca con la boca y se quedó pensativo unos momentos, como si se estuviese acordando de algo que le hubiese ocurrido. Se echó hacia atrás en la butaca, y Ryan y yo, que nos habíamos dado la vuelta en las nuestras, lo observamos en silencio.

—¿Os puedo contar algo? —dijo con su peculiar voz ronca.

—Por favor —respondí en voz alta, expectante.

—El carrusel del inicio es en realidad una especie de homenaje.

—¿Un homenaje? ¿A qué película? —pregunté.

—No es a una película. Es un homenaje a una persona. A la que hizo que yo amase el cine por encima de todas las cosas del mundo. Es el motivo por el que seguí haciendo películas.

—¿En serio? ¿A quién? Si es que puede saberse —incidí, realmente curiosa.

—No os lo puedo contar..., me prometí no hacerlo. Ella se merece que guarde su recuerdo en mi memoria.

—¿Ella? ¿Es una mujer? —insistí—. ¿Hace películas por una mujer?

—Hago películas por amor a una mujer. El amor es lo único que empuja nuestra vida.

Jeff, desde el fondo, que ya había guardado la bobina de la película de Black en su carcasa, y se había quedado inmóvil en la oscuridad tras el proyector, vociferó tartamudeando:

—Es por..., por Paula..., Paula Hicks.

—No..., no te atrevas a mencionarla, Jeff —respondió James, molesto, al tiempo que se daba la vuelta en su dirección.

—¿Paula Hicks? —pregunté, pero mi voz pareció perderse entre la oscuridad de la sala.

Black se levantó de la butaca y se dirigió hacia Jeff con decisión. Este pegó la espalda contra la pared, mientras agarraba la caja de la película de Black con algo de temor. Pensé que iba a golpearlo, pero de pronto la actitud de James Black se transformó por completo al acercarse a él.

—No puede ser —dijo con incredulidad, mirando sorprendido la carcasa metálica negra.

—Te..., te lo puedo... explicar, Ja..., James.

—¿En serio estás enseñándoles esto?

Black acarició con sus dedos la pegatina que rezaba:

*La gran vida de ayer*. Escrita y dirigida por James Black, 1976

Desde donde estábamos Ryan y yo, no podíamos verle la cara a James, pero se le notaba visiblemente afectado.

—¿Se encuentra bien, profesor? —dijo Ryan—. ¿Qué ocurre?

Parecía que iba a llorar de un momento a otro; sus manos temblaban, respiraba con intensidad, mientras cogía con cuidado la película de las manos de Jeff. Acarició varias veces más el título, mientras susurraba algo ininteligible desde donde nos encontrábamos. De repente, y cuando pensábamos que se iba a derrumbar, tragó saliva y recobró la compostura.

—¿Dónde están los otros dos rollos? —preguntó alzando la voz a Jeff.

—Den..., dentro. James..., yo...

—¿La han visto entera?

Jeff negó con la cabeza en silencio.

James respiró hondo, mirando con lástima a Jeff.

—No..., no deberías haberlo hecho, viejo amigo.

Jeff no respondió, pero pude vislumbrar cómo sus ojos oscuros se llenaban de lágrimas.

—Sé que..., yo... lo siento, James. De verdad que lo siento.

Black no respondió, pero dirigió su mirada hacia donde estábamos Ryan y yo.

—Decidme la verdad. ¿La habéis visto entera? —dijo alzando la voz.

—¿Quién no ha visto *La gran vida de ayer*, profesor? —respondí.

—Me refiero a esta versión.

—Estábamos empezando. Solo hemos visto el inicio. Lo del carrusel —añadió Ryan.

—Bien. Eso está bien —dijo, asintiendo con la cabeza, y deambulando de un lado a otro por la sala, visiblemente nervioso.

—Pero estamos deseando verla completa —continué—. Sería maravilloso ver qué diferencias hay entre lo que usted hizo y lo que finalmente se proyectó en los cines de todo el mundo.

James nos sonrió desde lejos y respondió.

—Eso no va a poder ser, chicos.

—¿Por qué? —inquirí.

—Pues porque esta versión de la película es una auténtica basura. La hice yo mismo mientras estudiaba en los mismos asientos en los que os sentáis ahora. No estaba lista para salir. Hay mucho que eliminé y muchas tomas que tuve que grabar de nuevo después. No quiero que nadie pueda ver mis errores. ¿Lo entendéis?

—Pero...—. Tenía el corazón lleno de contradicciones. Deseaba ver aquella versión, pero la actitud de James Black me dejó tan descolocada que no supe qué decir.

—Nadie más debe verla.

—Pero... ¿por qué? —saltó Ryan, preguntando lo que yo no me había atrevido a hacer.

James miró a Jeff, enfadado, y caminó en dirección a la sala contigua. Mientras estaba en ella, pude fijarme en la expresión de Jeff. Estaba desolado. Su actitud contrastaba con la alegría que había mostrado con nosotros. Instantes después, Black salió con las otras dos cajas negras que correspondían a las bobinas dos y tres de la película.

—Se acabó. No hay más que hablar —dijo Black—. Esta película vuelve donde siempre tuvo que estar.

Ryan y yo asentimos, algo desanimados por no haber podido ver los inicios de Black como director. En aquella versión seguramente estarían los antecedentes de la historia, incluso seguro que había sido realizada con actores distintos a los de la versión que luego llegaría a las pantallas. La idea de haber estado tan cerca de ver el nacimiento de un clásico del cine, sobre el que todo eran dudas e interrogantes, y no haberlo conseguido por unos minutos, se nos antojó desoladora, pero había una duda adicional que seguía rondando por mi cabeza y por la que no me pude callar.

—Al menos díganos quién es Paula Hicks.

Black miró con tristeza a Jeff, suspiró y, con dolor, finalmente admitió:

—Paula Hicks fue el gran amor de mi vida.

## Capítulo 14
## Ryan
# Por favor, no

*25 de septiembre de 2015*

La imagen de Black llorando desnudo y en cuclillas contrastaba con la que yo tenía de él cuando apareció con sus gafas redondas de pasta y su traje oscuro el primer día de clase. Esa primera impresión que me llevé se me grabó en la memoria, pero al verlo en esas lamentables condiciones, fui consciente de lo mayor que era. Su cuerpo tenía arrugas en el cuello y en los brazos, también tenía manchas en la espalda causadas por la vejez y su pelo canoso desaliñado no hizo otra cosa que acentuar la idea de que en realidad era un anciano. Nunca me había dado cuenta hasta ese momento. Sus manos temblaban agarrando la carcasa de metal, y no se percató de que estaba allí hasta que me agaché, con un nudo en la garganta, intentando sacarlo del trance que le perturbaba:

—James..., amigo...

Tenía la mirada perdida, como si estuviese reviviendo un recuerdo, y no parecía oírme. Mandy me siguió y se quedó en silencio en la escalera.

—James..., soy yo..., Ryan —susurré.

—¿Ryan? —repitió, sin desviar la mirada hacia mí.

Tenía la espalda sobre la estantería y frente a él había varios rollos desenrollados de alguna película. Seguía agarrando con fuerza la carcasa metálica redonda de una de ellas.

—¿Qué ha pasado, amigo? ¿Una mala pesadilla?

Suspiró hondo, conteniendo las emociones antes de hablar.

—Peor..., mucho peor, Ryan.

—Ey, escúchame. Todo va a ir bien, ¿vale? Ya ha terminado. Lo que te haya ocurrido ya ha terminado, ¿vale? Estás en casa.

No me atreví a tocarlo. Gesticulé a Mandy para que trajese una manta o algo con que taparlo, y se perdió escaleras arriba. Me dolía verlo así. Habíamos compartido muchas conversaciones con las que no solo se había convertido en el mejor mentor que podía tener, sino también en un verdadero amigo a quien acudir en los momentos de dificultad. La de veces que nos habíamos reído con alguna de las películas que se habían producido en los últimos años o con las ocurrencias disparatadas de algunos directores empeñados en poner efectos especiales para disfrazar historias sin alma. Desde que apareció en mi vida, siempre había estado ahí, guiando mi camino y puliendo mis errores, y siempre que tenía algún problema con Miranda lo hablaba con él, devolviéndome las palabras acertadas que yo necesitaba oír. Él, en cambio, era más hermético que yo, especialmente en los asuntos sentimentales. Cuando surgía un rumor que lo relacionaba con alguna actriz o con alguien de la industria, y yo me atrevía a preguntarle, solía responderme con una sonrisa de oreja a oreja y siempre con la misma frase:

—Por favor, Ryan..., no hay nada en el mundo que me interese menos en estos momentos que encontrar a alguien con quien pelearme por las mañanas.

Desde que lo conocí, nunca lo vi con ninguna pareja. Era un solitario, el cine le hacía feliz, y su interés por formar alguna relación con alguien era inexistente. Una vez, a los pocos días de conocerlo, nos contó a Miranda y a mí, en secreto, cuando nos pilló viendo su película en los sótanos de la facultad, que estuvo enamorado y que su gran película, *La gran vida de ayer,* era un homenaje a ella. Una tal Paula Hicks que, por lo que conseguí sacarle de algunas frases esporádicas, debió significar mucho para él.

—¿Algún día piensas contarme algo sobre esa Paula, el gran amor de tu vida? —le dije en una ocasión en que yo acababa de confesarle que mi relación con Miranda no pasaba por los mejores momentos.

—No hay nada que contar, Ryan. Paula era una de esas personas que pasan por tu vida, la mejoran y no sabes por qué un día ya no están —cedió con nostalgia—. Fue en mi época de la universidad. Me llenó de vida. Me hizo amar el cine. Me hizo ser quien soy. Pero luego, simplemente, se fue.

—¿Cómo que se fue?

—No sé si me equivoqué en algo que la hizo marcharse o simplemente apareció porque necesitaba que lo hiciese, para darle sentido a todo, y una vez que lo hizo, y descubrí mi camino, la aparté porque creí que ya no me hacía falta para seguir adelante. Al final, no sé cuál de las dos cosas pasó con ella.

—¿Y por qué no retomas el contacto? Si fue el amor de tu vida, quizá deberías buscarla.

—¿Para qué?

—¡Quién sabe! Quizá ella te recuerde y siga enamorada de ti.

—Ryan..., soy un viejo. Han pasado muchos años de aquello. Ni mi físico es el de hace casi cuarenta años, ni el suyo lo será. Prefiero mantener el recuerdo que tengo de ella. Algunas cosas deben permanecer así, perfectas en la memoria, para no estropearlas con la realidad.

—¡Venga ya! Vaya gilipollez. ¿Acaso no quieres saber al menos cómo le fue?

—Ryan, déjalo. Es un asunto del que no me apetece hablar —zanjó, dejándome sin saber qué responder.

Tras aquella conversación, no volvimos a hablar sobre Paula. Lo que pasó con ella debió de afectarle de verdad, y yo no era nadie para estar abriendo heridas que se remontaban a su época de universidad. Nuestra amistad se fue forjando poco a poco durante los primeros años de la universidad, y las clases de guion se extendieron a tutorías en el campus. No pasó mucho hasta que esas tutorías se convirtieron en largas charlas que comenzaban con un almuerzo en el Steaks para luego terminar con una cerveza en el porche de su casa. Black fue ganando peso en mi vida y yo rellené su soledad. Lo que estaba claro es que para mí se había transformado, junto con Miranda y mis padres, en uno de los pilares que sustentaba mi vida. James Black no solo era mi único amigo, sino que también, por casualidades del destino, era uno de los mejores directores de la historia. Quedaban pocos grandes directores como él, que cuidasen cada mínimo detalle de una trama, como, por ejemplo, que los elementos más insignificantes del inicio cobrasen una magnitud trascendental al final.

—Todo ha terminado, Ryan. Es el fin —balbuceó entre sollozos.

—¿De qué estás hablando, James? Nada ha acabado. ¿Entiendes? Solo has tenido una mala pesadilla.

—No está. Ha desaparecido.

Abrí los ojos con terror. ¿Sabía lo de Miranda? Era imposible. Ni siquiera sus hermanos o su padre se habían enterado. Había pensado llamarlos por la mañana, si finalmente no aparecía. Aún quedaba la posibilidad de que se hubiese ido con alguien y que su desaparición no fuese más que una casualidad. Ni siquiera se lo había contado a mi padre, con quien hablaba prácticamente a diario.

—¿Qué ha desaparecido? —inquirí, deseando que me dijese algo sobre Miranda.

—Se ha esfumado, Ryan... Es horrible.

—¿A qué te refieres, amigo?

—A mi película. Ya no está.

—¿Qué película? ¿De qué estás hablando?

—Te has hecho mayor, Ryan. Ya no eres un crío, no tienes nada que ver con aquel muchacho que me preguntó por las novelas de Harry Potter. Las cosas han cambiado. —Lloró con más intensidad—. Han cambiado a peor.

—Lo sé, amigo. El tiempo ha pasado sobre ambos. —Reí, intentando que se sintiese mejor y que me contase qué le pasaba.

Me miró con el rostro lleno de lágrimas y, casi sin fuerza, susurró con la voz rota:

—Me lo tienes que decir, Ryan. Tú sabes de lo que hablo. La viste aquel día.

—No sé a qué te refieres, James. Dilo de una vez.

—Mi versión. Mi versión inicial. La película que grabé cuando aún era un estudiante.

—¿Estás hablando de tu película, *La gran vida de ayer*?

—La guardé aquí. Hoy necesitaba verla. Lo necesitaba, ¿entiendes?

—¿La versión de 1976?

Recordé que nunca llegamos a ver esa película. Por alguna razón, Black se sentía avergonzado de cómo estaba filmada y nos impidió verla. A decir verdad, los escasos segundos que pudimos visionar, con el inicio del carrusel dando vueltas en esa magistral secuencia proyectada marcha atrás, eran de una calidad impresionante, y no encontré ninguna diferencia en aquellas imágenes respecto a la versión que finalmente llegaría a los cines.

—Ya no está... Estaba aquí. Siempre ha estado aquí desde que la recuperé... y ahora no está.

Detrás de mí escuché los pasos de Mandy, que había vuelto con una manta gris. Seguía con la mirada preocupada.

—La buscaremos juntos, amigo. Te lo prometo —dije, tratando de reconfortarlo—. Tiene que estar en alguna parte de la casa. Seguro.

Apoyó su cabeza sobre mi brazo y escuché su respiración agitada. Las lágrimas brotaron de nuevo de sus ojos envejecidos. Mandy se acercó y lo cubrió con la manta. Aquello pareció calmarlo. Levantó la vista hacia ella y le sonrió. Pareció sentirse arropado, como si aquel gesto fuese algo que llevaba toda la vida echando de menos. Black dejó de llorar y cerró los ojos. Permaneció unos instantes en silencio, apoyado sobre mí, mientras reducía la intensidad de su respiración.

—Vamos arriba, amigo —dije tras un par de minutos en que sentí que se le había pasado—. Necesitas dormir. Te llevaré a la cama y mañana encontraremos lo que buscas.

Yo esperaba hacer lo mismo. Miranda. Miranda. Miranda. Mi mente iba a volar por los aires repitiendo su nombre. Apoyé a Black como pude sobre mi brazo y Mandy me ayudó desde el otro lado. Con dificultad, lo llevamos escaleras arriba hasta su habitación y lo echamos sobre la cama. Mandy lo arropó con la manta que ya tenía Black encima, mientras yo me separaba en silencio sin querer alterarlo. Parecía que Black se había dormido nada más caer sobre la cama, pero abrió los ojos y susurró a su asistente con cariño:

—Siempre estás ahí, Mandy. ¿Por qué eres tan buena conmigo?

—Porque es usted un auténtico desastre. —Sonrió—. Mañana hablaremos de mi aumento de sueldo.

—Dalo por hecho... —respondió Black cerrando los ojos.

Mandy admiraba a Black de verdad. Le había pasado como a mí. Llevaba ya unos diez u once años siendo su secretaria personal, y en todos esos años su vínculo con él no había parado de crecer. Su relación era distinta a la nuestra; cuando los veías juntos, parecían un matrimonio que llevaba más de cuarenta años casados. Mandy se quejaba de lo complicado que era ser la secretaria de Black delante de él, y él hacía lo mismo con ella. A pesar de eso, se notaba la enorme complicidad que había entre los dos. Mandy sabía exactamente qué quería Black en cada momento sin tan siquiera tener que pedírselo y Black había mostrado en numerosas ocasiones cómo cuidaba de ella. Mandy apagó la luz de la mesilla, y bajamos juntos la escalera hasta la puerta.

—Quizá deberías quedarte esta noche —le dije—. No sé cómo se despertará mañana.

—No te preocupes, Ryan. Eso iba a hacer.

—Gracias por cuidar así de él.

—Lo hago porque quiero.

—Lo sé.

Yo estaba ya fuera, dispuesto a irme, cuando me di cuenta de que ella, que se encontraba en ese momento bajo el arco de la puerta, no estaba bien. Quizá le había afectado más de lo que yo pensaba lo ocurrido con Black. La noté preocupada y me aventuré a preguntarle.

—¿Tú estás bien?

—Ryan... —dijo dudando sobre si continuar hablando—. Sé que no es el momento, pero no puedo más.

—¿Qué pasa? ¿Ha ocurrido algo con James que yo no sepa?

—No. No es de James. No tiene nada que ver con él.

—¿Qué...?

—Estoy embarazada.

—Eh..., pero... no... —No sabía qué decir. Un escalofrío me recorrió todo el cuerpo. Miré hacia la calle, oscura, vacía, con algunas farolas encendidas.

—Dime que no es verdad —susurré.

—Lo sé. Joder, Ryan, sé que fue solo aquella vez. —Se llevó la mano a la cara y se tapó los ojos.

—No me hagas esto, Mandy. Por favor, no.

—Es tuyo, Ryan. No ha habido nadie más.

## Capítulo 15
## James Black
# Cada plano cuenta

*1975*

James Black se había instalado en su dormitorio en el campus y, desde que habían terminado las presentaciones el primer día, llevaba varias horas tumbado en la cama mirando al techo. Jeff le había propuesto dar una vuelta por el campus, para que se habituaran al entorno que les acompañaría durante los próximos años, pero James dijo que necesitaba descansar. En realidad, se había quedado pensando en lo que había dicho la profesora Hicks. «Lo triste para un director es que nunca podrá ver todas las películas que se han hecho», repitió la frase en su cabeza. Estuvo un rato dándole vueltas a aquella idea, tumbado en la cama. Se levantó, miró por la ventana del dormitorio, que daba a una amplia zona verde del campus, con alumnos caminando en todas direcciones, y respiró con una extraña sensación en el pecho. Estaba inquieto. No sabía por qué. De pronto, recordó que se había olvidado de llamar a sus padres para informarles de que había llegado bien, por lo que decidió salir a buscar una cabina.

—¿Estás ya instalado, hijo? —dijo Jay Black, su padre, desde el otro lado de la línea.

—Ya tengo habitación y un compañero de clase con quien me llevo bien. Creo que no es un mal comienzo.

—¿Compañero? Dime que no es negro. Tu madre se llevaría un disgusto.

—¿Qué más da eso?

—Tu madre dice que te puede pegar alguna cosa rara.

—¿Pegarme el qué?

—Una enfermedad de negros. Las cosas de tu madre. Lo leyó por ahí y desde que te fuiste solo me dice que te vas a morir porque un negro te va a pegar alguna cosa. Que allí en Los Ángeles hay muchos. Ese lugar no es como Rutland. A los negros no les gusta el frío. Por eso aquí hay tan pocos.

—Papá, no le hagas caso a mamá. Son gente normal, por el amor de Dios. No tienen enfermedades distintas a las nuestras. Son tan humanos como tú.

—No digas tonterías, hijo. Ya te están lavando el cerebro con ideas progresistas.

—Llamaba para saber si estáis bien, pero veo que seguís como siempre. En el siglo pasado.

Su padre suspiró desde el otro lado de la línea.

—Tu hijo se ha echado un amigo negro —dijo su padre, dirigiéndose hacia fuera del auricular, seguramente a su madre, Samantha, que estaría escuchando con atención.

—¡No es negro! —gritó James—. Y si lo fuera, daría igual.

—Bueno, hijo, ¿estás bien? ¿Alguna chica ya ha caído rendida a tus encantos?

—Papá, deja de decir tonterías. Acabo de llegar.

—Pero tienes los genes de tu padre. Eso no lo puedes negar. Tu sangre es seductora. Tu madre cayó en mis brazos en tan solo cinco minutos.

—Las chicas de aquí son muy distintas a las de Rutland, papá.

La voz de mi madre se coló a lo lejos.

—Las chicas de allí son unas zorras. Eso es lo que son.

Ahora fue James quien suspiró.

—Dile a mamá que se calle. La he oído.

—Hijo —dijo su padre en tono serio.

—¿Qué, papá?

—No tomes drogas. Prométemelo. He visto por la televisión que allí todo el mundo toma drogas.

—Papá, por favor. Ya.

—Bueno, solo pruébalas para quitarte el gusanillo y ya está. Yo mismo fumé un par de cigarros de opio en el ejército.

—¿Estás diciéndole a nuestro hijo que se drogue? —preguntó su madre desde lejos, visiblemente enfadada.

—No. Le estoy diciendo que lo pruebe. ¿Acaso no te acuerdas del colocón que cogiste tú en casa de tu prima Molly?

—Pero ¡no es lo mismo!

Comenzaron a discutir entre ellos, y James continuó.

—Bueno, tengo que irme. Ya sabéis que estoy bien. Os iré llamando de vez en cuando.

—Te queremos, Jamie.

—Y yo a vosotros.

James colgó el teléfono, lamentando tener unos padres que parecían haber nacido dos siglos antes, y comenzó a caminar en dirección a la cantina. No había comido nada en todo el día, y aún no había tenido tiempo de comprar algo que llevarse a la boca, pero, de pronto, percibió detrás de él el sonido de unos tacones. Estuvo a punto de darse la vuelta, para ver de quién se trataba, pero los pasos se acercaron con rapidez hasta donde él estaba y se convirtieron en una brisa perfumada de lavanda, en un movimiento de pelo oscuro que cubría el lateral de un rostro. James se detuvo en seco y se fijó en la silueta que seguía avanzando en la dirección en la que él ya no caminaba. Reconoció su figura al instante y a partir de entonces haría lo mismo con el perfume. La profesora Hicks apenas se giró al adelantarlo, y pareció no percatarse de la presencia de James.

James, que en un primer momento se había quedado sin saber cómo reaccionar, arrancó de nuevo, esta vez con mayor velocidad.

—¿Profesora Hicks? —vociferó mientras la alcanzaba.

La profesora Hicks frenó en seco y giró en dirección a James, inexpresiva.

—Señor Black.

«Se acuerda de mi nombre», pensó James, sorprendido.

—Verá, profesora Hicks..., he estado... —vaciló—, he pensado en eso que ha dicho.

—¿A qué se refiere? Digo muchas cosas a lo largo del día.

—A lo de ver muchas películas. A la imposibilidad de verlas todas.

—¿Y bien?

—¿Y si una película tuviese todas las historias en una?

—¿A qué se refiere?

—¿Y si alguien hiciese una película que tuviese todas las historias posibles en una?

—¿Cuánto tendría que durar esa película? ¿Años? Lo que dice es una auténtica idiotez, señor Black.

—No..., no es eso. Me refiero..., ¿y si alguien fuese capaz de crear una película que en una única historia, tratase todos los tipos posibles de historias?

La profesora Hicks sonrió.

—Es usted ambicioso. Ambicioso e inconsciente.

James dudó.

—Y eso está bien. Hay que ser ambicioso e inconsciente para hacer cosas nuevas.

—¿Entonces? ¿Cree que es posible?

—En absoluto. No he escuchado en mi vida como profesora una idiotez tan grande. No solo es imposible, es pretencioso. Es absurdo.

—Pero...

—Le falta humildad, señor Black. Lo que usted plantea solo estaría a la altura de los mejores. ¿No cree? —Sonrió levemente, para luego continuar—: Llevo seis años como profesora aquí y, créame, en estos años he visto a muchos alumnos como usted; ligeramente arrogantes, ligeramente prepotentes, que se creen el siguiente Orson Welles. Y adivine qué. He olvidado el nombre de todos ellos. ¿Qué lo diferencia a usted de los demás? Si me dice algo que lo diferencie, tendrá mi apoyo. —La profesora volvió a sonreír.

James Black comenzó a hundirse en su interior, cuando de pronto dijo:

—Que yo pienso conseguir que usted no se olvide de mi nombre.

La profesora Hicks asintió con aprobación.

—Va por buen camino, señor Black. Dígame una cosa: ¿cuál es su película favorita?

—No tengo solo una. Tener solo una sería insultar a tantas películas...

—Eso está bien —respondió la profesora, cambiando el tono—. Hagamos una cosa. ¿Qué le parece que le espere hoy a las siete en punto en la esquina norte del campus, junto al Melnitz Hall?

—¿Eh? —James no supo qué responder—. ¿Qué he hecho mal?

—Nada, señor Black. De eso se trata. Aún no ha hecho nada mal. Así que no llegue tarde.

—Va..., vale, profesora Hicks.

La profesora se dio la vuelta y se marchó, dejando a James Black inmóvil, observándola mientras se iba paseando a través de un camino de baldosas grises del campus. James no sabía qué acababa de pasar. Se preguntaba para qué querría verlo más tarde. La sensual profesora Hicks, que se contoneaba de un lado a otro con su falda de tubo, su blusa desenfadada, su pelo moreno bailándole por la espalda a la altura de su sostén, se paró a hablar con otro profesor, y James siguió mirándola de lejos, inquieto, mientras en su nariz permanecía el aroma a lavanda de su perfume. A los pocos segundos de aquella conversación, la profesora reanudó la marcha y se perdió en la oscuridad interior de uno de los edificios del campus. James permaneció algunos instantes mirando hacia la puerta, por si salía de nuevo, pero cuando se dio cuenta de que no iba a suceder, volvió a su dormitorio.

Una vez allí, estuvo haciendo tiempo colocando en el armario la escasa ropa que había traído, mientras no paraba de darle vueltas a la conversación que acababa de tener con la profesora. Pensó incluso en llamar por teléfono a su padre para pedirle consejo, pero lo último que quería escuchar era que dejara que su aroma de Black encandilase a la profesora. En realidad, ¿era una cita? Repasó su conversación e intentó leer entre líneas todo lo que le había dicho, pero no había nada que indicase que sería una cita. James concluyó que seguramente solo querría hablar con él sobre su idea de una película que reuniese todas las historias posibles. Tal vez le proporcionaría argumentos para que se diera cuenta de que era un camino sin salida, o tal vez le indicaría que no cometiese los errores de los alumnos de los años anteriores. James estaba hecho un auténtico lío. Dudó, incluso, si presentarse en el Melnitz Hall, o si asistir y observar desde lejos si ella llegaba y cómo reaccionaba al no verlo allí.

Tan pronto como se dio cuenta, eran las siete menos diez minutos y ya estaba listo y esperándola en la acera, justo en la esquina que le había dicho, mirando en todas direcciones por si la veía llegar. Se había bañado en perfume, se había puesto una camisa blanca y unos vaqueros, y se había peinado a conciencia durante más de media hora colocando en el lugar exacto cada mechón de su pelo castaño. Aquellos diez minutos esperándola se le hicieron eternos, y estuvo incluso a punto de marcharse a su dormitorio. Entonces se cruzó con otro de los profesores ancianos que habían presentado su clase aquel día, y James le saludó agachando la cabeza, pero poco después, el sonido de un claxon sonó desde la carretera.

—¿Vamos? —dijo la profesora Hicks, desde el interior de un pequeño Triumph descapotable de color burdeos.

James sonrió, sorprendido.

—¿Adónde? —preguntó, mientras abría la puerta y se montaba en el asiento del copiloto.

—A ver una película.

## Capítulo 16
## Miranda
## ¿Un monstruo?

Tras aquella frase, James Black zanjó la conversación y se marchó de la sala, cargando las tres cajas que contenían su película, dejándonos con la palabra en la boca. Jeff se sentó en una de las butacas del fondo de la sala y susurró:

—¿Os... im..., importa... dejarme solo?

—¿Qué ocurre, amigo? —le dijo Ryan, acercándose a él.

Jeff parecía muy afectado por su encuentro con James. Comprendí que algo grave debía de haber pasado entre ellos dos, pero no me atreví a preguntar.

—Dejad..., dejadme solo, por... favor.

—Pero, Jeff..., ¿está todo bien? Seguro que hay alguna manera de que Black te consiga una copia de *La gran vida de ayer*.

—Estoy... bien. No os preo..., preocupéis por mí.

Ryan me agarró la mano, el cosquilleo en el estómago volvió, las emociones por estar a su lado resurgieron, y me di cuenta de que era eso justo lo que yo buscaba en un hombre. Ay..., cuánto cambió después. Si solo hubiese mantenido una décima parte de la energía de entonces, no se habría deteriorado todo.

Ryan me susurró que nos marchásemos, que ya hablaríamos con él cuando se encontrase mejor. Me guio con su mano por los pasillos del sótano, y yo lo seguí entusiasmada de vuelta al Melnitz Hall. Una vez arriba, nos dimos cuenta de que ya estaba anocheciendo. La tarde había pasado tan rápido a su lado, con sus besos, acurrucados mientras se proyectaba una película que poco nos importaba, que consiguió borrar por completo el recuerdo del resto de capullos que habían pasado por mi vida.

—¿Vienes?

—¿Adónde?

—A mi dormitorio.

Era decidido, eso no lo voy a negar. ¿Tan difícil era no cambiar? Aunque me gustaba, preferí hacerlo esperar. Me atraía tanto que quería que se implicase más en nuestra relación, que estuviese completamente a mi merced, antes de darle lo único que con el tiempo descubrí que le importaba. Si quieres tener a un tío atrapado bajo tu encanto, agárralo entre las piernas con la ropa puesta.

Acordamos vernos al día siguiente en clase y se despidió de mí con un gesto que jamás olvidaré: me tapó los labios con su pulgar y se lo besó, dejándome con ganas de sentir el tacto de sus labios una vez más. Con los años, aquel beso a nuestros dedos se convirtió en nuestra manera de despedirnos cuando íbamos a estar varios días separados por trabajo. Me alejé en dirección a mi dormitorio con la sensación de que aquella tarde había sido especial. Tenía el corazón latiéndome con fuerza, los labios ligeramente arañados por el roce con su barba, mi alma dando saltos de emoción. Qué ilusa.

A la mañana siguiente, me desperté y escuché a Janet, mi compañera de cuarto, gritarme desde el escritorio:

—Bueno, ¿es que no piensas contarme nada?

—No hay nada que contar —mentí.

—Pues para no haber nada que contar, te vi ayer con Ryan.

—¿Ryan?

—¡Vamos! ¡No te hagas la tonta!

Me tiró el cojín de la silla giratoria en la que estaba sentada.

—¡No hay nada que contar!, pero...

—Pero ¿qué?

—Creo que... me gusta. Me gusta mucho.

—¡Vaya! Qué callado te lo tenías. ¿Y qué hay de Larry? ¿Cómo coño se llamaba?

—Larry es historia. Ryan es... distinto.

—Bueno y qué..., ¿os liasteis?

Sonreí.

—¡Miranda! —Rio a carcajadas—. Me lo tienes que contar todo.

—¡Ni hablar! Eres una chismosa cotilla. No quiero... estropearlo. Tengo la sensación de que él es especial.

Janet era muy insistente, pero me sonrió con aprobación. Me vestí y me marché a clase. Ryan me estaba esperando en la puerta de clase para entrar. Lo saludé nerviosa, con un cosquilleo en el estómago, y él me miró con la tez seria.

—¿Qué pasa?

—No está. No aparece.

—¿De quién estás hablando?

—De Jeff. He ido a buscarlo hoy a primera hora. Recordé que junto con mis cosas había traído conmigo un VHS de *La gran vida de ayer* y, después de lo que ocurrió ayer, pensé que quizá le gustaría tenerla. Sé que no es lo mismo, pero creí que tal vez conseguiría animarle. Lo vi tan afectado porque Black se llevase la película que decidí darle la mía. No me hace falta, ya la he visto muchas veces.

—Estará en alguna otra parte del campus —deduje, intentando calmarlo.

—No está. Se ha ido.

—¿Cómo que se ha ido?

—He ido al almacén de mantenimiento, lo he buscado en el archivo, he recorrido toda la universidad y he comprobado en los sitios en los que solía verlo. No está por ninguna parte.

Lo vi realmente afectado.

—Tal vez tuviese algo que hacer y hoy no ha venido.

—No es eso. Él siempre está aquí. Vive en el campus, ¿sabes? En una casita detrás del edificio de administración.

—Tal vez esté allí.

—Es el único sitio donde no he mirado.

—Las clases están a punto de empezar. ¿Vamos después?

Ryan asintió.

Entramos en clase y nos sentamos juntos. La verdad es que no presté atención a nada de lo que dijeron aquel día. Las horas pasaron rápido, los profesores se fueron sucediendo con velocidad. Ese era el efecto que Ryan había conseguido causar en mí: que nada más importase. De vez en cuando bromeaba en susurros con algo que había dicho algún profesor, y yo sonreía, y repasaba su frase en la cabeza, una y otra vez, intentando encontrar palabras que dedujeran que yo le gustaba tanto como él a mí. Llegó la clase de Black y, para nuestra sorpresa, faltó. Su asistente, una chica morena que podría tener nuestra edad, saludó y explicó que ese día el profesor James Black no se encontraba bien.

Se formó un gran revuelo, puesto que Black era el motivo principal por el que casi toda la clase había aguantado las horas previas. Ryan y yo relacionamos la extraña desaparición de Jeff con la falta de Black, y seguimos a la ayudante de Black fuera para preguntarle directamente a ella:

—¿Qué le ha pasado al profesor? —inquirí alzando la voz para evitar que se alejase.

—Hoy se encontraba indispuesto —respondió, algo esquiva, tratando de darse la vuelta e irse lo antes posible.

—Pero ¿le ha pasado algo?

—Me ha llamado por teléfono y me ha pedido que avisase de que no podría venir. No sé nada más.

—¿Y no ha dicho nada más?

—Sus palabras exactas fueron: Mandy, suspende la clase. Hoy no podré asistir —respondió, irónica, para luego continuar—: Creo que ha sido muy claro.

Se dio la vuelta y se alejó por el pasillo con rapidez.

—¿A qué vienen tantas prisas? —pregunté a Ryan, que la miraba alejarse con cara incrédula.

—No lo sé..., pero tal vez tenga que ver con Jeff.

Decidimos ir a la casita donde vivía, justo detrás del edificio de administración. Era una especie de construcción de una planta de ladrillo rojo y tejado plano, adosada a la parte trasera de un edificio de varios pisos. Tenía una pequeña ventana a uno de los lados de la puerta, y Ryan se acercó a mirar hacia el interior.

Dentro, desde la ventana, se podía observar en la penumbra una pequeña cocina desordenada.

—No veo a nadie.

Me acerqué a la puerta y llamé con la aldaba oxidada.

—¡¿Jeff?! —gritó Ryan, preocupado.

Agarré el pomo y forcejeé un poco con él. Me di cuenta de que la puerta estaba abierta, y le hice una seña a Ryan para que se acercase.

—¿Qué pasa? —me dijo.

—Está abierto —susurré.

—No podemos entrar. Nos jugaríamos...

No le di tiempo a acabar la frase cuando abrí la puerta y metí un pie dentro.

—¿Estás loca?

—¿Jeff? —grité—. ¿Estás ahí?

Sentí que Ryan se quedaba bajo el marco de la puerta durante unos instantes, mientras yo permanecía en pie en el centro de la sala. Era un pequeño salón comedor, con la cocina abierta de muebles blancos y antiguos a un lado. Me fijé en que los platos estaban sin fregar, y había una sartén llena de aceite sobre la hornilla. La parte del salón era notablemente modesta. Consistía en un pequeño sofá marrón de tela desgastada y cojines ya cedidos, frente a un mueble de madera blanca que exponía algunos marcos de fotografías y figuras de porcelana en torno a un televisor cuadrado de veintiuna pulgadas. Entre los rayos de luz que entraban por la ventana se podía observar el polvo que envolvía toda la estancia.

—¿Vas a venir o te vas a quedar ahí mirando? —susurré a Ryan—. Tienes que ver esto.

—Estás completamente loca —me dijo, sonriendo—. Demasiado para mí. Y eso me gusta.

Le sonreí y se acercó hacia donde yo estaba.

—¿Es ese Jeff? —dije, incrédula.

Era una fotografía en sepia de un chico de unos veinte años, sonriente, de pie frente al Melnitz Hall, el mismo edificio de la facultad en el que estudiábamos Ryan y yo. Llevaba puesto un pantalón de campana y una camisa de manga corta blanca, y su cara era muy diferente a la que yo había conocido. Era evidente que habían pasado muchos años desde que se tomara esa fotografía, pero costaba reconocer a Jeff en aquel chico guapo, pues ahora solo quedaba un rostro desfigurado por las cicatrices. El joven de la imagen era atractivo, con el pelo liso castaño, y mantenía una postura erguida que difícilmente sería capaz de conseguir en ese momento.

—Tiene que serlo. Se parece mucho. Es increíble cuánto ha cambiado.

—Debió de pasarle algo horrible para acabar como está ahora. Las cicatrices lo han desfigurado.

Ryan se acercó al mueble del televisor y echó un vistazo al resto de fotografías, con curiosidad.

—¿Este no es Black de joven? —dijo Ryan, señalando otra de las fotos.

—Sí. Es Black.

Me acerqué para ver esa fotografía mejor. En ella se veía a un sonriente James Black, con unos veinte años, vestido con vaqueros y un polo blanco, junto a Jeff. Ambos reían, y Black tenía el brazo por encima de su compañero.

—Parece que ya se conocían desde aquella época, cuando Black estudiaba aquí. Esta foto debe de ser de los setenta. Parece que estudiaron juntos.

—¡Claro! De eso se conocen —exclamó Ryan.

Otra fotografía me llamó la atención. En ella se veía a Jeff, algo más mayor que en las otras fotos, ya cubierto de cicatrices, sentado sobre el césped de un parque, mirando a una niña de unos ocho o nueve años que reía a su lado, mientras él levantaba en el aire a un niño de unos tres o cuatro años. Tanto la niña como Jeff estaban visiblemente felices, mirando al niño con ilusión.

—¿Es Jeff? ¿Jeff tenía hijos? —inquirió Ryan.

—Ni idea..., pero parece que sí.

—No me había dicho que los tuviese. Pero... ¿cuántos años tiene esta foto? Si es de los años setenta, sus hijos deben de ser mayores que nosotros.

Me quedé pensando en Jeff, mientras Ryan seguía inspeccionando la casa, intentando encontrar algo que le dijese dónde podía estar. ¿Qué le había pasado para acabar así? Había demasiada diferencia entre el Jeff sonriente, atractivo y con una pose atlética de la primera fotografía con respecto al que yo había conocido, a quien le costaba mantenerse erguido, con cicatrices en la cara y el cuello, y un tartamudeo que quizá fuese causado por su inseguridad.

—Dios santo..., ¿qué le pasó a Jeff? Era... normal. Completamente normal —dije finalmente en voz alta—. Ahora es...

De pronto una voz femenina alzó la voz a nuestra espalda.

—¿Un monstruo? ¿Ibas a decir eso?

## Capítulo 17
## Ryan
# Una bolsa de plástico

*25 de septiembre de 2015*

Me marché a casa, con la luz del sol insinuándose por el horizonte, y al llegar me tumbé en el sofá. Cuando aporrearon a la puerta, debería llevar como un par de horas, derrotado, dándole vueltas a la cabeza sobre el embarazo de Mandy y la desaparición de Miranda. ¿Cómo se podía haber hundido tanto mi vida en una sola noche?

En realidad, lo de Mandy había ocurrido un par de meses antes, durante una fiesta de celebración por el estreno de una de las películas del principal productor de James Black. Él insistió en que fuese para hacer contactos, pues sabía muy bien cómo funcionaba todo, y tal vez podría conocer en esa celebración a alguien que se interesara por alguno de mis guiones. Aquello estaría lleno de otros productores, directores, actrices y gentuza como yo. En aquella ocasión, Miranda me acompañó y llevó un vestido largo amarillo cuyo escote colgaba por su espalda, y estuvo toda la noche sonriendo, adulando mi trabajo frente a desconocidos y encumbrando mis diálogos en detrimento de los suyos.

—Tienes que leer lo nuevo de Ryan. Es eléctrico. —No paraba de reír junto a uno de los productores—. Ryan ha escrito una auténtica joya digna de producir —aconsejó a otro, mientras brindaba con la copa de champán en alto.

Me empecé a sentir mal. Fracasado. Veía a Miranda, con aquel vestido amarillo, tan radiante, tan enérgica y charlando sin parar con directores, intentando reflotar mi carrera, que yo no tenía ánimo ni tan siquiera para apoyarla en aquello que a mí me incumbía. Los últimos rechazos que había sufrido me habían destrozado la autoestima, y ver a mi mujer, vendiendo mis escasos méritos como si fuese mi madre, me hizo sentir una mierda. Yo asentía con cada uno de sus elogios, pero llegó un punto en que no era capaz ni de articular una palabra.

—Voy a por una copa —le dije, tras oír por enésima vez el argumento de uno de mis últimos guiones absurdos sin pies ni cabeza.

Miranda era buena. Realmente única y yo un energúmeno. ¿Acaso merecía estar junto a ella? Mientras daba vueltas tumbado en el sofá pensaba que quizá me merecía lo que había pasado, su desaparición. Pero seguí recordando aquella fiesta...

Me quedé junto a la barra del catering, repleta de copas boca abajo, con un whisky en la mano, y vi a James Black a lo lejos, sonriente, con sus gafas de pasta, embutido en un perfecto traje negro con camisa blanca, protagonista de una conversación risueña con un par de actrices de veintipocos años. Me miró y sonrió, y yo le devolví el saludo alzando la copa.

—Como alguien más me pregunte si estoy casada con James Black me pego un tiro —dijo una voz femenina a mi lado.

Era Mandy y, sinceramente, estaba preciosa. Llevaba puesto un vestido verde oscuro y el pelo suelto sobre sus hombros desnudos. Hasta ese momento no me había fijado en lo atractiva que era.

—Como mi mujer siga adulándome como si fuese mi madre, me lo pego yo.

—*Touché* —me respondió, chocando su copa de champán con la mía.

Nunca antes se me había pasado por la cabeza ser infiel a Miranda, pero admito que aquella noche hubiera hecho lo que fuese porque ella se marchase de una vez. Podría haber venido a la fiesta, como siempre hacía, y permanecer en silencio mientras yo intentaba jugar mis cartas, pero su actitud de superioridad, analizando mis guiones frente a desconocidos, me sacó de quicio. Mandy estuvo, en cambio, encantadora. Siempre había sido así en realidad. Aquella noche yo necesitaba una Mandy a mi lado, que me hiciese sentir mejor, que escuchara lo que yo tenía que decir, pero en cambio tenía a Miranda, corrigiendo mis frases, brillando con su vestido, dejándome en evidencia, haciéndome sentir un fracasado.

Como la fiesta era en un jardín de la mansión del productor, le ofrecí a Mandy si le apetecía entrar dentro a sentarse en algún salón de la casa. Una vez dentro, le propuse husmear un poco por las distintas estancias por si veíamos algo gracioso de lo que reírnos (un cuadro del productor presidiendo la chimenea, ropa interior comprometedora, una mascota vestida de terciopelo), algo a lo que ya había jugado con Miranda en otra fiesta hacía años, y descubrí, en un instante, que me estaba divirtiendo de verdad. No encontramos absolutamente nada destacable, pero Mandy parecía reírse con todas mis bromas y los chistes absurdos que había contado cien veces a Miranda la hacían llorar de la risa. Me quedé perplejo cuando me descubrí besándola al final de un pasillo bajo una réplica del Saturno devorando a su hijo.

No tardamos mucho. Fue tan intenso, tan espontáneo, tan idéntico a los inicios con Miranda, que me sentí vivo mientras duró. De pronto, comprendí que Miranda estaba en la fiesta y que me jugaba demasiado. Cuando salí del despacho en el que nos habíamos metido, me encontré de bruces con ella, que me observaba inexpresiva, en silencio.

—¿Cariño? —le dije.

No me respondió. La vi suspirar, inmóvil, y continué:

—Estaba buscando el baño.

Recé para que Mandy no saliese de la habitación.

—¿Va todo bien? —Me acerqué a ella y la agarré de la cintura.

—Fuera... —dijo, haciendo una pausa— hay un director a quien le interesa tu guion. Ven..., quiere conocerte.

Salimos juntos al jardín y la fiesta continuaba, como siempre pasaba en Los Ángeles. En realidad, me costaba hablar. Justo antes de llegar al grupo en el que se encontraba el director, Miranda se separó de mi brazo y se volvió hacia mí.

—Compórtate como un maldito hombre —susurró, colocándome la corbata—. Vende tu puta película.

Estuvimos un rato charlando con el director, hablando efusivamente del guion, de lo magnífico que era, de lo brillantemente escrito que estaba y lo poco que costaría producirlo, y Miranda consiguió concretar con él que lo tendría en su despacho el lunes a primera hora.

Cuanto más recuerdo cómo se comportó Miranda aquella noche, peor me siento por lo que hice. No es que Miranda no me atrayese, sino que no me seducía en lo que me convertía yo cuando estaba a su lado. Quizá ese es el síntoma de un amor moribundo.

Cuando volvieron a aporrear la puerta, abandoné los recuerdos y salí a abrir. Era la inspectora Sallinger para anunciarme la peor noticia posible: el cuerpo de Miranda había aparecido enterrado a escasa profundidad junto a un camino en el bosque, cerca de Hidden Springs.

La inspectora siguió hablando sobre cómo un padre y su hijo habían advertido el pie que sobresalía del suelo y que había quedado al descubierto por la lluvia de aquel día, pero yo seguía de espaldas a ella, inmóvil, conteniendo las lágrimas en vano.

Estuve llorando un rato. Era imposible no llorar. A pesar de que nuestro matrimonio no pasaba por el mejor momento, yo quería a Miranda. De verdad que la quería. Amaba el pequeño equipo que formábamos. Amaba dormir con ella, me encantaba verla desnuda.

La inspectora Sallinger permaneció un rato en casa y cuando recobré el aire, acordé con ella que tenía que ir a identificar el cadáver. Necesité sentarme un rato en el salón, mientras aglutinaba fuerzas para hacer lo que llevaba ya varias horas posponiendo. Cogí el móvil y marqué:

—¿Ryan? —dijo Zack Collins, el hermano de Miranda, al otro lado del auricular—. ¿Va todo bien?

—Zack… —Me fallaron las fuerzas y comencé a sollozar—. Miranda ha... —No conseguía terminar la frase.

—¿Ryan? ¿Qué te pasa? ¿Va todo bien?

—Miranda ha muerto...

—¿De qué estás hablando, Ryan? ¿De qué diablos estás hablando?

No pude seguir hablando. Le pasé el teléfono a la inspectora Sallinger. El nudo que se me había formado en la garganta me estaba dejando sin aire. La inspectora le resumió lo ocurrido y acordó que se vería con él en el depósito de cadáveres, donde a Miranda le practicarían una autopsia para descubrir la causa de la muerte. Yo me había convertido en un auténtico trapo y apenas podía hablar. Me monté en el vehículo de la inspectora Sallinger y descubrí que el inspector Sachs esperaba sentado en el asiento del copiloto. Mi vecina, Hannah Parks, que había visto llegar el coche de la inspectora y se había quedado husmeando en mi jardín, se acercó corriendo al cristal de mi ventanilla y gritó desde el otro lado:

—¿Dónde está Miranda, Ryan? ¡¿Qué has hecho con ella?! ¡¿Qué has hecho?!

La miré asustado. ¿Qué había hecho yo con Miranda?

La inspectora Sallinger dio marcha atrás y se alejó de mi casa y de Hannah Parks. Me di la vuelta para mirar por la luna trasera, y vi a Hannah siguiendo el vehículo con la mirada, realmente afectada.

¿Qué iba a hacerle yo a Miranda? Nunca le pondría la mano encima.

—No se preocupe, señor Huff —dijo la inspectora—. Los vecinos suelen reaccionar así en casos como este. Te dan la bienvenida con un pastel horneado y en el momento en que descubren algo que no les gusta te ponen a parir. A nadie le gusta la gente con vidas perfectas, y mucho menos si son tus vecinos.

Permanecí en silencio durante todo el camino y, al llegar al depósito de cadáveres, me hicieron esperar en un pasillo durante varias horas. Estaba derrotado, incomodísimo, sentado en una silla de plástico, y la espera se me hizo eterna. Mandy me había llamado varias veces y yo no había cogido el teléfono. Tras contarme lo del embarazo, le dije que hablaríamos en unos días. No quise decirle lo de Miranda, y tampoco quería apresurar las cosas. Había sido un error, pero en el momento en que me lo contó apenas podía tomar ninguna decisión. Me encontraba sobrepasado.

La inspectora apareció en el fondo del pasillo acompañada del inspector Sachs, y me levanté lo más rápido que pude:

—Acabemos con esto de una vez.

—Acompáñenos, señor Huff —dijo el inspector Sachs, señalando con el brazo una puerta metálica que había en el centro del pasillo.

Cerré los ojos antes de empujar la puerta, sentí el tacto frío del metal en la yema de mis dedos, el aire gélido que salía de la sala. El médico forense, un hombre de unos cincuenta y tantos, calvo y con un prominente bigote, estaba de pie junto a una mesa en la que se distinguía claramente un cuerpo metido dentro de una bolsa de plástico negra. Tenía la sensación de que estaba a punto de desmayarme, pero escuché la voz de la inspectora Sallinger justo detrás de mí:

—Tómese su tiempo.

Me paré a menos de un metro de la mesa y el médico forense comenzó a abrir la cremallera de la bolsa. Esperé a que terminase y me acerqué con pasos cortos y con los párpados rojos. Cuando por fin alcancé la mesa y miré su rostro, descubrí algo que no esperaba:

—Esta no es mi mujer —dije.

## Capítulo 18
## James Black
# Los primeros finales

*1975*

James Black había estado nervioso todo el trayecto en el coche, sin saber dónde colocar las manos. A su lado, la profesora Hicks conducía con una sonrisa; el aire de Los Ángeles hacía que su pelo bailara bajo las luces incandescentes de la ciudad. De vez en cuando la profesora lo miraba y él permanecía en silencio sin saber cómo iniciar la conversación. Para James, aquella mujer era distinta de todas con las que había salido antes. La profesora Hicks le sacaba algo más de diez años, debía de tener unos treinta según sus más burdas estimaciones y, sin duda, era endiabladamente atractiva: labios carnosos pintados de rojo, pelo moreno liso y brillante, manos femeninas cuyos pulgares acariciaban una de las costuras del cuero del volante. En la radio sonaba algo de los Beatles, pero estaba tan nervioso que James no reconoció la canción.

—Antes de que digas nada —dijo la profesora Hicks interrumpiendo el silencio—, esto no es una cita.

—Por..., por supuesto que no lo es —respondió James.

—Es simplemente una actividad extracurricular.

—Lo he entendido.

—No quiero que te hagas ideas raras.

—Ninguna idea rara. Lo he entendido. —James Black sonrió.

—Verás, James. —Hizo una pausa mientras giraba el volante y entraba en Sunset Boulevard, para luego continuar—. Creo de verdad que eres distinto a los demás estudiantes. Se nota que quieres aprender. Creo que eres valiente. Un director de cine tiene que serlo. Tiene que arriesgarlo todo en cada película que hace. Pero también tiene que saber que hay límites.

—Límites, sí —asintió James.

—Pero..., y esto quiero que lo sepas, una vez que aprendas todos los límites que hay, tienes que ignorarlos. Recuerda, tienes que ser tú quien los pone y nadie más.

—Aprender los límites e ignorarlos —repitió James, realmente nervioso. Las manos le sudaban y tenía dificultad para responder sin dudar.

—Hoy me gustaría enseñarte qué es lo más grandioso que se ha hecho nunca en el cine. Quiero que aprendas en un día lo que muchos aspirantes a directores tardan toda la vida.

James asintió.

—¿Y qué lección es? Aprendo rápido.

La profesora Hicks pegó un frenazo y miró en dirección a James.

—¿Vas a ser impaciente?

—No. No, profesora. Claro que no.

—No me llames profesora. No me gusta.

James tragó saliva y estuvo a punto de disculparse, pero no le salió.

—Mi nombre es Paula Hicks. Llámame Paula. En clase, profesora. Aquí, Paula. ¿Ha quedado claro?

—Clarísimo, profesora. Digo..., Paula —se corrigió tras chasquear la lengua con el paladar.

Paula Hicks sonrió y volvió la vista hacia el frente. Pisó el acelerador y de nuevo su pelo comenzó a bailar. Llegaron a una zona muy iluminada con gente por todas partes. James Black no había tenido tiempo de visitar nada, ni de conocer en persona todo lo que le habían contado sobre la magia de la ciudad de las estrellas, y ver tanta gente en la acera, caminando en todas direcciones vestida con ropa moderna, le entusiasmó. Durante el trayecto, se fue fijando en algunas salas de cine que proyectaban una película de tiburones que se acababa de estrenar y de la que todo el mundo hablaba últimamente, pero que él aún no había tenido tiempo de ver.

—¿Vamos a ver *Tiburón*?

—Mejor. Mucho mejor.

Paula siguió conduciendo un poco más, hasta que finalmente giró por una calle secundaria y paró el coche junto a un callejón oscuro.

—Hemos llegado —dijo Paula, parando el motor y saliendo del Triumph.

—¿Aquí es? ¿No íbamos al cine? —James salió también del coche con rapidez, al ver que la profesora ya se alejaba en dirección hacia la zona oscura del callejón.

Al final del pasadizo había una puerta azul con una lámpara sobre ella. No tenía ningún cartel que indicara de qué se trataba, pero tenía pinta de ser el antro más clandestino de toda la ciudad. A uno de los lados, tirado en el suelo, había un vagabundo que saludó a Paula levantando la mano en cuanto se paró delante de él. Paula se agachó, le dio un billete de veinte dólares y le susurró algo imperceptible. El vagabundo miró en dirección a James y le hizo aspavientos con el brazo para que no se quedase atrás. Paula se volvió a incorporar y James tragó saliva antes de seguirla con nerviosismo, mientras ella caminaba contoneándose en dirección a la puerta.

—¿Vienes? —dijo, volviéndose con una sonrisa.

—¿Dónde estamos? —preguntó James, realmente nervioso. Por un momento dudó sobre si debía de haber aceptado la invitación de la profesora.

—Descúbrelo por ti mismo —respondió, señalando con la palma de la mano hacia la puerta.

James cerró los ojos y puso su mano en el pomo de la puerta. Fuese lo que fuese lo que había allí, estar con la profesora Hicks le estaba dando más valor que nunca. La adrenalina de tener una cita con ella le recorría todo el cuerpo y podía sentirla incluso en la punta de sus dedos, que ya giraban el picaporte. Justo antes de abrir, se detuvo un segundo y se dio cuenta de que apenas conocía a la profesora, y, sin embargo, allí estaba con ella, en un lugar desconocido.

—Adelante —susurró Paula sobre su hombro, a escasos centímetros de su oreja.

Sin dudarlo un segundo más, James Black agarró el pomo con fuerza y abrió.

## Capítulo 19

## Miranda

# Despedido

Me giré impresionada, y descubrí a una chica varios años mayor que nosotros, con el pelo moreno, junto a la puerta.

—Fuera ahora mismo de aquí —ordenó, molesta.

—No iba a decir eso. De verdad que no... —intenté disculparme, pero me di cuenta de que el daño estaba hecho—. Lo..., lo siento.

—¡Fuera! —gritó.

—¿Eres la hija de Jeff, verdad? —preguntó Ryan—. Es mi amigo... Solo estábamos preocupados por él.

—¿Preocupados por mi padre? ¡Ja! Nadie se preocupa por él. A nadie le importa. A nadie le ha importado nunca mi padre.

—Así que es verdad que Jeff tenía hijos. Tú eres la de esa foto, ¿no? —inquirí, intentando incorporarme a la conversación.

La chica entró con rapidez a la casa y comenzó a recoger los marcos de fotografías que había sobre los muebles y a meterlas en una bolsa que llevaba entre las manos.

—He venido a por las últimas cosas y nos largamos de aquí.

—¿Dónde está tu padre? —preguntó Ryan.

—¿No has oído? Nos vamos. Nos marchamos de la ciudad. Este sitio solo nos ha traído sufrimiento.

—Un segundo, ¿vivías también aquí?

—Con mi padre y con mi hermano. Pero eso ya da igual. Nos vamos de esta apestosa ciudad.

—¿Los tres estabais en esta casita tan pequeña? —insistió Ryan, buscando respuestas.

—Mi padre trabajaba aquí a cambio de alojamiento y de nuestras matrículas pagadas en la universidad. El personal tiene acceso a grandes descuentos en las matrículas de sus hijos, pero ahora ya da igual. Mi padre ha hecho este trabajo durante muchos años para que tuviésemos acceso a una educación que él tuvo que abandonar. Quería trabajar en el cine, ¿sabes? Mi padre quería trabajar en el cine..., pero todo se fue a la mierda. Se fue a la mierda entonces y se ha ido a la mierda ahora. Nuestra vida entera ha sido una mierda.

—¿De qué estás hablando? —pregunté.

—No os enteráis de nada, ¿verdad? Han despedido a mi padre. Nos marchamos. Los tres.

—¿Por qué? ¿Por qué lo han despedido? —dijo Ryan.

—Preguntádselo a vuestro admirado profesor. A nadie parece importarle un simple conserje.

—¿Es por culpa de Black? Es imposible. Black nunca haría algo así —refutó Ryan, sin creérselo.

—¡No me digas! Ja, permitidme que me ría.

La chica siguió cogiendo cosas de los cajones y metiéndolas en bolsas.

—¿Os podéis marchar? Esta no es vuestra casa. Bueno, ahora tampoco es la nuestra, pero sí que lo ha sido durante un tiempo y eso nos da derecho a algo.

—Pero... Black..., oye, ¿esto tiene que ver con lo que pasó ayer?

—Dejad que os diga una cosa. No sabéis en realidad cómo es James Black. ¿Acaso conocéis algo de su vida? Todo el mundo lo idolatra. Todo el mundo lo adora por la película esa que hizo, pero esa película es una maldita farsa. Está manchada de sangre. Nadie pone en duda lo que hace ni lo que dice el gran James Black. Todos lo adulan, pero en realidad es un ser despreciable. ¿Os ha contado lo que le hizo a mi padre cuando eran jóvenes? ¿Verdad que no? A nadie le interesa. La sombra de Black es demasiado oscura para ver dentro de ella.

—¿Qué pasó? —pregunté, esperando de verdad una respuesta.

—Preguntádselo a él. Nosotros nos vamos de esta maldita ciudad. Ya nos buscaremos la vida lejos de aquí.

—Pero...

—Dejadme en paz —protestó molesta.

—¿Dónde está tu padre? —inquirí.

Me negaba a no saber qué había ocurrido. Ryan estaba demasiado tranquilo cuando, en realidad, acababan de despedir a su amigo. Aquella fue la primera vez que lo vi, pero fui incapaz de procesar las consecuencias de su actitud impasible ante lo que había pasado. Según pasaban los años, me fui dando cuenta de que él siempre había sido un tipo de persona que era incapaz de dar un paso al frente por aquellos a los que quería.

—Con mi hermano. No queremos volver a saber nada de este sitio.

—Quizá podríamos ayudaros...

—¿No me has oído? ¡Fuera! —gritó, visiblemente enfadada.

Ryan me hizo un gesto para que saliésemos de la casa. Le hice caso, pero me quedé pensando en aquello. ¿Había sido Black el causante de que despidiesen a Jeff? ¿Qué había ocurrido entre Jeff y Black?

Caminamos por el campus durante un rato, ambos en silencio, yo realmente derrotada por el despido de Jeff. Ryan no hablaba, pero descubrí que era porque estaba eligiendo a qué lado creer. Yo tenía la sensación de que había sido por nuestra culpa, por haber hecho que nos proyectase la película de Black. ¿Acaso había algo que no debíamos ver? Esa oscura idea, la de que algo tenebroso se escondía en aquel film, se apoderó de mi mente y durante toda la tarde no paré de darle vueltas.

Ryan y yo fuimos a la cantina del campus, a comer algo, sin sacar demasiado el tema de Jeff. Estábamos en silencio, masticando sin hablar. Yo estaba realmente afectada, él simplemente quería seguir adelante. Tuve la sensación de que él estaba siendo un cobarde por no alzar la voz e intentar hacer algo por Jeff, al menos lo creí así hasta que de pronto Ryan comenzó a hablar. Pensé que iba a decir algo motivador y que luego iríamos a hablar con administración, o con el propio Black, para intentar impedir que se cometiese una injusticia, pero me entristecí en cuanto escuché lo que dijo:

—Seguramente Jeff haya hecho algo y por eso lo han despedido. No es nuestra culpa.

—Pero... Ryan..., ¿no crees que su despido tiene algo que ver con lo que pasó ayer?

—¿Sabes lo que sí creo? Que Black es una buena persona. Él no haría algo así.

—Pero ¿te estás escuchando? ¿No te parece extraña la actitud que ambos tuvieron cuando se encontraron? ¿No te pareció sospechoso cómo se puso Black cuando vio qué película estábamos viendo?

—¿Sabes lo que creo? ¿Has oído los rumores sobre la generosa donación que ha pagado nuestras matrículas? ¿No crees que es demasiada casualidad que James Black, ese tipo del que estás hablando, comience a dar clases aquí, y justo en ese mismo curso se realice una increíble donación sin precedentes? Black está detrás de esa donación. Te lo aseguro. Un tipo así no haría que despidiesen a un pobre conserje que ni le va ni le viene. Es buena persona.

—Pero...

—¿Qué quieres hacer? ¿Que denunciemos algo que no sabemos para que investiguen a Black? Te diré lo que pasaría: no encontrarían nada, y seguramente Black retiraría la donación de nuestro segundo año.

—¿Te callarás por dinero?

—No te lo había contado antes, Miranda, pero... no puedo permitirme estar aquí. Es imposible para mí. Mis padres y yo lo hemos perdido todo. Es más, dudo que pueda pagarme los siguientes años si no consigo algo de dinero.

El labio inferior de Ryan comenzó a temblar de manera rítmica. Más adelante, con los años, descubrí que aquello le ocurría cuando un asunto le daba especial vergüenza. Yo siempre he sido así. Me fijo en los pequeños gestos de una persona para descifrar qué pasa por su mente. Ryan era un libro abierto, tan burdo, tan simple, tan..., tan Ryan, que no me costaba en absoluto leerlo. Tal vez por eso me gustó. Porque pensaba que podía tener alguien en quien confiar o, al menos, alguien que no pudiese mentirme descaradamente. Después de mis relaciones anteriores, lo último que quería era un capullo que supiese mentir, y tengo que admitir que por un tiempo, nuestra confianza nunca estuvo a prueba. Si tratábamos algún asunto relacionado con mi familia, se llevaba la mano derecha al codo izquierdo, adoptando una actitud comprensiva. Si se sentía frustrado por cómo estaba escribiendo, o porque no encontraba una historia que le llenase, visitaba una y otra vez la nevera en busca de una cerveza mientras se rascaba la nuca. Sus gestos eran tan simples y repetitivos que me daba pena que no fuese capaz de controlarlos. Siempre había usado su simplicidad a mi favor para desentrañar los entresijos de su mente. Hubiese sido tan perfecto que sus secretos no hiciesen daño...

Hace un par de meses, en una fiesta a la que había ido a acompañarlo para intentar conseguir algún productor para sus últimos guiones en los que nadie pondría ni un dólar, vi que su labio temblaba al salir de una habitación a la que había entrado con Mandy, la omnipresente ayudante de su gran amigo James Black. Su labio delator. Me fijé en que estaba despeinado y que tenía la bragueta abierta. No le dije nada, no pude. Esa no fue la gota que colmó el vaso, la que duele. Esa vino después, al llegar a casa. Yo me pregunté una y otra vez cómo fue capaz después de haberlo ayudado tanto. Aquella fue la noche en que cambió para siempre nuestra relación. Ocurrieron tantas cosas, me hizo tanto daño... ¿Por qué, Ryan?

—Pero, Ryan..., no..., no quería..., quiero decir..., no hacía falta que me contases eso —le dije.

—Black no es capaz de algo así —aseveró, molesto—. Te lo aseguro. Alguien que paga las matrículas de los alumnos sin recursos no puede querer que despidan a alguien sin motivo.

Tras aquella frase de Ryan, zanjando la conversación, me quedé sin saber qué decir y tal vez cegada o incluso enamorada como se enamora una niña que solo había conocido a estúpidos, me callé.

Esa fue la primera vez que me mordí la lengua en nuestra relación cuando tan solo había pasado un día desde que empezamos a salir, y, poco a poco, aquella sombra de la duda, aquel miedo a importunarlo o a decir algo que fuese en contra de lo que él pensaba, fue creciendo en mi interior. La verdad es que nuestro inicio juntos podría haber sido perfecto, perfecto y blanco, si no hubiese sido por Black, si no hubiese aparecido en aquella sala oscura en la universidad en la que Ryan y yo empezamos nuestra historia. Pero ahora, después de tanto tiempo, sí que tengo una cosa clara: la oscuridad en mi vida no había hecho más que comenzar. Si conecto con un hilo rojo todos los momentos duros de mi vida, todas las noches en vela en las que lloraba sin que me viese, todas esas veces en que mi alma me pedía a gritos que desapareciese del mundo sin dejar rastro, todo se resume a aquel momento, tan simple y tan tonto, en que decidí callarme ante Ryan por primera vez.

## Capítulo 20
## Ryan
# Miedo

*25 de septiembre de 2015*

—¿Está seguro de que no es ella? —repitió una vez más la inspectora Sallinger, sorprendida.

Se lo había repetido ya diez veces. La mujer que habían encontrado en Hidden Springs no era Miranda. Se parecía, no lo podía negar, pero no era mi esposa.

—Fíjese bien. Es importante. La descripción encaja. Tiene el pelo como ella, tiene más o menos su edad. Sé que la inflamación del rostro puede inducir a error.

—Le digo que esa mujer no es Miranda. No sé quién es.

—¿Seguro?

—Segurísimo —mentí.

La conocía en realidad. La conocía más de lo que debería conocer a una mujer ajena a nuestro matrimonio, pero no podía admitirlo.

La inspectora se lamentó. En realidad, comprendí su frustración: si aquella mujer no era Miranda, ¿dónde estaba mi mujer? ¿Quién era? El caso estaba creciendo por momentos, a la desaparición había que añadir un cadáver desconocido.

—Como usted entenderá, señor Huff, debemos asegurarnos.

—Por supuesto. Claro —respondí, derrotado.

En realidad, estaba en shock. No es que quisiese ver a mi mujer muerta, pero sí se me pasó por la mente la idea de que todo hubiese sido más fácil si finalmente hubiera fallecido.

La mujer se llamaba Jennifer y la conocí una noche que salí a beber a un antro de Los Ángeles. Era uno de esos días en los que el fracaso se había apoderado de mí. Había recibido una llamada de mi productor diciéndome que tiraban la toalla conmigo y que dejaban de intentar mover mis guiones. Según me contó, acababan de fichar a otro guionista más joven con una idea fantástica sobre un matrimonio en declive y una extraña desaparición. Le pagaron una auténtica fortuna por el proyecto. De la noche a la mañana mi productor había convertido a un guionista debutante en millonario y a mí en un auténtico cero a la izquierda. Le faltó decirme que también era más guapo y con la polla más grande para que hubiese decidido tirarme desde un puente. Qué irónico resulta ahora que lo pienso. Bebí. Bebí mucho sobre la barra y Jennifer, que estaba en una de las esquinas del bar, me saludó con una sonrisa. Su nombre, su cara, su cintura entre mis manos en el lavabo de mujeres es lo único que recuerdo de aquella noche. Cuando llegué a casa, Miranda me reprendió por salir y volver borracho. Me miraba con aquella mirada de superioridad, con aquellos ojos oscuros clavándose en mi cabeza.

—¿Acaso no crees que sea lo suficientemente hombre como para salir a beber unas cervezas? —le grité.

—Apestas a alcohol y a... —No terminó la frase, pero supe a qué se refería.

—Déjame en paz, amargada. —Cerré la puerta del dormitorio de un portazo y pasé la noche tratando de olvidar lo que había sucedido.

Al día siguiente, me había dejado una nota sobre la encimera de la cocina:

*Te espero a las 17.40 en el 5757 de Wilshere Boulevard, Los Ángeles. Doctor Morgan. Terapeuta matrimonial y familiar.*

La inspectora me ofreció que los acompañase de nuevo a comisaría para contarles otra vez la historia de mis horas previas antes de llegar a la cabaña. Era aún por la mañana, y la comisaría estaba hasta arriba de agentes moviéndose en todas direcciones. El inspector Sachs me guio por las instalaciones y me condujo hasta una sala vacía con una mesa y un par de sillas, iluminada con una ventana translúcida por la mugre. Por un momento pensé que me habían detenido sin decírmelo.

—¿Tengo que preocuparme de conseguir un abogado? —fue lo primero que dije nada más sentarme tras el escritorio.

—Oh, Dios santo, por supuesto que no —respondió la inspectora Sallinger, que traía un par de vasos de plástico con agua y se sentaba frente a mí con el entrecejo fruncido, mientras el inspector Sachs cerraba la puerta detrás de ella.

—¿Seguro? No me han leído mis derechos.

—Usted es un ciudadano libre que está intentando encontrar a su esposa. Nosotros somos los únicos que la estamos buscando. ¿Acaso cree que estamos en el bando contrario?

—Verán..., quiero... encontrar a mi esposa. Esto es demasiado abrumador para mí.

—La encontraremos, se lo aseguro. ¿Cuántos casos hemos fallado? —dijo, desviando la mirada hacia el inspector Sachs.

—Solo dos de ciento cuarenta en los últimos seis años.

—¿Y qué pasó con esos dos?

—No recuerdo. Pero quédese tranquilo. La encontraremos. Su mujer no será el tercero —contestó el inspector Sachs.

Durante un par de horas reconstruí con todo detalle mi recorrido, las horas a las que salí de casa, nuestra conversación antes de marcharme, su actitud extraña por la mañana. Le conté a la inspectora que había ido a ver a James Black antes de partir hacia la cabaña, y el resto de recados que hice de camino. Intenté ser lo más cuidadoso posible, recordando con exactitud dónde estuve y a qué hora. De verdad que quería ser de ayuda.

—Una pregunta, señor Huff —interrumpió el inspector Sachs—. Hemos revisado los informes de la denuncia de desaparición, hemos mandado a analizar los restos de ADN encontrados en la casa y también hemos comprobado sus antecedentes. ¿Está seguro de que nos lo está contando todo?

—¿Mis antecedentes?

La inspectora Sallinger asintió, seria. Parecía que aprobaba que su compañero hubiese soltado aquella bomba como quien no quiere la cosa. El corazón me iba a estallar.

—¿Para esto me han traído? ¿Para acusarme de haber hecho daño a mi mujer?

—Estamos tratando de descubrir qué ha pasado para encontrarla. Es necesario revolver todo cuanto podamos para ver si hay algo que la haya hecho desaparecer así —aseveró la inspectora.

—Aquello... fue hace mucho y ya quedó claro que fue un accidente. Eso no tiene nada que ver con lo que ha ocurrido ahora. No hacen más que perder el tiempo.

—Pero entenderá que nosotros nos dedicamos a ir atando cabos. Y ese es uno de los gordos. Explíquenoslo. Creo que hasta ahora estamos siendo muy comprensivos con usted.

—¡Fue un accidente! Ambos estábamos borrachos tras una fiesta y se cayó al suelo junto al coche. La llevé al hospital porque se había abierto la ceja para que se la cosiesen, y fue cuando el hospital alertó a la policía. La policía archivó la denuncia.

—Varios testigos dicen que usted la golpeó con la puerta del coche.

—Pero eso no fue así. Se cayó junto al coche. La versión que presentó el hospital por los daños que posiblemente yo había hecho a mi mujer fue desmontada por Miranda. Por eso la policía archivó la denuncia.

Ambos se miraron. Parecían no creerse nada.

—Ya sabemos que la policía archivó la denuncia porque su mujer lo pidió. ¿Acaso eso le exime de haberla golpeado?

—Nunca le he puesto un dedo encima a mi mujer. ¡Nunca! —Comencé a hiperventilar. Sin duda, me sentía el principal sospechoso de su desaparición—. Quiero hablar con un abogado.

—Si hace eso, ¿no cree que sospecharemos de usted?

—¿Acaso no lo están haciendo ya?

—Señor Huff..., nuestro trabajo consiste en sospechar de todo el mundo. Incluido usted. En cuanto descartemos que usted no ha sido, seguiremos adelante. Pero tiene que ayudarnos.

—No pienso contarles nada más. Si no tienen nada contra mí, me marcho.

—Señor Huff..., creo que se está equivocando de actitud —dijo la inspectora Sallinger—. Queremos ayudarle.

—¿Quién es la muerta? ¿Acaso eso no le dice que hay alguien más por ahí?

—Estamos esperando la autopsia y estamos localizando los informes de otras mujeres de la zona desaparecidas en los últimos días. En cuanto lo tengamos, quizá consigamos algo sobre lo que ir tirando. Mientras tanto tenemos que descubrir dos cosas.

—¿El qué?

—Quién podría haberle hecho algo a su esposa y cómo era su relación con sus seres queridos.

—Y por lo que se ve, ambas preguntas necesitan de sus respuestas —añadió el inspector Sachs.

Me sentí sobrepasado. En unas horas mi vida había dado un vuelco demasiado intenso: mi mujer había desaparecido, había descubierto que esperaba un hijo con otra, mi mejor amigo estaba empezando a sufrir los efectos de la demencia senil, y durante este tiempo mi mujer había aparecido muerta para volver a desaparecer. Sentirme bajo el ojo acusador de la policía tampoco ayudaba a relajar la tensión que sufría. Cuando pensaba que nada más podía empeorar, de pronto se empezó a formar un revuelo en la comisaría, fuera de la sala.

—¿Qué pasa ahí fuera? —dijo la inspectora.

—¿Voy a mirar? —preguntó el inspector Sachs.

Se empezaron a escuchar gritos y a los pocos segundos fui capaz de entender lo que decían las voces:

—¿Dónde está? ¿Dónde está ese hijo de puta?

Me lamenté, cerrando los ojos, al reconocer las voces de fuera.

De pronto, la puerta se abrió de un golpe, estampándose contra la pared, y reconocí la figura de Zack, uno de los hermanos de Miranda, mirándome colérico.

—Esto es una comisaría y no puede estar aquí —gritó la inspectora.

De pronto, sin tener tiempo siquiera de reaccionar, Zack saltó sobre la mesa, propinándome un puñetazo que hizo que cayese noqueado.

Cuando desperté, me encontraba tirado contra la pared de la sala, con Zack de pie, mirándome con ojos incriminatorios. Levantó uno de sus monumentales brazos y señaló en mi dirección.

—Se ha despertado —dijo, dirigiéndose a los agentes.

Yo estaba hecho un trapo. Me dolía la cara como si me la hubiese aplastado un martillo y notaba los latidos del corazón en el mentón. Al verme de reojo, dijo:

—Joder, Ryan, no te he dado tan fuerte.

Aún no podía responder.

La inspectora Sallinger estaba delante de nosotros, mirándonos:

—Si quiere poner una denuncia a su cuñado por agresión lo entenderemos.

—No..., no hace falta —dije con dificultad—. Pero no tenían que haberle dejado que lo hiciese.

—Perdona, Ryan. Ya me ha contado la inspectora que la chica muerta no es mi hermana. Entiéndelo. Pensaba que la habías matado.

El hermano de Miranda era uno de esos matones que pasaba más tiempo en el gimnasio levantando pesas que en el trabajo. Es más, juraría que trabajaba de algo relacionado con los batidos de proteínas, vendiéndolos o fabricándolos y seguramente que tomándoselos a todas horas, y de ahí su aspecto sobredimensionado y musculoso. A su lado, y mira que no estaba en mala forma, yo no era más que un tipo escuálido. Miranda me había contado en alguna ocasión que su hermano había pasado un cáncer de testículo por culpa de los anabolizantes que tomaba cuando era más joven. Más que amedrentar sus ganas de ganar musculatura, aquello le sirvió de lección para sustituir los anabolizantes por batidos que ahora atacaban su hígado, como las inyecciones anteriores habían destrozado sus pelotas. A pesar de considerarlo un auténtico cazurro de manual, movido principalmente por impulsos, se notaba el amor que le tenía a su hermana. Por mí no sentía lo mismo.

Suspiré al ver que la tensión volvía a la carga, ahora con una apisonadora frente a mí a punto de aplastarme si respondía algo que no debía.

—¿Por qué nos había dicho que su hermano no se hablaba con su esposa? —preguntó el inspector Sachs—. No entiendo por qué nos tiene que mentir en algo así.

—¿Habías dicho eso, Ryan? —inquirió Zack, realmente molesto—. ¿En serio eres capaz de mentir con algo así?

—¿Mentir? ¡No! He dicho la verdad. No tenéis muy buena relación. No seas hipócrita. ¿Hace cuánto que no la ves?

—A ver..., Ryan..., cómo te lo explico. Mi hermana no te aguantaba a ti. Hablaba conmigo todos los días para desahogarse. Soy su hermano, ¿entiendes? Nos queremos. Tú siempre serás el capullo que consiguió engañarla para que se casase contigo.

—¿Todos los días? ¿De qué estás hablando?

—Por eso he venido, agentes. En cuanto me he enterado de lo que ha pasado con ella. Tienen que saber la verdad.

—¿De qué habla?

Zack dudó unos instantes sobre si responder delante de mí, pero luego se lanzó.

—Mi hermana Miranda y yo hablábamos todas las noches.

—¿Hablar? Eso es mentira. No puede ser. No os llevabais bien.

La inspectora Sallinger desvió la mirada a su compañero y asintieron, algo confusos. El inspector Sachs se apoyó sobre la mesa y susurró:

—¿Prefiere hablar con nosotros sin que esté su cuñado delante?

—Ni hablar. No soy yo quien tiene algo que ocultar aquí.

—¿De qué estás hablando?

Zack sacó su móvil y lo dejó sobre la mesa, dejando ver sus gruesos dedos que podrían matarme si él quisiera.

—Mire mi historial de llamadas. Está todo ahí.

No podía ser. Mi mujer llevaba años que no dirigía la palabra a sus hermanos. Ella no estaba muy conforme con que ellos hubiesen querido meter a su padre en una residencia, y desde entonces la relación se había ido enfriando, hasta el punto de no hablarse. Miranda se limitaba a mantener el contacto con su padre, pero no quería saber nada de sus hermanos. Al menos, eso era lo que yo creía, hasta que en ese instante cogí el teléfono, incrédulo. Al entrar en el historial de llamadas, me quedé petrificado. El nombre de Miranda se repetía una y otra vez, decenas de veces, entre las llamadas de los últimos meses. ¿Qué más no sabía de ti, Miranda?

—¿Y de qué hablaba con su hermana? —inquirió el inspector Sachs.

—De que tenía miedo de Ryan —respondió, impasible.

## Capítulo 21
## James Black
## Sala clandestina

*1975*

Al abrir, James se quedó sorprendido de lo que vio en el interior. Tras caminar algunos metros y atravesar una cortina de cuentas que tapaba una luz tenue que emanaba desde el otro lado, se detuvo sobre una especie de balcón que le permitía observar toda la sala.

Era un salón repleto de mesas y sillas acolchadas y enfiladas mirando hacia una pared en la que se estaba proyectando una película en blanco y negro. Algunas caras que se encontraban salpicadas por la sala, iluminadas por la luz de la enorme pantalla, miraron hacia James. Eran hombres y mujeres de todas las edades, con rostros tan difuminados por la penumbra que era imposible distinguirlos. Lo único que destacaba de todos ellos era la oscuridad de sus ojos, en los que se podía observar un atisbo de indiferencia. A los pocos segundos, James comprobó que todas aquellas miradas inquisitivas volvieron la vista a la pantalla, en silencio, dejándole una sensación extraña de culpabilidad.

—¿Qué es esto? —susurró James—. ¿Un cine clandestino?

—Más o menos.

—Pero... ¿por qué hay un cine clandestino en Los Ángeles?

—Aquí se proyecta continuamente la que es la mejor película de la historia.

Por la mente de James pasaron *Ciudadano Kane, Qué bello es vivir, Casablanca* o *Lo que el viento se llevó,* pero comprendió que era imposible. Aquellas películas seguían proyectándose periódicamente en festivales de cine, en distintas salas de cualquier ciudad.

—¿A qué película te refieres? —preguntó.

Levantó la vista hacia la pantalla, pero no reconocía las imágenes que veía. Se trataba de una señora, caminando por la calle, con una bolsa de la compra. La imagen proyectada era realmente mala, como si hubiese sido filmada desde el otro lado de la calle y la actriz apenas se hubiese dado cuenta de que participaba en una película.

—A la vida.

—¿Qué?

—Ven..., te lo enseñaré.

Paula agarró la mano de James y lo guio escaleras abajo hasta la zona de las mesas entre la penumbra. Durante el camino, James observaba la figura de Paula bajo los cambios de luz de la pantalla. Eligió una mesa al fondo y se sentó. James la imitó, nervioso, con el corazón lanzándole redobles al tiempo que su mente se preguntaba cómo había acabado allí. Alzó la vista e intentó fijarse en la película.

—¿Qué tiene esta película para ser la mejor de la historia? —susurró James, algo incómodo.

—Aún no sabes por qué lo es, pero es así. Te lo aseguro.

El plano de la mujer caminando con las bolsas cambió al de un par de jóvenes de veintipocos años besándose en el parque. James no entendía nada.

—Es maravilloso. ¿No crees? —susurró Paula.

—¿Me vas a decir qué película es? ¿Quién es el director?

—No hay un solo director. Son cientos. Todos anónimos.

—¿Qué quieres decir?

—James..., esta película no es una película como tú la entiendes. Esto es mucho más importante.

—¿A qué te refieres?

—Estas imágenes son grabaciones de gente normal, en su vida normal, con emociones normales y sinceras.

No saben que las están grabando, no saben que forman parte de esto, y lo que ves, sus besos, sus caricias, su sentimiento de soledad o alegría, es lo que sienten en realidad.

—¿En serio? —James volvió la vista hacia la pantalla, sorprendido.

—Por eso esta sala es clandestina. Esto no podría proyectarse en ningún cine.

—Pero eso son...

—Emociones en su estado más puro —completó Paula—. No hay ningún actor en el mundo que pudiese representar lo que estas personas anónimas.

James no sabía qué responder.

—La ilusión que tenías al contarme tu idea de una película que expresase todas las historias posibles, me ha recordado a la que yo tuve cuando me trajeron aquí por primera vez.

—Pero... ¿cuántos años llevan proyectando esto?

—No lo sé. Yo vine hace cuatro años y ya llevaba varios en marcha. Me pareció increíble. El primer día salí de la sala llorando. Es más o menos lo que tú querías hacer.

James se fijó en que en aquel momento se estaba proyectando a una mujer sentada en un banco en el parque, meciendo a un bebé entre sus brazos. Su mirada era de felicidad pura. Acarició con la punta de sus dedos la mano de su hijo y una sonrisa se perfiló en su cara.

—Pero... esto es increíble. Todo el mundo lo debería conocer —exhaló James.

—No puede hacerse, James. El mundo no admitiría este tipo de cine. La idea de que alguien te esté grabando sin tú saberlo es demasiado perturbadora. ¿Qué harías tú si descubrieses que estás en uno de los planos de esta película?

El corazón de James se aceleró por momentos y no pudo responder. La imagen de la mujer en el parque desapareció y la sustituyó la de un anciano solitario, sentado en una silla de una terraza, mirando a un perro que perseguía a unas palomas.

Siguieron un rato más, mirando la pantalla, casi inmóviles, con James maravillado. Cada plano que se sucedía delante de sus ojos representaba una emoción del ser humano, personificado por alguien que la estaba experimentando. A su lado, Paula hacía un rato que había dejado de observar la pantalla y miraba fijamente a James, que pasaba de las lágrimas a la risa nerviosa, de la pena a la soledad, en una montaña rusa de emociones que nunca olvidaría. De pronto, cuando a James ya casi le faltaba el aliento, las luces de la pantalla se apagaron, dejando la sala solo iluminada con algunas lámparas que permanecían encendidas en las paredes laterales.

Paula se levantó y tiró de James hacia la salida. Se montaron en el coche sin articular palabra y las luces de la ciudad comenzaron a quedarse detrás de ellos. Durante el trayecto de vuelta al campus se miraron un par de veces como solo se miran los cómplices, y permanecieron en silencio durante todo el camino.

Cuando se estaban aproximando al campus, Paula frenó el coche en seco en una explanada sin farolas, tras la zona de dormitorios, y paró el motor. James suspiró, aún con el corazón en la mano. Durante todo el día había contemplado la idea de que quizá la profesora quisiera algo más con él. No era una sensación cierta, pero sí un deseo que crecía en su mente. La única luz que había en ese lugar era la de los faros del coche apuntando hacia el frente, y en el interior del vehículo apenas se podían distinguir las siluetas de sus rostros. De pronto, James sintió unas manos acariciándole las mejillas y, al mismo tiempo, el corazón retumbándole en el pecho. Notó también el calor de la respiración de Paula muy cerca de la suya. James inclinó la cabeza hacia delante, y su frente chocó contra la de ella.

—Esto no está bien, James. No...

—Lo sé —susurró.

James cerró los ojos, en una especie de acto reflejo lleno de respeto. Eran tantas las emociones acumuladas, que sintió cómo le temblaban las manos. De pronto, se lanzó al vacío de los primeros besos, temiendo en realidad que aquel salto no tuviese salvavidas. En lo que duró el trayecto de su boca, un millón de pensamientos pasaron por su mente, un millón de inseguridades se apoderaron de su cuerpo, y estuvo a punto de detenerse y pedir perdón cuando de pronto, como si fuese un paracaídas que frenase la caída en el último momento, sintió el suave tacto de los labios de Paula acariciando los suyos.

—James..., no... —susurraba la profesora, después de cada beso, apartándolo de un empujón, para acto seguido tirar de él y besarlo con más intensidad.

De repente, en uno de esos arrebatos, Paula miró a James preocupada y vociferó para sí misma:

—Dios santo..., ¿qué estoy haciendo? ¿Qué estás haciendo, Paula? —Se llevó la mano a la boca y miró a James con verdadera sensación de culpabilidad.

—Lo..., lo siento —dijo James—. No tenía que haber...

—Ha sido culpa mía..., esto no debería haber... pasado.

—Lo siento, de verdad —repitió James—. Lo siento.

Estaba realmente confundido. Sentía el corazón más acelerado que nunca.

Abrió la puerta del coche y salió.

—¿Adónde vas?

—Ya sigo andando.

—Pero... ¡James!

—No está bien. Tienes razón. No está bien. Eres mi profesora. ¿En qué estaba pensando?

Paula arrancó el coche y lo siguió unos metros, a su lado, mientras caminaba hacia el cruce que daba acceso al campus.

—James... —gritó desde el interior del coche.

—No. Profesora Hicks. Esto no está bien. No lo está. No. No. Esa película..., esto... Mis padres me habían advertido... Con esto solo conseguiré que me expulsen y que a usted la despidan.

—James..., escúchame. No van a despedir a nadie. No ha pasado nada. ¿Queda claro?

James se detuvo en seco y volvió la vista hacia ella. Paula paró de nuevo el coche y salió. Se acercó a él, dando pasos firmes, decidida.

—James —susurró—, ¿sabes por qué te he invitado a esa sala?

—Ya no sé nada, profesora. Solo soy un aspirante a director que la ha cagado.

—Te he enseñado esa sala porque creo que eres diferente. Porque lo veo en tus ojos. Porque no quiero que pierdas el tiempo. Eres ambicioso. Ambicioso y estúpido.

—Profesora...

—Y quiero que al menos uno de mis alumnos consiga hacer algo grande. Lo veo en ti, James.

—¿Y por qué ha dejado que la besara?

Paula respondió con un amago de sonrisa. Le acarició la cara con cariño y añadió:

—Nos vemos en clase—dijo—. Ni una palabra de esto a nadie.

La profesora se alejó hacia el coche y se montó. James se quedó inmóvil, viéndola arrancar el vehículo.

—¿Sabe qué?

—¿Qué? —gritó Paula, ya desde el asiento y a punto de pisar el acelerador.

—Haré una película mejor que esa, profesora. Se lo prometo.

—¿Sabes qué?

—¿Qué?

—Que si consigues algo así, yo iré encantada a verla al cine.

La profesora aceleró e hizo rugir el motor del Triumph al tiempo que James observaba cómo las dos luces traseras del vehículo se alejaban y se perdían por el final de la calle.

# Capítulo 22
## Ryan
## En el fondo del pantano

*25 de septiembre de 2015*

Estuve un rato tratando de desmentir la bomba que acababa de soltar Zack frente a la inspectora. Yo no era ningún maltratador y aquellas insinuaciones de su hermano me habían puesto con el corazón en un puño. ¿Que me tenía miedo? Últimamente apenas nos hablábamos. Nuestras vidas estaban tan alejadas la una de la otra que rara vez cruzábamos más de tres frases seguidas el uno con el otro. Aquello era impensable.

Invitaron al hermano de Miranda a salir de la sala para tomarle declaración en alguna otra parte, lejos de mí. Si a la inspectora le daba por creer su versión, todas las señales apuntarían en mi dirección. Su extraña desaparición en la cabaña, que yo fuese quien la había denunciado, mi inactividad mientras esperaba a la policía, mi infidelidad con Mandy..., joder..., casi me había olvidado de lo de Mandy. Suspiré. Estaba bien jodido.

—No pueden creer lo que dice. En realidad, adoraba a Miranda.

La inspectora Sallinger y el inspector Sachs se miraron e hicieron un gesto con la boca.

—Verá, señor Huff. Comprenda que ahora salten todas las acusaciones contra usted. Es normal. Es su marido. Nosotros nos encargamos de filtrar lo que es creíble de lo que no. Créame en lo siguiente: si no ha hecho nada, no tiene de qué preocuparse. La verdad siempre sale a la luz.

Aquello no me tranquilizó. Había leído infinidad de noticias sobre gente inocente en el corredor de la muerte. Gente que había pasado décadas injustamente esperando a morir en cualquier momento por algo que no había hecho. ¿Acaso iba a ser yo el protagonista de una de esas historias? Un escalofrío me recorrió todo el cuerpo y acto seguido vomité en el suelo. Todo daba vueltas a mi alrededor. ¿Qué diablos estaba pasando? ¿Dónde estabas, Miranda?

—Pfff... —protestó el inspector Sachs—. Voy a avisar para que limpien esto.

Me apoyé sobre la mesa y la inspectora Sallinger continuó:

—¿Sabe, señor Huff? —Hizo una pausa, esperando a que le prestase atención—. Creo que usted no le ha hecho nada a su esposa.

—¿De verdad lo cree?

—Sí. Lo creo.

Suspiré aliviado. Estaba a punto de vomitar de nuevo, y aquella frase pareció calmar mi estómago.

—No sabe cuánto me alegra oír eso —respondí.

—Pienso que es un capullo de manual, pero no lo suficiente perturbado como para asesinar a su mujer.

No respondí. En parte me alegré de escuchar aquel insulto, aunque tengo que admitir que me molestó un poco.

—Quédese tranquilo. Lo veo realmente afectado. No está detenido, ¿sabe? Las investigaciones siempre empiezan así. Girando en torno a los familiares cercanos, luego a los amigos, y finalmente a cualquiera que estuviese alrededor. Todo este procedimiento es rutinario.

Cerré los ojos, aliviado.

—Gracias, inspectora. De verdad que agradezco todo lo que están haciendo.

Sonrió, para luego continuar:

—Verá, hemos revisado el historial de llamadas de su mujer. La compañía telefónica ha tardado unas horas más de lo previsto en enviarnos el listado, pero ya lo tenemos.

—¿Y han encontrado algo que pueda ayudar a dar con ella?

—Bueno. Tenemos algunas ideas de por dónde podríamos continuar.

—Eso está bien —respondí, inseguro, sabiendo que me esperaba alguna sorpresa adicional.

—Según el historial, su mujer llamó desde su móvil a una cabina telefónica situada en una gasolinera, en la autovía 2, entre Los Ángeles y Hidden Springs. Estamos comprobando si tienen cámaras de seguridad, o algo que nos ayude a ver quién pasó por allí. La llamada fue a las 21.34 y duró treinta y un segundos. No es muy común que alguien llame a una cabina en mitad de la nada, ¿sabe?

Me quedé sin saber qué responder. ¿Con quién había hablado Miranda en aquella gasolinera?

—¿Y si estaba pidiendo ayuda? ¿Y si algo grave le estaba ocurriendo?

—¿Usted no habría marcado el teléfono de emergencias?

Suspiré. Tenía razón. Aquella llamada no tenía ningún sentido.

—¿Y qué me dice del mensaje a mi teléfono?

—Aún ni idea. Hemos pedido información de la posición del teléfono móvil de su mujer cuando le envió el mensaje. Estas cosas tardan, pero, como ve, estamos en ello. No se preocupe. Su mujer aparecerá. Se lo aseguro.

La inspectora Sallinger me hizo un gesto con la mano, invitándome a salir. Caminamos por la comisaría y descubrí que quedaban pocos agentes de servicio. Miré la hora y me di cuenta de que ya era cerca de medianoche. El tiempo había avanzado como una apisonadora, dinamitando mis esperanzas y haciendo que mis nervios por no saber nada de Miranda me convirtiesen en un auténtico trapo. Estaba agotado y cada vez más afectado.

—Una última cosa —dijo la inspectora mientras me acompañaba por la zona de mesas. Me giré hacia ella sin parar de andar, y continuó—: ¿conoce a un tal Jeremie Morgan?

—¿Jeremie Morgan? —Me hice el sorprendido durante algunos segundos.

—Hemos comprobado también su historial de llamadas, señor Huff. Usted lo llamó poco después de denunciar la desaparición de su mujer. Además, lo ha llamado más de veinte veces en el último par de meses.

—¡Ah! ¡Jerry! Claro. Es un amigo —mentí una vez más.

No podía dejar que supiese que Miranda y yo estábamos pasando una mala racha. No después de lo que había contado Zack. En realidad, no era ningún amigo. Jeremie Morgan era el doctor Morgan, nuestro consejero matrimonial y artífice del fin de semana juntos en la cabaña. Seguramente la inspectora descubriría pronto de quién se trataba, pero pensé que yo podría alegar que para mí sí que era un amigo. Si le contaba que era nuestro consejero, el que suponía que nos iba a ayudar a reconstruir las piezas de nuestro matrimonio hundido, no cabría duda de que uniría la declaración de Zack con nuestros problemas conyugales, y la diana de culpabilidad se centraría en mi cabeza.

—Lo llamé para preguntarle si sabía algo de Miranda. Es una de las pocas personas con las que puedo hablar las cosas.

—Está bien. —Sonrió, conforme—. Supongo que no le importará que hablemos con él. Quizá sepa algo.

—Claro que no. Por supuesto.

Seguimos andando hacia la salida, cuando el inspector Sachs apareció corriendo desde una de las salas laterales.

—¡¿Qué pasa?! —le preguntó la inspectora, sorprendida.

—Samantha, creo que tenemos algo.

—¿Importante? —preguntó.

Hizo un gesto con la cabeza en mi dirección. Quizá no quería que yo escuchase aquello.

—Mejor en otro momento..., él no debería...

—¿Qué ocurre? ¡No, no! Por favor... —supliqué en dirección a la inspectora—. Mi mujer ha desaparecido. Necesito saber qué pasa.

La inspectora volvió la mirada hacia mí y luego de nuevo a su compañero.

—Está bien —dijo. La inspectora asintió con la cabeza—. Quizá no tenga nada que ver con esto, pero no tiene buena pinta.

—¿Qué pasa? —inquirí.

—Los buzos han encontrado un coche sumergido en el pantano al sur de Hidden Springs. Cerca de la cabaña en la que desapareció Miranda —continuó el inspector.

—¿Un coche? ¿Y por qué es importante? —preguntó la inspectora.

—Es un Triumph de los años setenta.

—¿Un Triumph? —dudó la inspectora.

—Ya sabe... —contestó el inspector—, esos coches descapotables de las películas.

—Sí, sí. ¿Algo más?

—Dentro... había restos humanos—. Cerré los ojos, pero antes de que tuviese tiempo de lamentarme y romper a llorar, el inspector continuó—: Pero no se preocupe, señor Huff. No puede ser Miranda. Son huesos. Huesos humanos. No es Miranda. Ya han identificado la matrícula. Denunciaron la desaparición de su propietaria y del vehículo hace más de treinta años.

—¿Treinta años?

—En realidad casi cuarenta. En 1976.

—La búsqueda de su esposa ha hecho que la encontremos. Nada más. La familia de esa chica le estará agradecida. Lo quiera o no, siempre pasan cosas buenas cuando sucede una desgracia.

Me temblaba el pulso. Un cadáver más en la zona en la que había desaparecido mi mujer no parecía calmar mis peores miedos.

—¿Y se puede saber de quién era el vehículo? —inquirió la inspectora.

—De una tal Paula Hicks.

## Capítulo 23
# Miranda
## Padre e hijo

Unas semanas después del incidente con Jeff y Black, Ryan y yo ya nos habíamos afianzado como una pareja estable. Nos sentábamos juntos en clase, charlábamos durante horas en algún *dinner* de la ciudad, compartiendo nuestra pasión por el cine, por las películas originales, e incluso soñábamos con la ilusión de que algún día alguno de los dos llegaríamos a escribir algo lo suficientemente bueno como para poder ganarnos la vida con nuestros guiones.

Me di cuenta de que en realidad Ryan era un buen tipo con quien pasar el resto de mi vida. Se diferenciaba tanto del resto de capullos con los que había salido antes, en cómo me cuidaba, en cómo tenía en cuenta mis opiniones, en cómo me hacía el amor con verdadera pasión en su dormitorio en la facultad, que aquella sensación de desconfianza que sentí con lo sucedido con Jeff se difuminó y acabé olvidando el asunto por completo.

Fue en esa época en la que Ryan comenzó a unirse cada vez más a James Black. Creo que saltó una chispa que los hizo conectar y que los convirtió en inseparables. De las bromas en clase surgió una complicidad graciosa de la que todos éramos partícipes.

—¿Y bien? ¿Qué opinan sobre el guion de *Qué bello es vivir?* —preguntó Black, tras charlar durante un rato sobre una de las escenas más emblemáticas de la película.

Varios alumnos habían alabado una y otra vez lo maravillosa que era, cómo era una preciosa referencia a *Cuento de Navidad* de Charles Dickens, cuando de pronto Ryan se levantó y alzó la voz:

—¿Le digo lo que pienso?

—Adelante.

—Me choca ver a un tío de casi cuarenta años haciendo el papel de uno de dieciocho en esa escena de la luna con la chica. Me parece un parche. Puedo pasar que haya un ángel de la guarda, puedo admitir que le enseñe visiones de cómo sería la vida sin él para evitar que se suicide, pero no que la chica no supiese que ese tío no podía estar celebrando la fiesta de graduación. ¿Cuántos años había repetido? ¿Veinte?

La clase rio y a mí consiguió sacarme una sonrisa. Él tenía esa chispa innata. Ese fuego que encontraba la frase perfecta para hacerte reír.

—Además, es un poco sosainas, profesor. Hoy en día no conseguiría a la chica con ese tipo de frases sobre comerse la luna. Ella se hace la delicada, pero en realidad ninguna mujer lo es. ¿Alguien conoce alguna mujer delicada? —dijo mirando a los demás—. Las mujeres son fuertes. En mi casa, mi madre es quien lleva los pantalones, todo sea dicho. Y esa frase la he escuchado tantas veces que... —dijo desviando la mirada hacia mí guiñándome un ojo—, ya estoy mirando faldas de mi talla.

Todos estallaron a carcajadas.

Esa manera de criticar y de ver los puntos débiles de algo creo que fue lo que hizo que Black y él conectaran, y yo, como su segunda, como estaba al lado de Ryan, me vi arrastrada poco a poco bajo la oscura sombra de Black, pues logró conquistarme a mí también. Era encantador, una auténtica enciclopedia de cine, podías hablar con él de casi cualquier película porque seguro que ya la había diseccionado, analizado hasta la extenuación, y seleccionado los mejores y únicos atributos que la hacían especial. Y hacía lo mismo con las personas. Solo vio la mitad buena de Ryan. No le culpo, puesto que a mí me pasó lo mismo con ambos, solo que yo sí conseguí abrir los ojos a tiempo.

El primer curso pasó, el verano se interpuso entre nosotros y, no sé por qué, pensé que en segundo, cuando volviésemos a vernos tras las vacaciones, puesto que yo volví a San Francisco y él a Lawrence, nuestra historia se habría acabado. Siempre pensaba así. Quizá era mi inseguridad, mi niñez, o que todos los tipos con los que había salido acabaron dejándome en el momento en que yo me ilusionaba. Pero con Ryan no fue así. Aquel verano nos llamamos por teléfono todas las noches. Hubo un día incluso en que, cuando estaba hablando con él, tuvo la espantosa idea de pasarle el auricular a su madre, y de dar el paso de presentarme a su familia en la distancia:

—Así que tú eres la amiguita de Ryan —dijo desde el otro lado de la línea.

La voz de Sophia Huff era realmente cálida. Cada palabra que pronunciaba parecía ir acompañada de una taza de chocolate caliente.

—Miranda..., encan... tada, señora Huff —respondí muy nerviosa.

—Hija —continuó con tono entrañable—, que sepas que esta es tu casa. Que en Lawrence tienes familia. Tienes que ser buena niña. Mi Ryan no estaría con alguien malo, ¿sabes? Me alegra que haya encontrado alguien como tú. Alguien de ciudad, y que le enseñe cómo funciona el mundo.

—Mamá... —Se escuchó desde el otro lado—. No la asustes.

—Ya me ha contado que perdiste a tu madre —me atizó, de pronto, sin yo esperarlo—. Que sepas que aquí tienes una.

Casi no supe qué responder. Me pareció una persona maravillosa y con aquella frase me confirmó que Ryan hablaba de mí con sus padres.

—Su hijo me ha contado maravillas de usted, señora Huff —mentí.

En realidad no lo había hecho. En todo el tiempo que habíamos pasado juntos, su familia había permanecido al margen. Él solo había compartido conmigo sus limitaciones económicas, había mencionado sus nombres, Henry y Sophia, y me había confesado alguna anécdota familiar que casualmente ensalzaba lo buena persona que era: que ayudó durante años a su padre a reconstruir un coche antiguo durante los fines de semana o que salvó a su madre de un infarto llamando por teléfono a emergencias cuando solo tenía cinco años. Si lo pensabas, Ryan tenía historias de todo tipo, y si elegías un atributo que te gustaría que tuviese un hombre ideal, él siempre conseguía la historia perfecta de su infancia que parecía demostrar que él era así.

Del resto, yo no sabía nada. Era hermético para ese tipo de cosas, y tengo que confesar que durante un tiempo me entristecía pensar que tal vez no quería verme dentro de su círculo. Sorprendentemente, al final de ese verano recibí por correo postal un billete de avión a Kansas.

Ryan no me había contado nada, pero durante el verano había estado escribiendo guiones de cortos con todas las ideas que se le cruzaban por la mente, todas absurdas y simples como él. Por algún motivo que no llegué a comprender, uno de ellos llamó la atención de un ricachón amigo de Black que le pagó una cantidad de dinero directamente proporcional a lo mal escrito que estaba. Sospeché que Black había tenido algo que ver con aquella compra, pero no quise decirle nada. Se notaba que Black le había ayudado desde la sombra. Con el dinero Ryan me pagó el billete de avión con la idea de que pasase unos días en casa de sus padres, en Lawrence.

Dicen que puedes ver cómo se comportará un hombre contigo si observas cómo se comporta con su madre. Estaba entusiasmada por el viaje y nerviosa por dar aquel paso con él. Conocer a sus padres, estar algunos días con ellos, saber si encajaría... El día antes del vuelo, recibí una llamada de Ryan que me dejó helada:

—Se ha..., se ha muerto —dijo, nada más pegarme el auricular a la oreja.

—¿Qué? ¿De qué estás hablando? —respondí.

—Mi madre... se ha ido.

Según me contó después, su madre había muerto de un infarto mientras tendía la ropa en el jardín trasero. Nadie la vio ni la pudo socorrer.

Volé a Lawrence esa semana y, nada más aterrizar, cogí un taxi de camino al cementerio. Al llegar, Ryan me recibió con un largo abrazo en el que pude respirar su dolor. Conocí a mi suegro, Henry Huff, y a otros miembros de su familia, que creo que me recibieron entre paraguas negros empujados por el constante viento como si yo sobrase en aquel lugar, en el entierro de la madre de Ryan. No puedo decir que fuese el mejor lugar en el que conocer a mi familia política, pero si lo piensas, es mejor en un velatorio que en una boda: hay un cubierto menos que pagar.

Yo tenía diecinueve años, y aquellos días posteriores se me hicieron durísimos en una casa desconocida, con dos hombres desolados. Hice todo lo posible para que solo necesitasen recomponerse del dolor. Ryan no salía de su dormitorio y cuando lo hacía, era en silencio, con unas profundas ojeras, para ir a la cocina a por algo que beber. Ignoraba lo que yo había cocinado para los tres y cuando llamaba a su dormitorio para que nos sentásemos a comer, no conseguía que me abriese la puerta. Su padre, por el contrario, se había convertido en un moribundo que permanecía abstraído y pegado a la televisión sin abrir la boca, con lágrimas permanentes en los ojos. El dolor estaba tan presente en él que los platos que yo le llevaba a una mesita de plástico que tenía junto al sillón permanecían intactos hasta que pasaba horas después a recogerlos.

Mi hermano Zack me pidió que volviese a San Francisco y que estuviese las dos semanas que quedaban para el inicio del curso descansando en casa, pero no le hice caso. Decidí quedarme allí algunos días más, hasta que viese que Ryan estaba bien. Aunque era una cría, llevaba toda la vida actuando así. Cuidando de mis hermanos y de mi padre desde que murió mi madre de un cáncer cuando yo contaba solo once años. En aquellos días tras la llamada de Zack, fue cuando sucedió algo que me cambió para siempre.

De madrugada, el sonido de la televisión me despertó. Pensé que Henry se había dormido en el sillón frente a ella, y salí del cuarto de invitados para apagarla. Hasta entonces no había pasado ninguna noche con Ryan, que se comportaba casi como si yo no estuviese allí. La muerte de su madre lo había enmudecido y deambulaba por la casa como un fantasma. Cuando llegué al salón, vi la luz azulada de la televisión iluminando el rostro de Henry. Estaba despierto, llorando sin consuelo, mirando la pantalla en la que aparecía un vídeo de su mujer. Estuve algunos momentos observándolo, viendo cómo expresaba su dolor ante las imágenes felices que se sucedían delante de él. Lo vi tan necesitado de expresar de alguna manera la pérdida de su esposa, que no quise interrumpirlo. En silencio fui a por un vaso de agua y me acerqué para dejarlo sobre la mesa de plástico como hacía con la comida que ignoraba. Fue en ese instante, cuando de pronto, noté cómo un brazo me rodeaba la cintura. Me di la vuelta, aterrada, y vi cómo Henry apoyaba con fuerza su cabeza contra mi vientre.

Estaba llorando con intensidad. Permanecí inmóvil, mientras escuchaba sus sollozos. Me agarraba con fuerza, con la cara sumergida en mi barriga. Apoyé la mano en su cabeza, tratando de apaciguar su llanto, pero sentí algo distinto: había comenzado a darme besos. Uno detrás de otro, alrededor de mi ombligo, mientras me agarraba con intensidad y me levantaba la camiseta. Estaba aterrorizada y empecé a forcejear con él. Intentaba separar su cabeza de mi cuerpo, pero era mucho más fuerte que yo. Comencé a llorar, atemorizada, mientras las imágenes de la madre de Ryan seguían sucediéndose en la pantalla. Le golpeé la cabeza varias veces cuando sentí sus envejecidos dedos subiendo por mi espalda para agarrar el cierre de mi sujetador.

Seguí llorando de impotencia y deseé haberle hecho caso a mi hermano cuando, de pronto, en la oscuridad del pasillo, vi que Ryan observaba en silencio. Pensé que haría algo, pero se quedó inmóvil, mirando impasible cómo su padre me tocaba de arriba abajo, cómo levantaba las manos y las pasaba por mi pecho. Me sentí tan decepcionada, tan usada y tan asquerosa por estar allí, que casi pierdo la energía y sucumbo ante su padre. Sin embargo, empujé a Henry con fuerza y conseguí zafarme de él, haciéndolo caer de espaldas sobre el sillón, donde se quedó sumergido entre sollozos.

Ryan continuaba inmóvil y callado, y ni siquiera me dijo nada cuando pasé deprisa por su lado en dirección al cuarto de invitados, mientras me recolocaba la camiseta y el sujetador, y me secaba las lágrimas. Me tumbé en la cama, desolada, y estuve varias horas llorando sin parar en la oscuridad de la habitación. Cuando conseguí relajarme, escuché el ruido de la puerta de la habitación abriéndose.

Era Ryan.

Me hice la dormida durante algunos momentos, pensando en que quizá solo quería ver que me encontraba bien, pero poco después se acercó a la cama y se tumbó en silencio junto a mí. Me abrazó y, por primera vez, desde que había llegado, lo vi llorar. Lloró en mi espalda. Lo sentí llorar en mi oído.

Después, sus sollozos se convirtieron en besos, sus besos en caricias, y todo ocurrió más rápido en cuanto cerré los ojos y dejé que terminase. Más tarde, se levantó de la cama y, sin decirme nada, se marchó. No pude pegar ojo en toda la noche y cuando por fin se hizo de día, ya tenía la maleta hecha para regresar a San Francisco.

Capítulo 24

# James Black

## La mejor película de la historia

*1975*

Al día siguiente de su encuentro con la profesora Hicks, James Black fue a clase entusiasmado. Había estado arreglándose y peinándose con especial empeño, recolocando cada mechón de su pelo castaño en el lugar adecuado. Se había puesto una camisa nueva que su madre le había comprado para su estancia en la universidad, cogió la mochila de cuero marrón y metió en ella una libreta con ideas que había apuntado durante toda la noche. La cita con la profesora Hicks lo había dejado tan desvelado que cuando llegó a la habitación, su mente era un torbellino de ideas. James Black había estado pensando en lo que había visto en la sala de cine clandestina, en los rostros anónimos de quienes miraban las proyecciones, en el perfil de Paula conduciendo con su pelo al viento por la ciudad. Una idea en particular se había arraigado en su mente: «Una historia que cuente todas las historias».

Seguía pensando en ella, sin parar. Si conseguía eso, lograría ser el mejor director de cine de la historia. Ver aquella sala repleta de gente, observando con interés a gente anónima haciendo sus cosas cotidianas, le hizo comprender que lo maravilloso del cine no eran los efectos especiales, los coches caros o los vestidos con brillos, sino algo mucho más simple y puro: la realidad. Cuando quiso darse cuenta, aquel pensamiento lo llevó de un lado a otro, y cuando visualizó de nuevo el rostro de Paula en su mente, James escribió sin pensar: «Lo único real es el amor».

Se quedó mirando aquella idea, más potente, más simple y, de pronto, vio el rostro de Paula, escuchó el sonido del motor del Triumph que ella conducía y sintió que una historia completa le invadía todos los recovecos de su mente. Tenía una historia perfecta que contar.

Los profesores se sucedieron uno tras otro hasta que llegó la clase de Historia del cine americano y cuando llegó la profesora Hicks, lo hizo como lo había hecho el primer día: con su rítmico taconeo que dejaba en silencio a toda la clase.

—¿Y bien? ¿Alguien me cuenta qué película ha visto? —dijo, levantando la voz para que se la oyese.

Un murmullo se apoderó de la sala, pero nadie se atrevió a responder.

—¿Usted? —dijo, señalando a Jeff.

—¿Yo?

—Sí, usted. El guapete.

—No..., no he visto ninguna. No me ha dado tiempo —respondió Jeff.

—A mí tampoco —dijo una chica varias filas atrás.

—Ni a mí —añadió otro chico de la primera fila.

Uno tras otro, casi todos se sumaron a la excusa de Jeff, mientras la profesora Hicks asentía decepcionada.

James había permanecido en silencio, sin saber qué decir. Estuvo a punto de levantarse y hablar sobre aquellas imágenes grabadas a gente anónima, pero sabía que pondría a la profesora en algún apuro.

—¿Nadie? ¿De verdad que nadie?

La clase comenzó a reír, mirándose unos a otros. La profesora empezó a recoger sus cosas, dispuesta a marcharse. El murmullo creció y algunos alumnos incluso aplaudieron al verla caminar en dirección a la puerta, pero, ante la sorpresa de todos, James gritó:

—Yo he visto la mejor película de la historia.

Toda la clase volvió la cabeza hacia James.

—¿Qué haces, tío? —susurró Jeff.

La profesora se detuvo en seco y se giró, sorprendida. Vio que se trataba de James y apretó la mandíbula. Temió que contase algo sobre lo que había pasado la noche anterior.

—¿Y cuál es esa película de la que usted habla? —dijo la profesora.

—No tiene nombre aún —respondió James, con seguridad.

—¿Cómo se llamaba usted? —preguntó la profesora.

Aquella pregunta desconcertó a James, pero captó la indirecta.

—Ya se lo dije el primer día, profesora. Soy James. James Black.

La profesora sonrió, cómplice. Nadie se percató del lenguaje secreto entre ambos.

—Y dígame, señor Black, ¿cómo puede no tener nombre la mejor película de la historia?

—Porque aún no está hecha. Nadie la ha hecho.

—¿De qué está hablando? —dijo sorprendida.

—Está en mi cabeza. La tengo dentro.

—¿Ah, sí? ¿Y de qué va esa película?

—De lo único que puede ir la mejor película de la historia, profesora Hicks. De amor.

—¿Puede contarnos algo más? Toda la clase le está escuchando.

—El amor es lo único que domina la vida. Ni siquiera el dinero, ni siquiera el poder, ni siquiera el dolor. Todo lo impregna el amor. Todo lo controla el amor. Las imágenes más maravillosas que he visto en mi vida son la de una madre acariciando la mano de su bebé, la de unos adolescentes besándose en el parque, la de un matrimonio mirándose en la cama al amanecer, la de un reencuentro entre unos amantes separados por la guerra. Pienso hacer una película que una todos los amores posibles. Todos los tipos de amor. Ya he visto esa película en mi cabeza. Solo me falta rodarla.

Cuando terminó de pronunciar la última palabra, como no podía ser de otra manera, toda la clase estalló en carcajadas, pero mientras James hablaba, la profesora Hicks asentía en silencio, con una admiración que se negaba a expresar en público. En el fondo, en el interior de su corazón, la profesora Hicks sintió el mismo chisporroteo que siente alguien cuando ve unos fuegos artificiales por primera vez, y supo sin lugar a dudas que James Black se convertiría en uno de los grandes de la historia.

—James, ¿por qué diablos has hecho eso? —susurró Jeff, justo cuando James se sentaba, avergonzado por lo que acababa de hacer.

La profesora permaneció en silencio, con el corazón encogido, mientras toda la clase no paraba de reír, cuando, de pronto, decidió hablar de nuevo:

—Ya que alguien ha sido tan valiente de demostrar en público al director que lleva dentro, y los demás tan solo habéis demostrado lo críos que sois para estar en la universidad, toda la clase, salvo el señor Black, deberá entregar la semana que viene un trabajo de veinte folios sobre aquellas cosas que les apasionan de sus películas favoritas. Ya sea la historia, el trasfondo, los personajes, la banda sonora, el vestuario, los diálogos, la fotografía, los actores. O cualquier cosa. No tiene por qué ser una película completa. Puede ser una secuencia, un plano, un gesto de un actor. Lo que sea.

Toda la clase protestó a la vez.

—Y ahora..., tomen nota. No se librarán de la clase de hoy.

James sonrió y cogió su bolígrafo dispuesto a escribir. Sin darse cuenta, mientras apuntaba nombres de películas y el porqué no debía perdérselas, la clase terminó, y cuando levantó la vista de los apuntes, la profesora ya estaba saliendo de la clase.

—James, nos vas a dar el curso. Lo estoy viendo venir —le dijo Jeff—. ¿A qué ha venido eso? La profesora ya se iba y tú has hecho que se quede. No, James. Así no haremos amigos, ¿entiendes?

—Jeff..., luego te cuento —le respondió sin hacerle caso, levantándose con rapidez y saliendo a correr tras ella.

Cuando atravesó la puerta y giró hacia el pasillo, la profesora ya lo estaba esperando, mirando seria en su dirección. James frenó en seco y sonrió.

—Profesora..., yo...

—No digas ni una palabra. Asiente para sí. Niega para no.

James se quedó en silencio, sorprendido.

—Hoy, a la misma hora. Que no te vea nadie —añadió la profesora.

James tragó saliva y asintió.

## Capítulo 25
## Ryan
# Sin dejar rastro

*26 de septiembre de 2015*
*Dos días desaparecida*

Conduje durante un rato hasta llegar a casa y aparqué en la cochera, cerciorándome de que nadie me hubiese visto. No quería tener de nuevo a Hannah Parks preguntando por Miranda, y estaba tan agotado que quería tirarme en la cama y dormir hasta que todo se hubiese solucionado. Tal vez por la mañana, Miranda llamaría por teléfono, diciendo que estaba de viaje en cualquier parte, pero a quién quería engañar. La idea de que Miranda iba a aparecer como si nada se me había desdibujado de la mente, y ya solo veía su cara, su cuerpo desnudo y sus manos, de un color pálido y con restos de tierra.

Me tumbé y me dormí con su rostro entre pesadillas.

Cuando desperté, ya era bien entrada la mañana. Tuve la sensación de escuchar el sonido de la ducha, de volver a sentir el perfume de vainilla que le había regalado a Miranda, y deseé que todo hubiese sido un sueño. Bajé a la cocina y me preparé una tostada y un café. Hasta entonces creo que había estado subsistiendo a base de disgustos, y mi cuerpo me agradeció el llevarme algo a la boca. Encendí la televisión para pensar en otra cosa, cuando las noticias del canal cuatro me golpearon en la cara. Un helicóptero volaba sobre una zona boscosa pintada de naranjas, marrones y amarillos, una superficie de agua apareció en la pantalla y, al leer el rótulo de la imagen, me quedé helado: «Hallados los cadáveres de dos mujeres en Hidden Springs». Subí el volumen y la voz de la presentadora invadió el salón:

—Se trata de Jennifer Straus, de treinta y un años, cuya desaparición se había denunciado hace tres días. La última vez que se la vio con vida fue en un bar del centro de Los Ángeles. A su vez, y mientras se investigaba la desaparición de otra mujer en Hidden Springs, residente también en la ciudad de Los Ángeles, se han encontrado los restos de Paula Hicks, una mujer de treinta y cinco, desaparecida hace más de treinta años, cuyo caso llevaba archivado más de veinte. A falta de las autopsias para confirmar las causas de las muertes, todos nos preguntamos: ¿Se trata de una casualidad?

¿Están estos tres casos conectados? ¿La desaparecida, el cadáver de Jennifer Straus y los restos de Paula Hicks? ¿Hay un asesino en serie en la zona?

El nombre de Paula Hicks rebotó en mi cabeza una y otra vez, hasta que el recuerdo de quién era me impactó en la memoria. Paula Hicks era la mujer de quien se había enamorado James Black y que desapareció sin dejar rastro. Era ese nombre, sin duda. Paula Hicks no se había marchado queriendo de su vida, sino que había tenido un final abrupto. Temí el momento en que James descubriese lo que había pasado con la que me dijo era el amor de su vida. Quizá también lo habría visto en las noticias y en esos momentos se encontraba derrotado al descubrir la verdad.

Gracias a Dios, el nombre de Miranda aún no había trascendido a la prensa. En el momento en que lo hiciese, una vorágine implacable de flashes lo invadiría todo, y entonces yo estaría acabado. Investigarían mi vida, nuestros problemas, la hipoteca de nuestra casa... Lo sacarían todo a la luz y todo se centraría en desenmascararme como marido en lugar de encontrar a Miranda. La prensa funciona así: busca indicios en tu basura, escarba en tu jardín, graba a través del cristal del salón para verte en calzoncillos mientras el cadáver de la víctima se pudre en el lecho de algún río. Cuando lo encuentran, ya eres tan culpable para el gran jurado, por el mero hecho de comportarte como una persona normal en vez de ir llorando por todas partes, que el juicio suele ser un trámite burocrático más que un proceso justo. En el momento que la prensa diese el nombre de Miranda, podría darme por hombre muerto.

Me vestí con lo primero que saqué del armario y llamé a Mandy, pero no me cogió el teléfono. Por la hora que era ya debía de estar más que disponible, y esperaba que me contase algo sobre cómo había pasado Black el día después del brote que había sufrido. Llamé de nuevo, con el mismo resultado.

Decidí salir en busca de Black. No esperaba encontrármelo en el Steaks desayunando, pero era la primera parada que debía intentar. Lo que había sucedido durante la noche anterior me había hecho saber que algo no andaba bien con él, pero fui a comprobarlo igualmente. Al entrar, Cariño me saludó sirviéndome un café que no pude rechazar.

—¿Buscas a Black, cariño? No está. Hace un par de días que no viene por aquí. La última vez que lo vi fue contigo.

—Me lo imaginaba...

Me tomé el café de un sorbo, y apenas había sentido el calor cayendo por mi garganta cuando Cariño añadió:

—Tienes una mujer muy guapa. No la conocía.

—¿Mi mujer?

—Sí, tu mujer. Miranda. Es muy guapa. Hacéis muy buena pareja. Todo hay que decirlo. Al César lo que es del César. Y si tu mujer es guapa, se dice y punto.

Me quedé en shock. ¿Cuándo había visto Cariño a mi mujer? Repasé mentalmente todas las veces que yo había estado en el Steaks, y no recordaba haber venido con ella en ninguna ocasión.

—¿Miranda ha estado aquí? —dije, realmente aturdido.

—Claro. Antes de ayer, por la tarde. Después de irte. Estuvo charlando con Black. Es encantadora. Tienes una mujer encantadora.

—¿Con Black? ¿Estuvo hablando con él?

—En su mesa, sí.

—¿Sabes de qué hablaron?

—No escucho las conversaciones de mis clientes, cariño. Esto es Los Ángeles. Todos tenemos nuestras historias. Ahora, eso sí. Estaba algo seria. Con Black. Seria con Black, no conmigo. Conmigo fue... encantadora.

—¿Seria?

—Bueno, tal vez diría que tranquila. Este sitio no es que sea para estar pegando saltos, pero su cara cuando hablaba con Black era como si..., si estuviese en paz. Me dio esa sensación. Tenía una tranquilidad..., me habló con tal delicadeza..., tienes una mujer que es un encanto, cariño. Cuídala. De esas no hay muchas.

—Lo..., lo sé —respondí—. No hay nadie como Miranda.

Si lo que contaba Cariño era verdad, Black era una de las últimas personas que la habían visto antes de desaparecer. Tenía que encontrarlo y hablar con él sobre Miranda. Aún no le había contado nada y lo mejor era que se enterase por mí.

Salí de allí sin pagar el café, y me encontré a un grupo de asiáticos en la puerta decepcionados por no ver a Black. Uno de ellos me disparó una foto con el flash tan cerca que me dejó cegado por unos instantes.

—Tú, tú. Amigo de Black. Amigo de Black —dijo uno de ellos, exaltado. Debía de ser el guía de la excursión.

Dijo algo en japonés y, de repente, todo el grupo, compuesto por unas veinte o treinta personas de ojos rasgados y cámaras de varios miles de dólares, comenzó a hacer fotos en mi dirección.

Corrí al coche y aceleré hacia el norte, camino de la casa de Black. Mientras conducía y pensaba cómo abordar la conversación en cuanto lo viese, el teléfono comenzó a sonar. Lo último que quería era recibir llamadas inoportunas, pero, al ver la pantalla, descolgué el teléfono con rapidez. Era Black, llamándome desde el fijo de su casa.

—¿James? ¿Cómo estás, amigo?

—Se ha acabado..., Ryan. Se ha acabado —respondió, llorando—. Han encontrado a Paula..., la han encontrado. —Black estaba completamente derrotado. Su voz envejecida y rota me había sacudido el pecho.

Casi no supe qué decir.

—James..., iba a llamarte para contártelo..., Paula Hicks..., tu Paula...

—Da igual, Ryan. Ya todo da igual. Es el fin..., ¿entiendes? Esto ya no tiene vuelta atrás.

—¿De qué estás hablando?

—No..., no puedo, Ryan. Es demasiado..., la han encontrado. Estoy acabado. En cuanto se sepa la verdad, todo habrá terminado.

—¿La verdad? ¿De qué diablos estás hablando?

Esperé a que respondiese, pero se derrumbó completamente y comenzó a llorar.

—¿Dónde estás? Voy y hablamos en persona.

—No hace falta, Ryan. Tú tienes tu vida..., yo ya soy... un viejo acabado.

—¿Estás en casa?

—Sí, Ryan..., estoy aquí.

—Espérame ahí. Estoy llegando.

Aparqué de un frenazo frente a su casa y corrí hacia la puerta, que no estaba cerrada con llave. Al entrar, vi a James Black, sentado en un sillón al fondo del salón, frente a una televisión apagada. Era como una visión fantasmal del James Black que yo recordaba. Estaba despeinado, con la mirada perdida en la pantalla, vestido de manera casual, sin sus características gafas de pasta. Me dio la sensación de que su mente se había vaciado, y que tras aquellos ojos no había nadie. Estuve a punto de preguntar por Miranda y sobre qué hablaron cuando fue a verlo al Steak justo el día en que desapareció, pero lo vi tan afectado que no supe cómo sacar el tema sin contarle que ella había desaparecido. No me atrevía a alimentar más su desesperación.

—James... —dije—. ¿No está Mandy aquí?

—Se fue ayer por la mañana. Se disculpó y dijo que no podía seguir conmigo. Que le estaba afectando demasiado a su vida.

—¿Mandy se ha ido?

—No quiere trabajar más para mí. Después de lo de la otra noche la he asustado. Es normal. ¿Quién querría cuidar de un viejo loco?

—Seguro que vuelve. ¿Cuántos años lleva siendo tu asistente? Necesitará pensar en sus cosas por un tiempo —dije, tratando de calmarlo.

—Me ha costado llamarte por teléfono, ¿sabes? No sabía dónde estaba apuntado. He tardado un rato en encontrar mi agenda con los números importantes. De eso se encargaba Mandy. Ya no sé ni llamar por teléfono. Soy un cero a la izquierda. En eso me he convertido. En un mero figurante de mi propia vida.

—¿De qué hablas? Tú eres James Black. ¿Cómo puedes decir eso? ¡El gran James Black! —grité con entusiasmo para animarlo—. Cada una de tus películas es historia del cine.

—No soy nada, Ryan. Soy una auténtica farsa... La han encontrado. Han encontrado a Paula. Todo ha terminado para mí. ¿Recuerdas que te dije que se había esfumado de mi vida, sin dejar rastro? No es verdad, Ryan. Nunca ha sido verdad.

—¿De qué hablas, James?

—Paula Hicks..., mi Paula... Yo estaba enamorado de ella. Estaba completamente enamorado de ella. Y murió. Murió, joder. —Lloró. Empezó a jadear con tal fuerza que le costaba respirar.

Me agaché junto a él y le di un abrazo.

—Tú no tienes culpa de nada, James. Todo sigue. Te enamoraste de una mujer cuando eras joven y esa mujer desapareció. Ahora ha aparecido. Al fin ya tienes una respuesta de por qué no la encontrabas. Intenta que eso te consuele, amigo. Inténtalo. Es duro, pero al menos es algo a lo que agarrarse. ¿Qué culpa tienes tú de lo que sea que le ocurriese? Fue hace más de treinta años, por el amor de Dios.

—Fui un cobarde. Un maldito cobarde —dijo, entre sollozos.

—James..., tienes que dejar de martirizarte. Tú no tienes culpa de nada. ¿No es así?

—Sí que tengo, Ryan. Murió... —dudó durante unos instantes, hasta que añadió—: ... murió por mi culpa.

# Capítulo 26
## Miranda
## El error

Al día siguiente de llegar a San Francisco, comencé a sentirme mal. Tenía el estómago revuelto y pasé un par de días en la cama. El curso estaba a punto de comenzar y volvería a ver de nuevo a Ryan, que había empezado a llamarme por las noches, aunque yo no le cogía el teléfono. El episodio con su padre y cómo se portó aquella noche hizo que no quisiese saber nada de él. Ay, Miranda, si hubieses sido tan valiente entonces como ahora. Mi hermano pequeño, Morris, se acercó en varias ocasiones a preguntarme cómo me encontraba, y Zack, el mayor, me contó en secreto que nuestro padre estaba comenzando a comportarse de manera extraña. Esa misma tarde conseguí convencerlo de que fuésemos a que lo viese un médico. No fue hasta el 12 de septiembre, unos días antes del inicio del curso, cuando un neurólogo con tono frío nos confirmó que padecía alzhéimer. Siempre recordaré las palabras de mi padre tras salir de la consulta:

—Al menos así algún día se me olvidará lo que le pasó a tu madre.

Durante el resto del camino a casa, mi padre se mantuvo en silencio, mientras mis hermanos discutían en el coche sobre qué haríamos a partir de entonces.

—No pienso ser una carga para nadie. Llegado el momento, me meteréis en una residencia.

Yo me opuse, pero mis hermanos no. Mi padre estaba empeñado en seguir durante un tiempo en nuestra casa en San Francisco, y nos hizo prometer que en cuanto se perdiese algún día por el vecindario pediríamos su ingreso en Ally Hills, una residencia encantadora y modesta a las afueras de la ciudad. Fue durante aquellos días anteriores al inicio del curso cuando contesté a una de las llamadas de Ryan, a quien hasta entonces había ignorado. Estaba afectada por lo que había pasado y necesitaba a alguien ajeno a mi familia con quien hablar. Él había sido tan insistente, que sin duda debía ser porque realmente le preocupaba cómo me encontraba.

—¿Qué quieres? —dije, nada más levantar el auricular.

—Verte —me respondió.

—Eso no puede ser.

—Estoy fuera.

—¿Qué estás diciendo?

—Mira por la ventana.

—¿En serio? —dije, sorprendida.

Corrí hacia la cocina y me asomé por la ventana. No podía creerlo. Estaba allí. Me alegré de verdad. Había recorrido cientos de kilómetros para verme, y aquello me hizo sentir realmente feliz. ¿Sabes esos momentos en una película en que ves a alguien cometiendo un error, o acercándose adonde se esconde el asesino, bajando al sótano en mitad de la noche, y gritas a la pantalla que no lo haga, que será un error que marcará el resto de su vida? Aquel fue uno de esos. Si me viese ahora mismo desde fuera, con aquella sonrisa de cría, con esa alegría que sentí al verlo, me gritaría que estaba cometiendo el error más grande de mi vida.

Salí rápidamente de casa, me lancé a sus brazos y me besó.

Y yo me dejé querer.

Ojalá lo hubiese visto venir, pero tengo que admitir que yo era demasiado ciega para aquellas cosas. Los únicos hombres que habían estado en mi vida eran mi padre y mis hermanos que, a pesar de ser demasiado masculinos y demasiado orgullosos de serlo, tenían buen corazón. El resto de tipos que habían pasado por mi vida me habían pisoteado tanto, habían sido tan mezquinos y distantes, que encontrar a alguien que se preocupaba por mí era... revitalizante. Sí, esa era la palabra.

Ryan se quedó en un hostal en San Francisco durante varios días y antes de marcharse hacia Los Ángeles para el inicio del curso me lo dijo, mientras mirábamos el atardecer desde la orilla del Golden Gate.

—¿Nos vamos a vivir juntos?

—¿Hablas en serio?

—Claro. ¿Por qué no? He encontrado un estudio en las afueras, pequeño y barato. Suficiente para los dos.

—Pero ¿de qué estás hablando? Estamos en la universidad.

—A eso me refiero. ¿Por qué compartir habitación con alguien en la residencia, cuando podemos vivir juntos en un estudio?

—Pero... ¿con qué vamos a pagarlo?

—Tengo algo de dinero después del corto que he vendido. Nos dará para un tiempo. Y puedo seguir escribiendo durante el curso.

—¿Me lo dices en serio? —respondí, ilusionada de verdad.

—¡Por supuesto!

Lo besé. Una y otra vez. Riéndome y gritando de felicidad.

Me río ahora solo de acordarme de lo ilusos que éramos juntos, pero más de lo ilusa que era yo por separado. Nos mudamos y comenzamos el curso desde un nuevo flamante estudio en las afueras de Los Ángeles, junto a una vía de ferrocarril frecuentada cada quince minutos por un ruidoso tren. A los pocos días de asentarnos en el estudio, y de empezar las clases de segundo, me comencé a encontrar cada vez peor. Me sentía cansada, apática y lloraba sin ningún motivo. Lo peor sucedió cuando, en mitad de la clase de Diálogo avanzado, noté cómo mi estómago se daba la vuelta. Fue como un puñetazo en la barriga desde dentro, como si alguien me hubiese amarrado los intestinos. Vomité encima de mis apuntes. Ryan me acompañó esa misma tarde al médico, quien soltó la bomba sin pensar en las víctimas colaterales:

—Enhorabuena, está usted embarazada.

No lo podía creer. No era posible. Aquello no entraba en los planes de ninguno de los dos, pero como descubrí nada más salir de la consulta, mucho menos en los de Ryan. Permanecimos en silencio, agarrados de la mano, y no hablamos hasta que salimos a la calle. Una parte de mí estaba eufórica de felicidad y quería poder gritar. ¿Un hijo? ¿En serio que sería madre?

—No puedes tenerlo —me dijo Ryan, interrumpiendo nuestro silencio y mis pensamientos.

—¿Qué?

—No puedes. Nos rompería la vida en pedazos. Estamos empezando en esto. Tendré que buscar un trabajo, dejar la universidad. Y tú también. Tendrás que dejarlo todo, ¿por qué? ¿Por un niño? ¿Ahora?

—Pero... es nuestro hijo, Ryan... Nuestro hijo. Un hijo de los dos.

Me toqué el vientre, preocupada. Me di cuenta de que yo ya había comenzado a asimilar la noticia tan rápido como Ryan a descartarla.

—Ya tendremos tiempo de tener hijos, Miranda. Por el amor de Dios. Nos destrozará la vida. ¿Acaso quieres acabar trabajando de camarera en Los Ángeles como una fracasada? Yo tengo mejores planes para mi vida. Y tú también los tienes. Seremos guionistas. Es lo que queremos ser. Es lo que siempre hemos querido ser. Nada va a cambiar nuestros planes. No, Miranda. Te lo pido por favor.

Me callé. En realidad, entendí que quizá podía tener razón. Que aquello no era más que una mala noticia que se interponía entre nosotros y nuestro futuro, y que era precipitado seguir adelante con el embarazo.

—Miranda, te diré lo que vamos a hacer —me dijo Ryan con una determinación que nunca antes había mostrado—. Aún estás de pocas semanas. Mañana iremos a una clínica para interrumpirlo. Yo lo pagaré. Tengo dinero. De verdad. No tienes nada de qué preocuparte. Esto solo será una anécdota en nuestras vidas. Y más adelante, en el mejor momento, tendremos a nuestro hijo.

Agaché la cabeza y, sin saber por qué, sin saber qué pensó mi mente en aquel instante, suspiré:

—Tienes razón.

No sé por qué cedí. No entiendo por qué acepté. A partir de ese momento, empecé a tocarme el vientre con tristeza cuando recordaba aquella sensación que tuve al salir de la consulta.

Al día siguiente sucedió. Visitamos una clínica, donde me dieron una píldora para tomar allí y otra para tomar en casa pasadas unas horas. Recuerdo las caricias en la cara que me daban mis propias lágrimas, mientras lo debatíamos una última vez. «Todo irá bien, yo te quiero», dijo.

Recuerdo la sangre. La sangre y el dolor. Y, lo peor de todo: la mirada indiferente de Ryan marchándose del estudio en cuanto me tragué la segunda pastilla.

## Capítulo 27
# Una figura fantasmal

*26 de septiembre de 2015*
*Lugar desconocido. Cerca de Hidden Springs*

Los pasos sobre la gravilla y las hojas secas resonaron como graznidos entre los árboles. La figura había dejado el coche junto al sendero, y había caminado durante casi media hora a través del bosque hasta llegar al claro en el que se encontraba la cabaña de madera. Estaba anocheciendo y el aire se había enfriado tanto que, cuando respiraba, el vaho salía de su boca con fuerza para desaparecer al instante como un fantasma con miedo a ser visto. Las ventanas emitían una tenue luz amarillenta y el sonido de una televisión se entremezclaba con el de la brisa gélida que le golpeaba la cara. La figura llevaba un abrigo de plumón gris con la capucha puesta, y desvió la vista hacia los lados cerciorándose de que nadie la había seguido.

Subió el par de peldaños de madera con agilidad y llamó a la puerta con dos golpes delicados. Unos instantes después se escucharon unos pasos al otro lado y una sombra se movió junto a la ventana.

—Abre de una vez. Me estoy helando —dijo una voz masculina.

De repente, frente a él, sonó el ruido metálico del pestillo abriéndose bruscamente, seguido del de unos pasos que se alejaban hacia el interior. La figura empujó la puerta y una voz femenina le gritó desde el fondo de la cabaña:

—Has tardado demasiado. ¿Pudiste hacerlo?

El hombre se detuvo en silencio frente a ella, que se había puesto en cuclillas con un paño húmedo en la mano, junto a un camastro en el que había un anciano dormido.

—Ya está todo hecho, Miranda.

Capítulo 28

# James Black

## Plantados

*1975*

Tal y como había pedido la profesora Hicks, James la esperó en la esquina del Melnitz Hall al anochecer. Había ido un rato antes y, mientras hacía tiempo, miraba una y otra vez el reloj de su muñeca, para luego levantar la vista de nuevo hacia los alrededores por si veía acercarse el coche de Paula. La manecilla del reloj parecía haberse detenido en las siete de la tarde, el tiempo parecía haberse congelado en aquel momento, o al menos haber disminuido abruptamente su velocidad al llegar la hora a la que habían quedado. James se ilusionó al ver los faros de un coche acercarse desde el final de la calle, pero su emoción se evaporó en cuanto pasó de largo sin aminorar la marcha. Uno tras otro, decenas de coches aparecían desde el final de la calle para acabar ignorándolo en cuanto cruzaban por su lado. El tiempo siguió transcurriendo, y James fue poco a poco perdiendo la esperanza de que la profesora apareciese.

De pronto, escuchó una voz gritarle desde su espalda.

—¡James, James, James!

—¿Eh? —exhaló buscando a su alrededor de dónde provenía la voz.

A lo lejos, vio a Jeff acercarse a él con rapidez.

—Te he estado buscando como un loco. ¿Dónde diablos te habías metido? ¿Qué haces aquí?

—Eh... —Recordó que la profesora le había pedido que no dijese nada—. Tomar el aire.

—Escúchame atento. Este es un plan que no puedes rechazar. Estaba buscándote. No me puedes decir que no. Ahora. Tú, yo y un montón de tías buenas.

—No puedo —respondió James, desviando la mirada a lo lejos, al ver que otro coche giraba la esquina y se aproximaba hacia donde ellos estaban.

—Joder, ni siquiera has escuchado lo que te tengo que decir. A ver, me explico. No te lo vas a creer. Me he enterado de que el dueño de *Playboy* acaba de comprarse una casa aquí al lado del campus y la ha llenado de tías buenas. ¿Y si nos pasamos por la puerta y vemos si se ve algo?

—No..., no puedo, Jeff. Tengo una..., una cosa que hacer.

Estuvo a punto de decir que tenía una cita, pero ni siquiera él sabía qué era lo que hacía con la profesora Hicks.

—James, escúchame. Esto es algo serio. Nuestra amistad, si es que puede haberla, depende de estas pequeñas cosas. No quiero ir solo. No puedo ir solo. Quedaría como un perturbado y no tendría opciones. Unos chicos de segundo estaban contando en la cantina que les habían dejado entrar. James. Entraron. ¡Entraron! ¿Entiendes lo que eso significa?

—¿Y te has creído todo eso?

—¿Qué más da si es verdad o mentira? La sola idea de que pueda ocurrir me tiene con el corazón en un puño, James. ¡En un puño! ¿Eh? ¿Qué me dices? ¿Te apuntas?

—No puedo, Jeff. De verdad que no.

—¡Venga! No me hagas esto, James. No me lo hagas. ¡Tenemos que ir!

James suspiró. Miró el reloj de nuevo y comprobó que habían pasado casi treinta minutos desde la hora a la que había quedado con la profesora Hicks. Lo había plantado. No sabía a qué estaba jugando Paula con él, se sintió algo molesto por haberla esperado con tanta ilusión.

—Está bien. Está bien. Iremos. Creo que mi plan se ha cancelado.

James y Jeff se alejaron en dirección norte y, justo en el instante en el que giraron la esquina del edificio de dormitorios de la facultad, las luces del Triumph aparecieron a lo lejos y se detuvieron en el mismo punto en el que el día anterior Paula había recogido a James.

—¡Mierda! —susurró, al tiempo que miraba el reloj, para justo después golpear el volante.

Suspiró, desolada. Apretó los labios y le costó mantener la compostura. Estaba sola y podía permitirse ser ella misma durante algunos instantes. En casa se hacía la valiente, la fuerte, la estricta y la cariñosa. En clase solo la intransigente. Allí, tras las ventanillas del Triumph, podía ser ella. Al menos durante un rato. Pensó en volver a casa, pero se dio cuenta de que no podía volver antes de las once de la noche. Ya había apalabrado con la chica que se quedaba en casa que volvería a esa hora, e igualmente ya le costaría el dinero de las horas para las que la había contratado. Bajó la visera del vehículo y se miró en el espejo. Se sorprendió de lo que vio. Estaba llorando.

—Pero ¿te has vuelto loca, Paula? —se dijo—. ¿En serio estás llorando porque un crío te ha dejado plantada?

Ella sabía que aquello era mentira. Su cabeza siempre le mentía para hacerla sentir peor. No lloraba porque James ya no estuviese, sino porque su vida entera se había desmoronado en los últimos meses. Que James no estuviese no fue sino una pequeña gota que la había sobrepasado. La chica que debía cuidar a sus hijos aquella noche había llegado tarde, y se encontró de pronto superada por la situación. Un par de años antes, a Ian, su marido, y padre de dos niños de apenas dos y cuatro años, le habían detectado cáncer de pulmón. Ian y Paula se habían conocido en la facultad. Ambos profesores de la Facultad de Cine, ambos amantes de las películas en blanco y negro y él del tabaco de importación. Cuando se lo detectaron, descubrieron que la enfermedad estaba tan extendida, que entre el diagnóstico y el momento en que esparció sus cenizas en un lago a las afueras de Los Ángeles habían pasado solo dos meses. Desde entonces, Paula se había entregado al cuidado de sus hijos. Se abrió paso ante las miradas inquisidoras de los vecinos que la veían derrotada y angustiada cuando salía y entraba con ellos de casa. Hizo malabares para que no les faltase de nada y trabajó por las mañanas en la universidad mientras ellos se quedaban con alguna niñera a razón de seis dólares la hora. Aquel cambio drástico en su vida la sumió durante un tiempo en una especie de hermetismo con el mundo y, con el paso de los meses, su pasión por el cine y el amor a sus hijos resurgió para darle fuerzas para seguir adelante. La última frase que Ian le dijo a Paula, estando en el hospital, antes de una traqueotomía de urgencia por la inflamación de su laringe, fue:

—Tú y yo siempre estaremos fundidos a blanco.

Después de aquello, Ian perdió la capacidad de hablar, y por gestos, se despidió con un te quiero gesticulado con los labios.

Cuando comenzó el curso, Paula Hicks se había prometido volver a dar clase a los alumnos de primero. Eran los que llegaban con ilusión y los que se suponía que podían devolvérsela a ella, pero en el único en el que encontró la llama por el cine que había visto en su marido hasta el último momento fue en James Black.

Miró la hora y, como ya tenía pagadas tres horas largas a la niñera, decidió quedarse allí, en el coche, pensando en Ian y en Black, y en el error gigantesco que había cometido el día anterior besándolo. Era la primera vez que besaba a alguien desde la muerte de su marido y los labios de James, jóvenes y tersos, sin el picor de una barba mullida que le arañase los suyos, le supieron a las primeras veces con Ian. Se rio por cómo estaba pensando. Por cómo se estaba comportando. Le molestó que no estuviese esperándola. Qué se había creído, dejándola plantada, sola y sin cita. Paula sabía que aquella aventura tendría un final horrible, puesto que las relaciones de ese tipo estaban estrictamente prohibidas y, además, le sacaba bastantes años a James, pero, de pronto, se dijo:

—Es hora de que vuelvas a sonreír por una vez, Paula.

Un par de horas después, se oyeron las risas de Jeff que reverberaban en las paredes del edificio de dormitorios.

—Shhhh —rechistó James, intentando que Jeff bajase el tono—. ¡Cállate! —Rio.

—¿Has visto lo gordo que estaba el vigilante de seguridad? ¡Que nos largásemos decía! ¡Ese no se ha visto en una así en su vida! ¡Las quería a todas para él! ¡Qué egoísta!

A James se le escapó una carcajada que resonó en todo el edificio.

—Te dije que no nos dejarían entrar —dijo James.

—¿Y qué más da? Hemos estado a escasos metros de ellas. Vale que con la pared de la casa de por medio. Vale que también nos separaba el muro que rodea la propiedad. Pero ¿viste cómo nos saludaba una de ellas desde la ventana? Ya podemos decir que tú y yo hemos estado con ellas.

James rio de nuevo.

—Querrás decir «cerca» de ellas.

—James, a mí me vale. Yo ya duermo hoy tranquilo.

—Yo creo que no vas a pegar ojo en toda la noche.

—Cómo me conoces, James. ¡Cómo me conoces!

—Te veo mañana, playboy —dijo James, al tiempo que se alejaba por el pasillo hacia la zona en la que estaba su cuarto.

—Ríete, pero quizá vaya a clase con una bata de terciopelo —respondió, a modo de despedida. Cuando ya estaba lo suficientemente lejos, gritó—: ¡Te veo mañana, amigo!

James aún tenía la sonrisa en la cara cuando abrió la puerta de su cuarto. Se asustó al comprobar que el cerrojo no estaba echado, y metió la mano por la abertura de la puerta para pulsar el interruptor de la luz que estaba situado junto al marco, a la altura de la llave.

De pronto, una voz femenina dijo desde el interior:

—No te asustes.

## Capítulo 29
## Ryan
# Tienes que escucharme

*26 de septiembre de 2015*
*Dos días desaparecida*

James Black se llevó las manos a la cara.

—¿Por tu culpa? ¿De qué estás hablando, James?

—Paula era..., fue... mi..., mi profesora, Ryan. Mi profesora de Historia del cine americano. Nunca debimos salir juntos..., nunca debió suceder lo que pasó entre nosotros.

—¿Tu profesora? ¿Saliste con tu profesora?

—Lo sé, Ryan. Joder. Lo sé. Ambos sabíamos que aquello no tenía ningún sentido..., no lo tenía e igualmente pasó. Sucedió sin pretenderlo. Juro que fue así..., y eso..., eso fue su sentencia de muerte.

—Pero James..., no... —No supe qué decir en aquella situación.

Al contrario que él, yo nunca encontraba las palabras adecuadas. Era él quien daba los consejos, y yo el que siempre cometía los errores que él intentaba corregir en mí. Ahora que las tornas se habían cambiado, ahora que mi amigo me necesitaba, yo no le servía para nada, salvo para ser el trapo en el que secar sus lágrimas.

—Paula me esperó aquel día en mi dormitorio... —Parecía que encontraba consuelo contando algo de su pasado, así que asentí, esperando a que continuase—. Había llegado al cuarto cuando ya era de noche y estaba allí. Estaba dentro, sentada en mi cama..., sonrió nada más verme.

No quise interrumpirlo.

—Aquella misma tarde ella había faltado a nuestro encuentro y yo pensé que quizá me había hecho vagas ilusiones con mi profesora. Al fin y al cabo, solo había estado con Paula hasta entonces una vez, el día antes, y solo nos besamos porque tal vez me creí cosas que no eran. Al menos, así lo interpreté yo. Pero, en realidad, una parte de mí quería creer que podía pasar algo con ella. Paula era... una mujer. Una verdadera mujer. Su mirada era fuego puro, su manera de hablar te hacía sentir completamente vivo, sus pasos te dejaban helado. Alguien como ella podría tener al hombre que quisiera, pero...

Parecía que iba a llorar de nuevo y le di un respiro.

—Tranquilo, James. No tienes por qué contármelo.

—No. No. Quiero contártelo. Quiero que sepas la verdad de lo que ocurrió.

Vi en los ojos de Black algo que nunca había observado en él. Hablaba con verdadero amor. Me di cuenta de que su mirada se había perdido en un recuerdo y, de pronto, observé que sonreía mientras una lágrima le recorría la mejilla. Daba la impresión de que tenía a Paula delante, sentada a mi lado. Hice incluso el ademán de seguir su mirada con la mía para poder encontrarla allí, escuchando con el corazón en la mano cómo hablaba Black de ella, cuando de repente continuó:

—... pero me eligió a mí.

—¿Quieres decir que estuvisteis juntos?

—Cuando la vi en mi dormitorio, me quedé tan sorprendido que no supe qué decir. Yo..., yo era un crío.

Tragué saliva. En todos los años que llevábamos siendo amigos nunca me lo había contado. Una parte de mí se enfadó con él por no haber confiado en mí antes, pero otra me decía que yo tampoco era un libro abierto con él. Yo aún no le había dicho nada sobre la desaparición de Miranda, y me sentí miserable por no haberlo hecho. Tampoco le había hablado sobre muchas otras cosas, todas importantes y que me avergonzaban, y no podía juzgarlo a él por hacer lo mismo.

—Paula Hicks se levantó de la cama y..., casi sin yo tener tiempo para hablar..., me besó. Me empujó contra la puerta y la cerré con la espalda. Mi mente era un completo torbellino de pensamientos: «¿Qué estás haciendo? ¡Esto está mal! ¡Es tu profesora!». Pero en realidad quería seguir adelante. La diferencia de edad era evidente, yo acababa de entrar en la veintena y ella se acercaba poco a poco a los cuarenta, pero entre caricias en el cuello, entre besos casi a oscuras, entre mordiscos en mi pecho, hicimos el amor.

Me fijé en que Black tenía ya el rostro cubierto de lágrimas.

—¿Por qué me cuentas esto, James? ¿Por qué lo haces?

—Porque vendrán a por mí, Ryan. Ahora que Paula ha aparecido vendrán a por mí y será el fin de todo. Estoy acabado... Miranda..., Miranda lo va a contar todo.

—¡¿Miranda?!

Escuchar su nombre hizo que un escalofrío me recorriese todo el cuerpo. Aún no tenía noticias de ella, y la imagen del cuarto de baño lleno de sangre me golpeó.

—¿Qué tiene que ver Miranda con esto? —inquirí.

—Mi imagen..., mi legado. La gente no querrá volver a ver ninguna de mis películas. Miranda lo va a echar todo a perder. Tienes que hacer algo. Tienes que hablar con ella.

—¿De qué hablas, amigo? —No comprendía nada de lo que estaba diciendo.

Mi mujer había desaparecido, y ahora Black la acusaba de... ¿De qué? ¿De contar que tuvo una relación con esa tal Paula Hicks?

—James..., creo que te estás haciendo mayor. Miranda nunca haría nada que te perjudicase.

—Te equivocas, Ryan. No conoces a tu mujer.

—Claro que conozco a mi mujer. Ella nunca haría algo así. Además... creo que... —dudé durante un segundo si contárselo, pero me di cuenta de que debía hacerlo. Vacilé un momento, mientras Black me miraba intentando comprender qué me ocurría, cuando de pronto le lancé la noticia—: Creo que es importante que lo sepas..., James...

—¿Qué ocurre?

—Miranda ha desaparecido.

—¡¿Qué?! ¿Cómo que ha desaparecido? ¿De qué diablos estás hablando?

Tras aquella frase fui yo quien rompió a llorar. A pesar de que una parte de mí me decía que ya debía de haberlo asimilado, otra parte despertaba ante la sensación de soledad y tristeza que me invadía al pensar en que quizá Miranda necesitaba que la encontrase.

—Ryan. ¿A qué te refieres con que ha desaparecido? Estará en el trabajo, joder. ¿Qué idiotez estás diciendo?

—No lo entiendes, James. —Me acerqué y, con lágrimas en los ojos, intenté ser más claro—: Miranda lleva dos días desaparecida. He venido precisamente por eso. Según Cariño, estuvo en el Steak contigo, tras irme yo. Fuiste la última persona en verla.

—Eso es imposible, Ryan. Es imposible. —Parecía no comprender lo que le acababa de decir.

—Es verdad, James. Miranda ha desaparecido. No está por ninguna parte. Es como si la tierra se la hubiese tragado. Y..., y además está la sangre... y el colgante.

Me metí la mano en el pantalón y saqué el collar de Miranda que encontré entre los árboles de Hidden Springs.

Lo miró y se quedó algo aturdido.

—¿Esto es de Miranda? Esta frase…

—Sí… se lo regalé cuando estábamos saliendo. Supongo que entiendes lo que significa. Lo de la transición a blanco en el cine.

—Sí, no es eso… es que esa frase… me trae viejos recuerdos.

Observé cómo levantaba la cabeza, como tratando de encontrar en su memoria dónde había dejado algo, pero desistió y volvió a concentrarse en mí.

—Ocurrió hace un par de..., quería contártelo, pero... —comencé a titubear, realmente me estaba afectando acordarme de todo lo que había pasado.

—Ryan..., ¿qué gilipollez estás diciendo? Escúchame —me interrumpió—. Tienes que escucharme.

—Dos días. Nadie sabe nada de ella desde hace dos días..., y el cadáver..., y...

No le presté atención, hasta que, en un segundo, cambió el tono para decir:

—Miranda estuvo aquí anoche.

## Capítulo 30
# Lágrimas

*Consulta del doctor Morgan*
*Dos meses antes de la desaparición*

—Lo que ustedes se digan aquí no puede ser utilizado por la otra parte durante las discusiones fuera de esta sala —dijo el doctor Morgan, en tono conciliador—. Estamos aquí para entender a la otra parte. Un matrimonio feliz es un matrimonio que se habla, que se cuenta los problemas, lo que le gusta y lo que no le gusta del otro, y aun así, se tolera.

Miranda asintió con la cabeza al mismo tiempo que Ryan negó con la suya. Llevaban un rato tratando de ponerse de acuerdo en por qué estaban asistiendo a un consejero matrimonial. La consulta era una especie de habitación pintada en beis, con dos sillas frente a una mesa de cristal, tras la cual estaba el doctor Morgan, con gafas sin montura. Había un ventanal con cortina de gasa que ocupaba toda la pared detrás del escritorio, y el resto estaban empapeladas con un sinfín de marcos con títulos de distintas universidades del país.

—Entonces ¿está bien que le diga que me enerva con su perfeccionismo? —dijo Ryan, molesto por tener que estar allí.

Llevaba ya media hora hablando de lo inferior que le hacía sentir Miranda, ante la triste mirada ausente de esta.

—Por supuesto —respondió el doctor Morgan—. Y a usted, Miranda, ¿cómo le hace sentir eso?

Le costó encontrar fuerzas para hablar:

—Decepcionada. Realmente decepcionada.

—Bien. Bien. Es un buen comienzo.

Ryan bufó.

—No puedo hablar con él delante. De verdad que no puedo.

—Pero si fue idea tuya venir a ver a un consejero matrimonial. ¿Cómo que no puedes hablar? Esto es de locos.

Miranda miró a Ryan con tristeza.

—No lo ves, ¿verdad? Si te dijese todo lo que pienso, lo nuestro habría acabado hace mucho, Ryan.

—Pues que se acabe. ¿No lleva muerto mucho tiempo?

Miranda cerró los ojos y agachó la cabeza, dolida. Apenas reconocía la actitud de su marido.

—Señor Huff..., no haga juicios de valor. Exprese su opinión sin cuestionar la relación con su esposa. Tiene que calmarse.

—Para usted es fácil decirlo. Cobra por ver cómo nos peleamos.

El doctor Morgan apuntó algo en la libreta que sostenía entre las manos.

—Esto es ridículo. ¿Sabe qué? Creo que me voy a marchar.

—Señor Huff..., le voy a hacer una pregunta y quiero que sea sincero.

Ryan rechistó y se recolocó en la silla.

—Qué.

—Mire a su esposa.

—¿En serio?

—En serio.

—¿Para qué?

—Ryan..., por favor... —susurró Miranda, que ya casi no podía evitar las lágrimas.

—Está bien —dijo protestando.

Miró en dirección a su mujer, pero fue incapaz de levantar la vista hacia su cara. Se fijó en que las manos de Miranda temblaban y solo cuando comprendió por qué lo hacían, la miró a los ojos. Su mujer había comenzado a llorar.

—Miranda..., no me hagas esto...

—Ahora diga con sinceridad —continuó el doctor Morgan—. ¿Quiere a su esposa?

—¿Cómo que si la quiero? Pero ¿qué clase de pregunta es esa?

—Le repito, ¿quiere a su esposa?

Ryan tardó en responder y Miranda suspiró dolida.

—Claro que la quiero. Es la única mujer que he querido en mi vida.

El doctor Morgan sonrió y pareció conforme.

—¿Y usted, señora Huff? ¿Quiere a su esposo?

Aquella pregunta se grabó en su cabeza. «¿Quiere a su esposo?». Le pareció escuchar de nuevo, pero el doctor Morgan no había repetido la pregunta.

Miranda asintió, apretando la mandíbula con los ojos llenos de tristeza.

—Bien. Eso está bien. ¿Ven? No es tan difícil. Es un primer paso. Si se quieren y están dispuestos a esforzarse, nuestro trabajo en la consulta será muy fácil.

Ryan sonrió y agarró la mano de Miranda. Ella se dio cuenta de que Ryan estaba haciendo de nuevo una de las cosas que más odiaba: hacer como si no pasase nada, simulando que todo estaba bien entre ellos dos. Cogió su mano para calmarla, pero ella ya no aguantaba más.

—No quiero seguir con esto —dijo—. No puedo.

—Vale. Tengo una idea —sugirió el doctor Morgan—. ¿Por qué no intentamos otra cosa?

—¿El qué? —protestó Ryan.

Miranda seguía llorando.

—A ver, se ve que no pueden hablar estando uno delante del otro. ¿Qué tal si hablamos por turnos? La sesión de una hora la dividiremos en dos tramos de treinta minutos, y el otro esperará en la cafetería que hay al otro lado de la calle.

—Pero... —susurró Ryan—, se supone que esto es para que hablemos entre nosotros, ¿no?

—Se trata de encontrar puntos en común. Y yo me encargaré de unir esos puntos y hacer que todo vuelva a ser como antes.

Ryan asintió. Cualquier cosa que no fuese estar una hora con ese tipo hablando sobre lo mal que estaba su matrimonio le parecía buena idea. Treinta minutos era mejor plan.

—¿Qué les parece?

—Si cree que servirá para que ella no sufra más, yo estoy conforme.

—No lo creo. Estoy completamente seguro.

Miranda se secó las lágrimas y asintió.

—No se hable más —aseveró Ryan—. ¿Quién empieza?

—Creo que visto cómo están las cosas, señor Huff, es mejor que sea su mujer la que me cuente qué ocurre.

Ryan miró a Miranda e hizo un ademán con la cabeza.

—Está bien.

—Vale. Espere en la cafetería de enfrente y yo le llamaré a su móvil cuando sea su turno.

Ryan se levantó y arqueó las cejas a modo de despedida.

—A ver qué es lo que le cuentas —dijo a Miranda.

—Confíe en su esposa, señor Huff. Se ve que se quieren. No tiene de qué preocuparse.

Ryan se dirigió a Miranda:

—Te veo luego —dijo, justo antes de salir por la puerta.

El doctor Morgan se levantó del asiento y se puso a mirar a través del cristal. Apartó con un dedo la cortina de gasa para poder observar bien la calle, y comprobó que a los pocos segundos Ryan aparecía en la acera y se dirigía hacia el Starbucks que hacía esquina.

Miranda se levantó de la silla y se acercó también a la ventana. Estaba seria, mirando atenta a su marido. Ryan entró en el Starbucks y sus pies se perdieron al otro lado de la puerta de cristal.

—¿Crees que se lo ha creído? —dijo el doctor Morgan, sin desviar la mirada hacia ella.

—Estoy segura, cariño —respondió Miranda.

## Capítulo 31
## Miranda
# Sombras

Durante los siguientes meses no me sentí yo misma. Me sentía apática y agotada. Lo peor de todo es que oculté el aborto a mis hermanos y a mi padre. Se me caía la cara de vergüenza solo con pensarlo. Una parte de mí decía que no pasaba nada, que era verdad que aquel bebé se hubiese interpuesto en nuestras vidas y cambiado el curso de nuestro futuro, pero otra parte me decía que quizá había cedido a Ryan una decisión que debería haberme correspondido. Era mi vida la que cambiaría. Era mi cuerpo el que se transformaría. Era yo quien quería a aquel pequeño que ya crecía en mi interior.

Sufrí mucho durante aquel tiempo. Yo estaba en una época en la que necesitaba hablar de lo que sentía con alguien, pero cuando llegábamos a casa después de clase, el único tema de conversación era James Black.

Lo maravilloso de su cine.

La manera en la que hablaba.

Cuánto aprenderíamos.

Me daban ganas de vomitar.

No me preguntó ni una sola vez cómo me sentía por el aborto. No sacó el tema en ningún momento e hizo lo peor que se puede hacer con los asuntos dolorosos: hacer como si nunca hubiesen ocurrido. Aplastó aquel tema como si fuese un mosquito que le estorbara en su vida, pero lo que él no sabía era que aquel mosquito volvía a mí por las noches y me despertaba con un zumbido en el oído que parecía el llanto de un bebé.

Poco a poco, Ryan volvió a agasajarme con cariño y, aunque el asunto del embarazo se convirtió en nuestro tema innombrable, puso de su parte para reconstruir nuestra relación. Salíamos todos los fines de semana a ver algún estreno para el que había conseguido entradas, probábamos comida exótica en extraños restaurantes que hacían repartos a domicilio, nos enganchamos juntos a ver series que estaban de moda y que grabábamos en un TiVo.

Los años pasaron en silencio, los apuntes de la facultad ardieron en una hoguera en la playa bajo las estrellas de Los Ángeles, la fiesta de graduación sucedió sin nuestros padres. Todos los alumnos de aquella promoción teníamos la sensación de que algunos de los que estábamos allí llegaríamos a pasear sobre la alfombra roja en algún momento. La pregunta era: ¿quién? Éramos un grupo con talento. Se veía cada semana en los cortos que se grababan, o en las lecturas de guiones que se hacían, y todos estábamos dispuestos a vendernos a la mentira del mundo de las estrellas. Mirabas nuestras caras en aquella fiesta y todos estábamos felices y radiantes. Incluida yo. Con Ryan había aprendido a actuar para que se me notase feliz.

No te puedo decir un único motivo por el que seguí a su lado. En realidad, si lo comparaba con los hombres que había conocido hasta entonces, Ryan era increíble. Atractivo, solía ser atento y muy protector. Pero especialmente era divertido. Me reía con sus bromas, y tal vez confundí la gracia con el amor. Ahora, mirando atrás, no sé cómo seguí atrapada entre sus manos. Tal vez el dolor te hace mirar solo los buenos gestos para que no acabes volviéndote loca.

Estuvimos durante un tiempo viviendo en nuestro cuchitril, hasta que Ryan, tras ganar algo de dinero, se gastó nuestros ahorros en hacernos la maldita casa. Tengo que admitir que aquel cambio nos vino bien, pero solo durante un tiempo. Los cambios importantes suelen ser parches temporales por los que sale el agua si ya había fugas.

Nos casamos de una manera muy romántica: una mañana de improviso, en un juzgado civil para ahorrarnos dinero en impuestos. Ni siquiera eso supo hacer bien. Me dijo que ya celebraríamos una boda como Dios manda con nuestra familia más adelante, a lo que yo accedí, pero a estas alturas ya conoces suficientemente a Ryan como para saber que eso nunca llegó a suceder.

Teníamos pocos amigos, nuestro círculo se había ido cerrando con los años, y con el tiempo la única persona a la que veíamos con frecuencia era James Black, a quien visitábamos de vez en cuando para destrozar durante horas las películas horrendas que se estaban haciendo últimamente.

Una de esas noches la conversación viró, por culpa de Ryan, hacia lo maravillosa que era *La gran vida de ayer*, y fue cuando, cenando en el porche de la casa de Black, dijo una de sus frases tan didácticas y que se te grababan a fuego en la mente:

—Un buen guion de cine tiene que apasionarte tanto que no escribirlo te cueste la vida —dijo Black, alzando una copa de vino en alto—. Es más, escribir un buen guion de cine te debe costar la vida. Se trata de morir escribiendo. No puede haber otro modo. Se trata de hacer la película por la que morirías.

Estuve dándole vueltas a aquellas palabras durante toda la cena. Brindé por lo que acababa de decir, pero sus palabras no cobrarían sentido hasta algunos días más tarde. En el fondo, algo en la mirada de Black durante aquella noche me hizo recordar el incidente con

Jeff, su película y su marcha inesperada de la facultad. En realidad, durante toda nuestra relación, algo siguió siempre sin encajarme en él, pero creo que aprendí a convivir con ello. Aprendí a sonreírle las veces en que lo veía, o a fingir verdadera felicidad cuando nos llevaba a alguna fiesta de Hollywood que nos pudiese ayudar a conseguir algún proyecto. De eso se trataba, ¿no? De fingir. De fingir felicidad y éxito. El brillo en Hollywood resplandecía porque todos los que estábamos dentro del mundillo pulíamos la putrefacta superficie con trapos hechos con nuestra infelicidad. Con poco que escarbases en una conversación con actores, productores o directores, descubrías que todos estaban sumergidos en un pozo de mierda que les cubría hasta la coronilla. Incluso el famoso cartel con las letras de Hollywood sobre el Monte Lee lucía reluciente desde la lejanía, pero si lo visitabas y lo veías de cerca, no era más que un puñado de hierros sucios cubiertos de óxido. No era más que una preciosa ironía de este mundo oscuro.

De camino a casa conduje yo, como ocurría siempre que visitábamos a Black. Durante la cena había llevado la cuenta de las copas que se había tomado Ryan, pero decidí abandonar cuando superó la decena. Sus diálogos cada vez eran más torpes, sus frases cada vez más pasionales y simples, sus manos se movían con lentitud y sus ojos apenas podían mantenerse abiertos.

—Ryan..., deberías beber menos. Te dejas tú mismo en evidencia —le dije, pensando en que quizá así la próxima vez la noche terminaría de otro modo, pero me respondió con una bomba que explotó en mi corazón:

—Una zorra no me va a decir a mí lo que tengo que beber.

Sí, esa palabra.

Como escritora me fijaba hasta la extenuación en las palabras. Los escritores intentamos elegir la más correcta para cada situación y Ryan solía ser muy meticuloso con cómo se expresaba. Era lo único que seguía destacando de él. Atrás quedó el divertido, romántico y cariñoso de los primeros... ¿días? Ahora creo que nunca fue como yo me imaginé. Lo quise ver como uno ve a alguien cuando se enamora. Durante mucho tiempo, mis ojos borraron del campo de visión sus errores y su comportamiento hiriente. Y sí, Ryan usó esa palabra. Estaba borracho, pero eso no era excusa. No dijo «no eres nadie para decirme...», ni «una mujer», que me habría molestado, pero no de aquella manera. Dijo zorra. Me llamó zorra. La zorra de su mujer.

Apreté los dedos contra el volante y, tratando de escapar de su presencia durante un momento, cerré los ojos, con el coche a toda velocidad avanzando por la autopista. Sentí la vibración del coche deslizándose sobre el asfalto, el sonido de otros vehículos que me acompañaban en la carretera, algunas luces iluminando la oscuridad de mis párpados. Aquellos destellos, naranjas y rojos, se mecían sobre mis ojos como una melodía majestuosa, un concierto de luces privado y a punto de terminar en cualquier momento inesperado. No sé por qué lo hice. A veces es el cuerpo el que te pide a gritos una escapatoria y encuentra el camino que cree que necesitas. Deseas tanto escapar de los problemas que una solución desesperada te parece la única, pero, en aquel vuelo de unos instantes en que mi mente esperó un golpe que acabase con todo (un choque frontal, un salto al vacío, una caída al mar), descubrí que incluso en la más absoluta oscuridad, había cosas de mi vida que brillaban.

Pero cuando abrí los ojos, ya era tarde.

El parachoques estaba rozando el quitamiedos, creando chispas que iluminaban el frontal del vehículo. Reaccioné dando un volantazo en la otra dirección, haciendo que nuestro coche golpease a otro que circulaba en el carril de al lado. Zigzagueé, esquivando el quitamiedos y evitando volver a golpear al otro coche, hasta que conseguí enderezar y frenar. Ryan, que tras haberme llamado zorra se había echado hacia atrás para dormir, gritó asustado en cuanto nuestro coche golpeó a aquel Ford azul con matrícula de Nevada.

Estuve una hora parada en la carretera, rellenando los papeles del seguro, mientras Ryan, borracho, hacía un drama con lo que había pasado. Él se había abierto la ceja, al golpearse contra la puerta, y yo, mientras rellenaba los formularios, no paraba de pensar en qué viva me había sentido con la adrenalina del momento. Ryan me había ido matando poco a poco, acabando conmigo, con mis ilusiones y mi energía interior, y aquellos instantes en que todo podría haber acabado fueron un nuevo comienzo para mí.

Al llegar a casa, aún sentía la vibración del volante en la yema de mis dedos. Sentí un dolor punzante en la mano y descubrí un pequeño corte en la muñeca. La sangre estaba manchando la manga de mi blusa, pero me dio igual: me la había regalado Ryan en mi último cumpleaños. Él ya había subido la escalera a la primera planta y se había metido en el cuarto. En toda la noche ni siquiera me había preguntado si me había hecho daño.

Me quedé abajo, en silencio, mirándome la sangre en la muñeca. Me observé en el espejo de pie que teníamos en el salón, un monumental espejo de dos por dos, el único de la casa en el que podía verme entera y, por primera vez en mucho tiempo, me gusté. Tenía un poco de sangre seca en la barbilla, seguramente me habría manchado al tocarme la cara, y el hombro algo dolorido. Me fijé en mis piernas delgadas, en mi silueta de corredora, en mi mirada decidida. Iba a cambiarlo todo.

Caminé por el salón, oscuro y monumental. Sobraban metros por todas partes, y miré a través del ventanal hacia la calle. Vivíamos en un barrio dispuesto a convertirse en lo mejor de Los Ángeles, pero si te fijabas bien, te dabas cuenta de que todas las casas de la calle seguían deshabitadas.

Y entonces lo vi.

Junto a un árbol, a dos casas de la nuestra, la silueta de una persona permanecía inmóvil, mirando en mi dirección. Un escalofrío me recorrió la nuca. Estuve a punto de llamar a Ryan, pero me di cuenta de que estaba tan borracho que no haría nada. Fijé la vista en ella, pero estaba tan oscuro, tan solo iluminada por la luz de la luna, que era imposible ver más a allá de un borrón negro sobre la acera. Pensé que quizá no fuese una persona, sino tal vez un conjunto de sombras que coincidían con la forma de una persona, pero entonces hizo algo que me dejó helada. Alzó una mano en una especie de saludo.

Permaneció así unos instantes, con la mano en alto, esperando una reacción por mi parte, pero entonces escuché la voz de Ryan gritando desde el dormitorio:

—¿Vienes a la cama de una puñetera vez?

Suspiré durante un segundo, cerrando los ojos y, cuando los volví a abrir, la silueta había desaparecido.

## Capítulo 32
## James Black
# Guion imposible

*1975*

James se quedó inmóvil bajo el marco de la puerta al ver a Paula en el interior de la habitación.

—¡Profesora Hicks! —gritó sorprendido, para acto seguido lamentarse por haber alzado la voz demasiado. Entró rápido, cerró la puerta, deseando que nadie lo hubiese escuchado—. ¡Está loca! ¡Como la vean aquí, la despedirán!

Paula, que estaba sentada en la cama de James, se levantó y caminó hacia él. James se quedó inmóvil, sin saber qué hacer.

—Deberías haberme esperado —susurró Paula—. Un hombre siempre debería esperar a una mujer con la que ha quedado el tiempo que haga falta.

James se dio cuenta de que Paula tenía los ojos rojos, como si hubiese estado llorando hasta unos momentos antes.

—Profesora yo... lo..., lo siento. La esperé..., lo juro. La esperé más de media hora. Pensé que no vendría..., le juro que la esperé.

—No me llames profesora. Me hace sentir... lejana. Me hace sentir sola.

—Lo siento..., yo..., usted..., quiero decir, tú... —James se dio cuenta de que le era muy difícil expresarse sin equivocarse—. Paula..., ¿qué quiere de mí?

La profesora se tocó el pelo y tragó saliva. Sabía que estaba a punto de cruzar una línea complicada y para la que no había vuelta atrás. Si se lanzaba al vacío una vez más, si se entregaba de aquella manera a la idea de volver a divertirse, aunque solo fuese por el morbo de hacer algo prohibido, sabía que estaría perdida para siempre. Si lo besaba en el cuarto, a solas, sabía que le costaría frenarse ante lo que podría venir después.

Y por eso lo hizo.

Se lanzó de nuevo, empujándolo contra la puerta, rompiendo con sus labios el fino hilo que separaba un error de un problema y, ante su sorpresa, cerró los ojos y recordó a su marido Ian, el tacto de sus labios, el calor de su cuerpo, el bulto en la entrepierna.

Aquella fue la primera vez de James, que tímido, torpe y tembloroso, se perdió sin pensar en nada entre la suave piel de Paula. Para ella fue idéntica a la primera vez con su marido. En la oscuridad del cuarto, las caricias eran similares a las que Ian le había dado durante años y, por momentos, sintió que seguía vivo y que estaba a su lado.

Podría haber sido solo aquella vez.

Podría haber sucedido con la intención de revivir solo una vez más el recuerdo de su esposo muerto.

Podría haber puesto fin a aquello en cualquier momento y dejar que nunca más sucediese.

Pero no fue así.

Aquel primer encuentro, entre los nervios de él, con la sombra de ojos corrida de ella por haber llorado aquella tarde, lleno de jadeos y mordiscos, y con los corazones de ambos temblando de emoción, fue el primero de muchos otros. Su relación, que había comenzado con aquel inocente beso en el coche, tras salir de una sala de cine oscura y clandestina, se confirmó aquella noche en que Paula necesitaba sentirse querida y amada una sola vez, y se extendió como un virus mortal durante los siguientes meses.

Entre semana, James era un alumno ejemplar, en primera fila, que respondía a todo y que dejaba atónitos a sus compañeros con su creatividad. La profesora que daba clases lunes, martes y jueves dedicaba el resto de los días a dar tutorías en su despacho y a preparar las clases. James, con el recuerdo de lo que había sucedido aquella noche, la buscaba frecuentemente en aquellas tutorías y charlaban de todo cuanto se les ocurría. A veces a Paula le rondaba por la cabeza la idea de que hubiese sido más prudente por su parte alejarse para siempre de aquel capricho momentáneo, mantenerse a distancia de James para evitar volver a morder aquella manzana, pero le parecieron que las conversaciones intensas sobre cine y sobre guiones con James eran inofensivas. Pero de la inocencia de las anécdotas pasaron a tocar cada vez más asuntos personales, y de los asuntos personales a preocuparse el uno por el otro. Uno no decide cuándo se enamora de alguien, ni cómo debe ser ni la edad que debe tener.

Paula hacía tiempo que ya había comenzado a hablar a James sobre su vida, sobre la muerte de su marido, sobre sus hijos y sobre cómo había llegado un punto en que dudaba de cada decisión que tomaba. Aunque durante un tiempo no sucedió nada, y ambos evitaban hablar sobre aquella noche en el dormitorio de Black, siempre perdiéndose en conversaciones sobre pequeñas cosas, sobre cine o sobre las ideas que iban surgiendo en la mente de Black, fue en una de ellas donde pasó lo inevitable.

James había ido a contarle eufórico a la profesora que ya había desarrollado su idea, una película que reuniese en una única todos los tipos de amor. Había estado trabajando en un guion a escondidas. El libreto trataba sobre una mujer que experimentaba todos los tipos de amor a lo largo de su vida para acabar descubriendo que su marido había asesinado a sus hijos y a su amante, con quien pensaba fugarse. James le dio el guion completo y esperó nervioso a que Paula terminase de leer. Cuando lo hizo, dos horas después, una lágrima solitaria recorrió la mejilla de la profesora, y James la miró impaciente, esperando a que diese su opinión:

—James, es un guion... —dudó, buscando un adjetivo que representase lo que sentía—, ... magnífico. Es un guion magnífico.

James cerró los ojos, feliz de escuchar aquellas palabras, y esperó a que continuase:

—...pero es imposible. Nunca funcionaría. No parece real. Una persona nunca..., nunca viviría todos esos tipos de amor. Además, mezclarlos en una película difuminaría el mensaje. Haría que perdiese fuerza. Imagina que lees un libro, y ese libro trata sobre el misterio, sobre el amor y la pérdida, sobre la familia, sobre la desconfianza, el suspense, el miedo, la sorpresa, sobre el cine, o yo qué sé. Sobre tantas cosas que el mensaje no quedase claro. No hay nada que reúna tantas cosas que funcione. Mucho menos que reúna todos los tipos de amor en uno, y acabe apasionando.

James se quedó pensativo unos momentos y, con una fuerza recobrada, lo dijo:

—Paula..., tú reúnes todos los tipos de amor. Reúnes todas esas cosas, todos esos sentimientos, y me apasionas.

—¿De qué estás hablando, James? —respondió Paula, sorprendida.

Una parte de ella esperaba que James no continuase por allí, pero antes de que tuviese tiempo de retractarse de su pregunta, James comenzó a argumentar:

—Lo que oyes, Paula. Tú tienes dentro todos los tipos de amor. El amor perfecto, el que sientes por tu marido; el amor incondicional, el que sientes por tus hijos; el amor moribundo, el que sientes por ti misma; el amor prohibido, el que sientes por mí; el amor pasional, el que me haces sentir a mí. Y mucho más: el suspense de cuándo sucederá algo más entre nosotros, el miedo a que alguien nos descubra besándonos, el misterio porque nunca sé qué estás sintiendo en realidad.

La profesora se quedó boquiabierta y James, que hasta entonces había estado conteniendo la pasión que sentía en su interior, la agarró con fuerza por la cintura y la besó contra una estantería llena de libros sobre cine. Hicieron el amor entre montañas de trabajos entregados por los alumnos y por el propio Black, y cuando terminaron, ninguno se disculpó por lo que había pasado.

El despacho de la profesora se encontraba al final de un pasillo de una de las plantas altas del Melnitz Hall, en una zona poco accesible y escasamente frecuentada por nadie que no fuese ella. Aquella ubicación privilegiada en un lugar oculto del complejo fue lo que propició que su pasión fuese creciendo en intensidad y frecuencia. Dejó de importar el miedo a que los descubriesen, las represalias por un posible despido o una expulsión de la universidad. Ya no se buscaban solo en el campus, comenzaron a quedar también en las cafeterías o cines del centro de la ciudad. Una tarde, la profesora Hicks esperó a James en su despacho, como siempre hacía, pero esta vez con una sonrisa impaciente. Cuando llegó James, la saludó con un beso, y ella, rápidamente, añadió como si fuese un saludo:

—Tengo una cosa para ti.

—¿Qué dices? No me tienes que regalar nada.

—Me hacía ilusión que alguien le diese uso.

—Pero Paula..., no..., no hace falta.

—Es eso de ahí —dijo, señalando una gran maleta verde de plástico.

James, con cuidado, se acercó a Paula, abrazándola y besándola de nuevo.

—¿Qué es? ¿Estás loca? No necesito nada.

—Sí necesitas una cosa —respondió Paula, con una sonrisa que recorría toda su cara—. Sin ella no serás nadie.

James se agachó y, con su mano derecha, acarició el canto de la maleta, y una plaquita metálica con una inscripción que leyó en un susurro: «Tú y yo siempre estaremos fundidos a blanco».

—Era de Ian, mi marido.

James contuvo el aliento, hasta que por fin se lanzó a abrir los cierres metálicos. Al levantar la tapa, se quedó de piedra al ver que se trataba de una cámara Arriflex 35, y ella, con el corazón latiéndole con intensidad, añadió:

—Se la compró un par de años antes de morir. Decía que algún día quería grabar una película. Nunca llegó a usarla. Se murió antes. Quiero que la tengas tú, James Black. Quiero que James Black se convierta en director. Vas a ser uno de los grandes.

—Paula yo... no..., no puedo aceptarla...

—Solo tengo una única condición.

James se levantó, sin saber cómo agradecérselo.

—Lo que sea —dijo.

—Quiero ser la actriz de tu película.

## Capítulo 33
## Ryan
# Pequeñas mentiras

*26 de septiembre de 2015*
*Dos días desaparecida*

—¿Cómo que estuvo aquí anoche? —grité a Black.

El corazón me iba a estallar. Necesitaba respuestas. Si era verdad lo que James decía, todo estaba a punto de acabar. Miranda estaba bien, y aparecería en cualquier momento por casa. Pero... ¿acaso me podía fiar de lo que decía Black? Su mente estaba fallando. Desde la última noche, cuando perdió el norte por no encontrar su película, tenía la sensación de que el gran James Black se estaba marchando al abismo de la indiferencia.

—Anoche, sí. Estuvo ahí sentada, donde estás tú. Estaba... —se paró para pensar—, estaba distinta.

—¿Qué diablos estás diciendo, James?

No sabía si creerle, pero la verdad es que sonaba demasiado convincente. Y, además, ¿para qué me mentiría en algo así? No tendría sentido.

—Decía que lo iba a contar todo. Sabe todo lo que pasó con Paula. No me preguntes cómo, pero lo sabe. Su muerte..., mi relación con ella..., estoy... acabado.

—¿Ayer? ¿Eso fue anoche?

En realidad me importaba poco lo que creyese Black que le pasaría a su imagen. Si su relación con la fallecida Paula Hicks trascendía a la prensa, yo no estaba muy seguro de lo que ocurriría. Un pasado oscuro, o una muerte traumática, había sido un patrón común en las mentes más creativas del planeta.

—No..., no sé. Creo que sí.

—James, amigo, escúchame. Esto es importante. ¿Cuándo viste a Miranda por última vez?

—Vino ayer. Sí, ayer. Estaba muy enfadada, diciendo que yo ocultaba cosas y que te protegía a ti con las tuyas. Yo no te protejo de nada. Tú eres trigo limpio. Yo veo esas cosas en los ojos. Eres buena gente, Ryan. ¿Qué tendría que ocultar de ti?

No sabía por qué, pero algo no me terminaba de encajar en cómo estaba hablando.

—James, amigo, ¿estás seguro de lo que estás diciendo?

—Segurísimo. Llevaba ese vestido amarillo de la fiesta de hace un par de meses. Qué guapa iba. Guapísima.

—¿Cómo? ¿El vestido amarillo?

—Sabes que siempre he pensado que Miranda es la mujer perfecta, ¿verdad? Inteligente, independiente y atractiva. Tiene las tres cualidades que siempre he buscado en una mujer.

Aquello me dejó helado, e hizo que me diese de bruces con la realidad. Reconocí esa frase al instante. Inteligente, independiente y atractiva. Las palabras de Black parecieron transportarme al Steak, dos días atrás, cuando fui a verlo antes de partir hacia Hidden Springs. Fue ese pequeño gesto, unido a que mencionase que Miranda llevaba el vestido amarillo, lo que me abrió los ojos y me hizo darme cuenta, sin duda, de que la mente de Black estaba fallando y había comenzado a mezclar recuerdos. ¿Desde cuándo le ocurría esto?

De pronto me vino a la mente todas las veces en las que pensaba que James Black se estaba volviendo un excéntrico, un genio alternativo, cuando en realidad estaba perdiendo la cabeza. Recordé cómo el año anterior James Black había salido a dar un paseo desnudo por el vecindario, y Mandy me había llamado para avisarme. Cuando recogí a Black, y le pregunté que qué diablos estaba haciendo, me respondió un escueto:

—¡Tomar el aire, Ryan! Tienes que probarlo de vez en cuando.

En otra ocasión Black decidió deshacerse de todos los muebles de casa, porque decía que le estorbaban para andar, para al cabo de dos días hacer que Mandy los recomprase de nuevo. Me tomé aquellos desvaríos como un juego, como una muestra de la personalidad arrolladora y carismática que se escondía tras las gafas de pasta, pero en realidad lo que ocurría es que la mente de Black se estaba desconectando, poco a poco, de la cordura.

Era imposible que Black viese a Miranda con el vestido amarillo. Yo recordaba muy bien aquel vestido y lo que sucedió con él.

Ocurrió la noche de la fiesta con los productores, aquella en la que me acosté con Mandy. Estuvimos todo el trayecto en coche a casa en silencio, escuchando una emisora de jazz, de esas que llenan el vacío de una conversación incómoda. Yo no sabía cómo iniciar una conversación sin que los destellos grisáceos de la piel de Mandy me golpeasen la memoria.

—Ha estado bien —dije, al dejar las llaves sobre la bandejita metálica que había en la entrada.

Miranda no me respondió. Pasó por mi lado como un fantasma. Mientras andaba, tiró los zapatos a un lado y caminó descalza en dirección al sofá.

—¿Te pasa algo? —insistí.

Una parte de mí deseaba que no dijese nada en relación con Mandy, que no se hubiese enterado. Pero otra parte, mi parte asquerosa, como la llamaba ella cuando discutíamos: «Ya sale tu parte asquerosa», seguía enfadado con ella por hacerme sentir que no valía nada.

Volvió a ignorarme. Se fue a la cocina, abrió la vinoteca y, para mi sorpresa, comenzó a descorchar el Château Latour de 1984. Me quedé helado. Llevábamos años guardando aquella botella con la esperanza de brindar con ella cuando consiguiésemos firmar un gran proyecto. Llevábamos años mirándola con ilusión, y siempre que enviábamos algún guion a un productor, nos acercábamos al cristal que mantenía la botella a la temperatura perfecta y lo chasqueábamos un par de veces con nuestras alianzas de casados. Era un gesto que nos debía dar suerte y que parecía unirnos a un objetivo común. Al verla agarrar la botella sin cuidado, y clavar en su corcho el abridor, un escalofrío me recorrió todo el cuerpo.

—¡¿Qué haces!? —grité, corriendo en su dirección—. ¿Estás loca?

Cuando llegué a su lado, e intenté arrebatársela, sentí cómo la agarraba con fuerza con su mano izquierda. Ni siquiera levantó la vista hacia mí. Su pelo rojizo cubría su cara y no podía verla bien, pero detrás de aquella ligera cortina sentí que estaba llorando.

—Ya es hora de celebrar que las cosas van a cambiar —dijo, en un susurro casi imperceptible.

Estaba enfadada, pero dudaba que se hubiese dado cuenta de lo que había pasado con Mandy.

—¿Qué te pasa? ¿Acaso se te ha ido la cabeza? Dame esa botella.

De pronto, se giró hacia mí y vi sus ojos oscuros tristes cubiertos de lágrimas. La sombra de ojos se le había corrido hacia los bordes, tenía los labios apretados de impotencia.

—¿También me vas a quitar esto? ¿No has tenido suficiente con quitármelo todo?

—Creo que en la fiesta has bebido demasiado, Miranda —le dije—. Dame esa botella. Vale varios miles.

Se giró y clavó en ella el sacacorchos.

—¡Quita! —le grité.

No sé cómo ocurrió.

No sé qué me hizo hacerlo.

Un instante después, para mi sorpresa, descubrí a Miranda mirándome asustada desde el suelo, con el labio lleno de sangre y el vestido amarillo rasgado a la altura del pecho, dejando al descubierto la copa de su sujetador negro.

—No..., yo..., Miranda...

Aquella mirada. Aquellos ojos temblorosos. Si cierro los ojos los puedo ver delante de mí, diciéndome lo asqueroso que fui.

Se levantó sin decir ni una palabra y apartó mi mano de un guantazo en cuanto fui a tocarla para pedirle perdón.

—Ni se te ocurra.

Se fue en dirección al cuarto y a la mañana siguiente vi que en el cubo de basura estaba el vestido amarillo que yo le había destrozado la noche anterior. Yo mismo tiré la basura con el vestido dentro del contenedor por la noche.

James Black seguía delante de mí, afectado, esperando que le dijese por qué se estaba equivocando y por qué era imposible que Miranda tuviese el vestido amarillo. Iba a decirle a mi amigo que quizá era hora de buscar ayuda profesional para frenar el avance implacable de la demencia senil, pero no pude. Me sentía incapaz de lanzarle aquel dardo en ese momento en que estaba tan afectado. Mi teléfono comenzó a sonar y Black me hizo un gesto para que no me preocupase y atendiera la llamada. Al ver quién era, me levanté y me fui hacia la cocina para que Black no escuchase la conversación:

—¿Señor Huff? Soy la inspectora Sallinger.

—¿Inspectora? ¿Está todo bien? ¿Alguna novedad?

—Todo sigue su curso, señor Huff. No puedo decirle mucho más. Le llamaba para informarle de que acabamos de publicar la orden de búsqueda de Miranda en otros estados.

—¿Eso es bueno?

—Eso son más recursos.

—Entonces ¿es bueno, no?

—Sí, claro. Aunque más recursos implican más cobertura mediática. Lo que es bueno. Mucha gente ayudará a encontrar a su mujer. Eso siempre ayuda. Lo quieras o no, hay mucha gente con mucho tiempo libre y muy buen corazón. Vivimos en un país que se vuelca con estas cosas, señor Huff. Encontraremos a Miranda, se lo aseguro.

Un escalofrío me recorrió el cuerpo al pensar que la foto de Miranda saldría en todos los informativos. Me la imaginaba también pegada en los postes telefónicos, en los cartones de leche. En un instante, la mirada de Miranda me vigilaría desde todas partes, y fuese adonde fuese sus ojos expectantes me dirían: «Fuiste tú».

—Gracias, inspectora.

—Una cosa más, señor Huff.

—Lo que necesite.

—Hemos hablado con Jeremie Morgan, su amigo.

Me quedé en shock. No le había contado la verdad. Pensaba que tardaría más en hablar con él y en descubrir que se trataba de nuestro consejero matrimonial. No sé por qué, en ese instante ya me vi como sospechoso de la desaparición de mi mujer. Un matrimonio en ruinas, una infidelidad manifiesta, una deuda monstruosa impagable sobre nuestro hogar... Solo faltaba que hubiese sacado a Miranda un seguro de vida el día antes de su desaparición y yo fuese el único beneficiario para acabar de completar el perfil.

—Verá..., inspectora..., yo... —intenté anticipar su ataque—. Él nos ayudaba a Miranda y a mí a que todo funcionase.

—Fue muy simpático. ¿Sabe? Después de hablar con él me quedé pensando un buen rato en que lo conocía de algo, pero no sabía de qué.

Me quedé algo aturdido. ¿La inspectora lo conocía?

—Pero al fin caí. Pequeñas mentiras.

—¿Pequeñas mentiras?

—La serie. *Pequeñas mentiras*. Al final caí dónde había visto a su amigo. ¡El barman!

—¿De qué me está hablando?

—¡Vamos! ¡No se haga el loco! Su amigo es el barman de *Pequeñas mentiras*. Me encanta esa serie. Todos ahí, ocultando algo. Sí es verdad que es un personaje secundario, pero su amigo tiene talento. Llegará lejos. Seguro.

—No..., no puede ser.

—Sé que no es la serie más popular del mundo, pero yo nunca me la pierdo. Lo dicho. Que todo bien con él. Ha confirmado que se hablaban mucho y que sus llamadas se debían a que eran amigos.

Me estaba empezando a encontrar mal. ¿El doctor Morgan actor? Tenía que ser un error. No me lo creía. Miré al sillón en el que Black estaba sentado y seguía allí, trasteando un mando a distancia, hablándole en voz baja a la pantalla. Lo que contaba la inspectora Sallinger sobre el doctor Morgan no tenía sentido. Miranda y yo habíamos estado un par de meses acudiendo a su consulta, y con el tiempo llegué incluso a memorizar todos los títulos que había colgados sobre la pared. La idea de que fuese un actor en su tiempo libre, entre consulta y consulta, me sobrevoló la cabeza, pero tampoco terminaba de encajarme. ¿Por qué una persona que cobraba a trescientos dólares la hora, con estudios en Harvard, Cambridge y Nueva York, se prestaría a hacer de secundario en una serie de bajo presupuesto? Algo no encajaba, pero no sabía ver el qué.

Y entonces lo comprendí: ¿Y si tuviese algo que ver con su desaparición? ¡Sí! ¡De eso se trataba! El doctor Morgan era quien nos había propuesto el fin de semana en la cabaña, y era el único que sabía dónde estaríamos. Ahora que lo recuerdo, creo incluso que fue él quien nos había propuesto ir a Hidden Springs. Que era una buena zona, relativamente cerca y relativamente incomunicada. «Es el lugar relativo por excelencia», recuerdo que dijo. Se me quedó grabada aquella frase.

—Inspectora —la interrumpí, en un tono más serio del que estaba acostumbrado.

Me iba a lanzar al vacío sin paracaídas.

—Dígame.

Dudé durante un momento, con el corazón latiéndome con fuerza.

—¿Señor Huff?

Me di cuenta de que en cuanto lo dijera todo cambiaría, pero había llegado un punto en que ya nada me importaba más que encontrar a Miranda.

—No le he contado toda la verdad.

## Capítulo 34
## Miranda
# Miedo y venganza

La imagen de aquella silueta oscura no se me borró de la mente durante los siguientes días, pero no le hablé de ella a Ryan. Dudaba de nuestra relación y de que realmente fuésemos una buena pareja. Estábamos atados el uno al otro por aquella casa, atrapados en el pago de la hipoteca y, sinceramente, me daba miedo equivocarme. ¿Qué iba a hacer? ¿Estaba dispuesta a marcharme y acabar con todo? Intenté buscar el punto en que había dejado de quererlo. Me costaba encontrar el momento en que se había difuminado nuestro amor de los primeros días, transformándose en un cariño cómplice, para acabar sintiendo verdadera indiferencia. Es verdad que pasábamos mucho tiempo juntos, al fin y al cabo compartíamos profesión y, en ese aspecto, nos apoyábamos mucho el uno en el otro. Yo escribía guiones de anuncios, él de cortos o películas que nunca se producirían. Muchas veces escribíamos juntos e intercambiábamos ideas de guiones, o él me lanzaba alguna frase original para el anuncio de algún detergente o lo-que-fuera-que-tocase.

Intenté evitarlo durante la siguiente semana. Yo me marchaba por la mañana temprano a la oficina de la productora y él se pasaba el día viendo películas en casa. Según me decía, estaba escribiendo y reescribiendo una y otra vez un guion absurdo de una serie que tenía en la cabeza, pero yo sabía que no era verdad. Aproveché el contrato que tenía firmado con la productora para alejarme de él y pensar las cosas. No tenía horario de trabajo, puesto que cobraba por pieza escrita, así que una vez que ya había terminado lo que estaba escribiendo, me iba a un Starbucks a leer otros guiones para no tener que pasar mucho tiempo en casa con Ryan. Fue mi manera de poner distancia entre los dos.

Una de esas tardes me la pasé entera leyendo en español el guion final de *Abre los ojos,* comparándolo con el de *Vanilla Sky*. El segundo era la adaptación del primero, y el original era indudablemente superior. Me encontraba subrayando un diálogo que me había gustado, con un *latte* grande con vainilla sobre la mesa, cuando una chica rubia, con el pelo casi tan blanco como la leche, entró por la puerta. Algo en ella me resultó familiar y estuve unos segundos tratando de recordar por qué, cuando de pronto, para mi sorpresa, se giró hacia donde yo estaba y clavó su mirada en mí. Al verme, comenzó a caminar en mi dirección y, sin yo esperarlo, se sentó con decisión en el sillón verde que estaba frente a mi mesa y dijo con una voz dulce:

—Me alegra verte de nuevo, Miranda.

¿Lo has sentido alguna vez?

¿Conoces esa chispa que se prende en mitad de la oscuridad absoluta, que nace en tu estómago y recorre todo tu cuerpo, buscando el camino, perdiéndose por los recovecos oscuros de tu alma, hasta llegar, como un relámpago, hasta la misma yema de tus dedos?

Eso pasó cuando me habló.

El pelo rubio le rozaba los hombros, era delgada, más o menos como yo, y tenía una cara proporcionada. Sus ojos claros y vivos miraban como si estuviesen defendiendo una fortaleza.

—¿Te conozco? —dije.

Me sonaba su cara, pero no sabía de qué.

—Menos que yo a ti.

—¿Quién eres?

—¿No te acuerdas, verdad?

—Discúlpame, pero no sé ahora..., no...

—Soy Anne.

—¿Anne?

Su nombre pareció repetirse en mi cabeza. Anne. Cuatro letras, tres distintas, dos vocales, una vida nueva.

—Perdóname, pero no...

—Conociste a mi padre.

—¿A tu padre?

—Jeff Hardy.

—Creo que te estás equivo...

—El conserje de la UCLA.

Me quedé helada y casi sin aliento. Era ella. Mi cabeza unió los recuerdos como si estuviese montando una película, pegando trozos de escenas en una sala de montaje: la imagen de Jeff enseñándonos la sala de cine, enrollando el film en el proyector, su rostro preocupado por la aparición de Black, la pequeña casita en la que vivía, ella recogiendo cosas y echándonos de allí. Sin duda era ella. Anne era la hija de Jeff. En aquel momento tenía el pelo moreno, casi negro, y la mujer que tenía frente a mí lo tenía rubio, casi blanco. Pero no cabía duda de que era ella. Tenía la misma energía en su mirada. La misma decisión que cuando nos pilló fugazmente en la casita de Jeff.

—¿Ahora sí? Jeff es nuestro padre adoptivo. Una larga y triste historia.

Asentí, en silencio. Estaba expectante. No sabía qué esperar de aquello.

—Escúchame, Miranda —dijo. Detrás de la dulzura de su voz, noté tristeza. Parecía tener una ligera afonía, como si hubiese sufrido demasiado y el llanto se le hubiese agarrado a las cuerdas vocales—. Necesito una cosa de ti. Solo una cosa. Sé que quizá esto sea difícil de entender, pero necesito tu ayuda. Eres la única que puede hacer algo de justicia.

—¿Justicia? No..., no sé cómo podría ayudarte, Anne. No estoy en un buen momento.

Por eso acudía a despejarme la mente a aquella cafetería. Me pasaba horas leyendo, ignorando el teléfono y bebiendo café dulce. Muy dulce. Mi vida ya era suficientemente amarga.

—Miranda —se encorvó hacia mí y me agarró la mano—, necesito que recuperes algo que tiene James Black.

—¿James Black?

—Sé que sois amigos. Os he visto en su casa, en el porche. Sé que esto es un disparate, Miranda.

—Eras tú.

—¿Qué?

—Eras tú quien estuvo frente a mi casa la semana pasada, por la noche.

Asintió, para luego continuar.

—Te observé desde la distancia mientras cenabais en el porche de la casa de Black. No te vi feliz. No te vi disfrutar ni un solo segundo de la cena. Eso me hizo creer que quizá podrías ayudarnos.

—¿Por qué dices que no estaba feliz?

—No te hagas la tonta. Basta con ver gesticular a tu marido, ver cómo bebe sin control y ver la actitud que tú tienes con él, para darse cuenta de que le tienes miedo. Quería asegurarme de que llegabas bien a casa y que, tras aquella borrachera, no te pegaba una paliza. Lo he visto antes, ¿sabes?

Me enseñó su antebrazo y vi una cicatriz que le recorría desde la muñeca al codo.

—Herida de superviviente. No llegues al punto de tener tú también una.

—Ryan nunca me... —Dejé la frase sin terminar.

Ella tenía una actitud de no querer escucharme. Parecía saber lo que iba a decir. Quizá porque ella había usado esa misma argumentación otras veces sobre la persona que le hizo aquella cicatriz.

—Los hombres como Ryan se ven de lejos en cuanto has conocido a uno de cerca, ¿sabes? Pero bueno, quizá me equivoque. Sería la primera vez.

Tragué saliva. Aquella incriminación a Ryan me había puesto mal cuerpo.

—Verás, Miranda, James Black no es el genio que todos creen que es. Sé que es tu amigo, pero... —Bajó la voz y miró a su alrededor antes de continuar.

—Pero ¿qué?

—Pero no se puede encubrir a un asesino —sentenció susurrando.

—¿Asesino? ¿De qué estás hablando?

—Mi padre merece saber que se ha hecho justicia con lo que le pasó a él y a mi madre. Mi padre se está muriendo, Miranda. No está bien, y por eso estoy aquí.

—Perdóname, Anne. Pero necesito saber de qué estás hablando. No te estoy entendiendo. James Black...

Iba a decir que era un buen tipo, pero me detuve. En realidad, aquella frase se había instalado en mi cabeza por las continuas repeticiones de Ryan, pero hacía bastante tiempo que yo no pensaba que fuese así. ¿Por qué? No lo sé. Me trataba bien, eso era innegable. Lo que ocurría era que yo no sentía en mi interior su cercanía. Tenía un escudo en la manera de hablar de sí mismo, y cuando le preguntábamos sobre aspectos clave de sus primeros años en el cine, siempre daba largas y respondía con evasivas.

—James Black mató a mi madre —me interrumpió—. Mató a mi madre y destrozó la vida a mi padre.

Dijo mató. No otra palabra. Mató. No dijo arruinó, ni sentenció ni ignoró. Y me dejó desolada. Podía no haberla creído. Podía haberme anclado a la lógica, a los años de relación con Black, a lo que nos había ayudado una y otra vez, pero me fue imposible. Su mirada intensa, sus ojos claros, la fina película de humedad que creció en ellos hasta estallar en una simple, triste y perfecta lágrima, hicieron que mi mundo entero explotase en el tiempo que tardó aquella lágrima en recorrer su cara.

La creí. Decidí creerla en el vuelo que hizo su lágrima hasta caer sobre sus vaqueros y, para cuando la gota se había diluido en la tela, para mí James Black ya era un asesino. Me dolió pensar así, no lo voy a negar, pero una sensación de asco me invadió al recordar todas las veces que lo había abrazado al despedirme de él, todas las veces que había reído con sus chistes o que había visto sus películas con verdadero entusiasmo. En un instante, al recordar la cara de Black me dieron ganas de vomitar.

—Miranda, no te lo pediría si no pensase que eres la única persona que creo que puede ayudarnos.

—¿Ayudarnos? ¿No estás tú sola con esto?

—Estamos mi hermano y yo. Bueno, y nuestro padre, que lleva toda la vida luchando para que se sepa la verdad, pero él ya no... —Dejó la frase sin terminar.

Anne se levantó e hizo señales con el brazo hacia la cristalera junto a la que estábamos sentadas.

—Está ahí fuera.

Miré hacia el cristal y volvió a suceder. La chispa. El fuego ardiente creciendo en mi estómago. ¿Por qué Ryan me había robado esa sensación? Un hombre vestido con vaqueros, camisa y un *trench* de tela de paño azul, que estaba apoyado sobre el capó de un coche, tenía la mirada clavada en mí. Tenía los mismos ojos que Anne; tan azules que se podía nadar en ellos.

Se notaba que eran hermanos. Compartían las mismas facciones: nariz, arco de las cejas, forma y grosor de los labios. Ambos eran muy atractivos. Al ver a Anne haciéndole aspavientos con la mano, se levantó y se dirigió hacia la puerta de la cafetería.

Era un hombre serio. Tenía un aire elegante y, a la vez, despreocupado. Parecía que, a pesar de estar allí, en un asunto tan delicado, la cosa no iba con él. Con el tiempo descubrí que en realidad, aquella primera sensación no fue más que un espejismo. Todo había sido idea suya. La venganza a Black había salido de su cabeza, pero el plan final, aquel que lo cambiaría todo, terminaría por brotar de la mía. Al llegar, se sentó en el brazo del sillón en el que estaba su hermana, alargó su mano con intención de estrechármela y dijo:

—Tú debes de ser Miranda.

# Capítulo 35
## Mandy
## Cuchillada

*Al día siguiente de la desaparición*

Mandy llegó a su casa a media mañana, tras pasar una noche eterna. Había estado despierta, sentada en el sillón orejero que tenía Black en su dormitorio, vigilando que estuviese bien. De vez en cuando, se levantaba para recolocarle la manta a James, que se había quedado dormido tras el episodio en el sótano.

Vivía en un pequeño piso cerca de la casa de Black, cuyo alquiler pagaba él, y cuyos únicos muebles eran un incómodo sofá gris y una nevera, que ya estaban allí cuando se mudó, una pequeña televisión plana sobre una mesita blanca que se había comprado, una estantería repleta de libros que ella había ido acumulando y la cama en la que dormía. Mandy era una persona con gustos sencillos y a pesar de llevar ya más de diez años siendo asistente de Black, y de que intuía que aquel trabajo sería para toda la vida, no había hecho nada por ampliar el mobiliario. Vivía tan pendiente de asistir a Black que no se preocupaba en absoluto de lo que ella necesitaba.

Al entrar a casa, lo primero que hizo fue ir al cuarto de baño y mirarse en el espejo. Tenía los ojos rojos de haber estado llorando, trató de aliviar el picor con un poco de agua.

Suspiró.

Estiró la mano y agarró un diminuto tirador metálico que sobresalía a un lado del espejo del baño, abriendo el mueblecito que se escondía tras él. Junto al vaso en el que guardaba su cepillo de dientes, descansaba un test de embarazo que cogió con temor.

Lo volvió a mirar, deseando que hubiese cambiado de resultado. En vano. Las dos líneas seguían allí. Al igual que en los otros cuatro tests que se había hecho desde que se dio cuenta de la primera falta. No necesitó hacer cálculos para descubrir quién era el padre. Mandy dedicaba tanta parte de su vida a asegurarse de que a Black no le faltase de nada, que no recordaba la última vez que había mantenido relaciones antes de aquella. A cambio de su dedicación absoluta a Black recibía un buen sueldo, un piso en alquiler y otra vida que le permitió huir de la anterior. Fiestas, viajes a presentaciones y estrenos. Dos meses antes, en una de esas fiestas, a la que había ido para controlar que James Black volvía a casa sin ningún contratiempo, cometió un error imperdonable.

Desde que había descubierto que estaba embarazada, quiso hablar con él, pero Ryan nunca le devolvía las llamadas perdidas. Llegó incluso a llamarlo a casa para contarle lo que había sucedido, pero, al oír el pitido del contestador, dudó:

—Ryan... —dijo en aquella ocasión con la voz rota—. Llámame... es..., es importante. No..., no creo que por teléfono sea la manera de... Estoy emba... Bueno..., llámame, ¿vale? Necesito que hablemos.

Pero Ryan no respondió a aquel mensaje y pasaron dos semanas hasta esa misma noche. Por fin, tras escribirle que le había pasado algo a Black, dio señales de vida. Cuando llegó, hizo de tripas corazón y, durante el máximo tiempo que pudo, se tragó sus emociones para cuidar de James Black buscando el momento oportuno para decírselo. Se lo pensaba contar todo de golpe: «Estoy embarazada y he elegido abortar». Era lo más práctico. En su cabeza sonaba bien. No necesitaba un niño en su vida que entorpeciese su trabajo con Black. Si se entregaba a cuidar a un bebé, perdería sus únicos ingresos porque no podría tener tal disponibilidad con Black. En realidad, no le había costado tomar la decisión. Estaba tan acostumbrada a una vida en solitario, trabajando exclusivamente y durmiendo tranquila en casa, que no se imaginaba cuidando a alguien más. Pero en cuanto fue a decírselo a Ryan, sin saber por qué, se detuvo en la primera frase:

—Estoy embarazada.

Lo único que esperaba escuchar de respuesta en aquel momento era un pequeño apoyo, que le preguntara cómo se encontraba y que la ayudase a decidir por sí misma qué hacer.

—Dime que no es verdad —respondió Ryan, algo enfadado.

—Lo sé. Joder. Ryan. Sé que fue solo aquella vez.

—No me hagas esto, Mandy. Por favor, no.

—Es tuyo, Ryan. No ha habido nadie más.

Y entonces explotó:

—Ni se te ocurra tenerlo —dijo—. No pienso formar parte de esto. Miranda, por Dios, Mandy. Estoy casado con Miranda.

Mandy comenzó a sentirse culpable de lo ocurrido, como si aquello hubiese sido idea suya y las lágrimas no tardaron en escapar de sus ojos.

—Lo sé, Ryan..., yo... lo..., lo siento.

—¿Sabes lo que eres? Eres una maldita buscavidas, como tantas que hay en Los Ángeles bailando agarradas a una barra.

Aquella cuchillada la hizo sentir miserable. Ryan nunca le había hablado así y le sorprendió tanto aquella diferencia tan abismal con respecto a quien ella conocía, al amigo de Black, que se quedó sin saber qué responder. Tras eso, Ryan se alejó en dirección a su vehículo, se montó y aceleró en dirección norte. Mandy entró llorando en casa y se sintió tan desolada e incomprendida, que no paró de darle vueltas a la situación durante toda la noche mientras observaba a James Black dormir en la cama. Durante las horas en las que estuvo allí sentada, repasó todas sus alternativas y, cuando llegó a casa por la mañana, estaba dispuesta a hacerlo. Ya había visitado una clínica abortiva y le habían dado unas pastillas que, una vez en su cuerpo, inducirían el aborto. Fue a la cocina, y sobre una de las estanterías, había dejado la tableta plateada con cuatro píldoras con forma ovalada. Se dio cuenta de que le temblaban las manos. Estaba desolada y, con un nudo en el pecho que casi le impedía respirar, sacó las cuatro pastillas y las apretó con fuerza en la mano.

—Venga, será solo un segundo —se dijo, dándose fuerzas.

Volvió al cuarto de baño, se bajó el pantalón y se sentó en el váter.

Suspiró hondo y, con las mejillas cubiertas de lágrimas dirigió su mano llena de pastillas hacia su entrepierna. Se lo pensó una vez más, aquello era algo que nunca pensó que llegaría a hacer, pero se susurró:

—Mandy, venga. Los errores momentáneos no deberían hacerse permanentes.

Y justo en el instante en que ya lo había decidido, llamaron al timbre de la puerta.

—Joder..., ahora no —dijo.

Pero el timbre volvió a sonar y, para su propia sorpresa, se levantó del váter, molesta, y se subió el pantalón. Atendería a quien fuese que llamase, y volvería. Una vez que diese el paso, no quería interrupciones, puesto que desde la clínica le habían advertido que al poco de introducirlas en su interior comenzarían las contracciones. Quería estar concentrada.

Caminó hacia la puerta y el timbre sonó una vez más. Le molestó la insistencia, pero cuando abrió, se quedó helada al ver delante de ella a Miranda mirándola con preocupación.

—¿Miranda? ¿Qué haces aquí?

—No lo hagas —susurró Miranda.

## Capítulo 36
## James Black
## Pequeña estrella

*1976*

La vida de James Black había comenzado a girar alrededor de dos mundos: la película que quería rodar y Paula Hicks. El punto en común de ambas cosas era el amor que sentía por ellas, y, aunque se había podido acercar a Paula, él la seguía sintiendo inalcanzable. Fue ese mismo amor que sentía el que hizo que descuidase durante todo el año el resto de obligaciones en la universidad. Sus compañeros que lo veían por el campus pensaban que había tenido una evolución un tanto preocupante, y que de ser un chico brillante se había convertido, en pocos meses, en alguien obsesivo y reservado.

Por si fuese poco aquella impresión que comenzó a causar James en los demás, un rumor se precipitó sobre el campus, dispuesto a acabar con todo. Según se decía, James Black estaba teniendo una aventura con la profesora Hicks. Nadie de la administración de la universidad y ni siquiera ellos dos estaban al tanto de aquel rumor. Algunos alumnos decían haberlos visto agarrados de la mano en una tienda en el centro; otros, besándose al final del pasillo. Por suerte, para cuando los rumores habían empezado a cobrar una dimensión considerable, el verano y el calor se habían precipitado sobre los alumnos, haciendo que los comentarios se evaporasen sobre los nervios asociados a los exámenes finales. Pronto llegaron las vacaciones y el asunto desapareció de la mente de todo el mundo, al mismo tiempo que mojaban sus pies en el agua del Pacífico. Aquel manto de olvido fue el perfecto y mortal cómplice de lo que sucedió durante el verano.

El plan de James era filmar la película durante las vacaciones. Lo tenía todo listo. Guion, localizaciones, cámara, incluso vestuario, que había comprado con sus últimos ahorros. Lo único que no tenía eran actores. Contaba con la profesora Hicks para el papel de Gabrielle, la protagonista. Era la única confirmada. Necesitaba dos hombres más y una niña. No sabía dónde comenzar a buscar. Llevaba tiempo intentando convencer a algunos compañeros, colocó carteles en los tablones de anuncios, pidió favores a varios compañeros de butaca, e incluso ahorró lo suficiente para poder pagar algún sueldo, pero todo fue en vano. Entonces pensó que quizá aún no estaba preparado para rodar la película, puesto que nadie confiaba en él. A quienes preguntaba directamente solían responderle con evasivas o con propuestas para las que ya sabía la respuesta.

—¿Una película *amateur*? ¿Saldrías tú en la mía?

Aquella solía ser una respuesta bastante común. Al fin y al cabo, muchos de sus compañeros llevaban también todo el año con sus guiones, paseándolos de un lado a otro, tratando de conseguir lo mismo a lo que él aspiraba. Se dio cuenta, en aquellos pocos días, de cómo funcionaba el asunto, y comprendió que si quería hacerlo, debía dar el paso de hacerlo a su manera.

James Black estaba preocupado porque la historia ya no podía prescindir de nadie más. La versión inicial del guion tenía doce personajes. Pronto comprendió que para contar la historia que él tenía en su mente no necesitaba tantos actores. Simplemente con cuatro le bastaba. Gabrielle, Mark, Tom y Kimberly. Y, de todos ellos, el de Kimberly, una niña de cuatro años, hija de Gabrielle, le parecía el más difícil de encontrar siendo indispensable para la historia. Era casi, por así decirlo, el motor de la trama y lo que hacía que todo tuviese el mejor final posible. La niña era el sentido de por qué la protagonista decidía abandonar a Mark para marcharse con Tom. Necesitaba conseguir alguien que hiciese de Kimberly. Sobrepasado por su preocupación, James fue a ver a la profesora a su despacho.

—No he encontrado a nadie que haga de Mark, pero... no sé. Da igual. Quizá lo podría hacer yo para salir del paso. Creo que puedo conseguir que Jeff venga unos días a grabar las secuencias de Tom. El problema lo tengo con el papel de Kimberly, la niña. Creo que esto es un desastre. Cancelo la película. Es un auténtico disparate que no puedo grabar.

—Mi hija Anne podría hacerlo. Ella podría ser la Kimberly que buscas.

—Pero Paula..., tu hija no...

—Sí, solucionado. Será una manera de tener imágenes en las que salgamos las dos.

James Black la miró, asombrado. De pronto recordó algo.

—Podría cambiar el guion para que la protagonista tuviese dos hijos. No es un cambio grande, y así saldrías con los dos. No cambiaría mucho, y el recuerdo siempre lo tendrás. Esa película podría ser el recuerdo que te unirá a tus pequeños.

—¿Harías eso? ¿Incluirías también a Jeremie?

—Por supuesto —respondió James, emocionado—. No..., no sabes cuánto significa para mí todo lo que estás haciendo. Estás siendo demasiado generosa conmigo.

—Creo que..., que es algo grande. Que esta película hará historia. Estoy segura. Nunca..., nunca he leído un guion igual. Además, será una especie de homenaje a Ian. Una película familiar rodada con su cámara.

—Prometo estar a la altura, Paula —respondió James.

Al llegar el verano, James ya llevaba varios meses practicando con la cámara. Aquel día, un 14 de junio de 1976, había quedado con la profesora Hicks y con Jeff en un parque del centro. En el guion que habían recibido Jeff y Paula no había ninguna escena en ningún parque. La historia comenzaba directamente con Gabrielle tumbada en una cama entre las sábanas.

—Entonces es verdad —dijo Jeff a James en cuanto vio llegar a la profesora con los dos pequeños.

Anne, la hija de Paula y la mayor de los dos, caminaba agarrada del carro en el que iba sentado su hermano pequeño. La profesora empujaba el carrito con dificultad por el césped, y sonrió en cuanto los vio a lo lejos.

—¿Verdad el qué?

—Eres un maldito genio —respondió Jeff—. ¡Con la profesora! —añadió, gesticulando con los labios y cubriéndose la boca para que ella no lo viese.

—Jeff. Esto es serio. De verdad que lo es. Es lo más serio que nunca haré. Estoy seguro de que estarás a la altura.

Jeff vaciló y se dio cuenta de que aquello era importante para su amigo. Levantó la mano saludando a la profesora.

—Profesora Hicks —dijo James en cuanto se acercó lo suficiente—, es un auténtico honor que vaya a participar en esto. Es muy importante.

—Ya sabe que también lo es para mí.

James se acercó por primera vez a los niños.

—Tú debes de ser Anne. Tu madre me ha hablado muy bien de ti.

La pequeña, que contaba cuatro años, se escondió detrás de su madre, dejando ver solo el lado izquierdo de su cara. Su ojo, de un azul intenso, destacaba en la sombra que le otorgaba su madre, como si fuese una joya rescatada de las profundidades del mar.

—Y tú el gigantesco Jeremie —continuó James, girándose hacia el carro.

Jeremie tenía los ojos muy abiertos, y en ellos se podía ver el mismo azul que el de su hermana.

—Profesora, supongo que ya conoce a Jeff Hardy.

—Sí, claro. Ha sido uno de los únicos dos alumnos que ha suspendido mi asignatura. Cómo olvidarme.

Jeff rio a carcajadas y se rascó con una mano la cabeza.

—Lo siento de verdad —dijo—. Es que cuando hay fechas y nombres de por medio siempre me lío. Es algo que no puedo evitar. En el examen se me quedaron todos esos nombres en la punta de la lengua. Estudié, lo prometo.

James rio.

—Usted ha sido el segundo. Y no tiene excusa.

—Sé que debía haber ido al examen, pero... —Entonces fue James quien se rascó la cabeza.

—Da igual. Hemos venido a hacer cine, ¿no? No a hablar de lo que otros hicieron —interrumpió Paula, con una sonrisa.

James y Jeff asintieron al instante, realmente conformes con lo que acababa de decir. La profesora Hicks seguía teniendo aquel aura de saber qué es lo que estaba haciendo y por qué, o al menos, eso era lo que despertaba en los demás.

—Hora de ponernos en marcha, James. Que yo me entere. Ella es Gabrielle, tú harás de Mark y yo de Tom —dijo Jeff, animado.

De pronto, Anne, salió de detrás de su madre y se acercó a Jeff.

—¡Señor! —gritó desde abajo.

Jeff miró a Paula y luego a James, pues quería comprender qué es lo que ocurría. No le gustaban los niños. En alguna que otra ocasión había dicho que siempre que coincidía en algún sitio en el que había niños, lo mejor era no mirarles a los ojos para que no supiesen que les tenías miedo. Jeff se agachó, sabiendo que era lo peor que podía hacer en aquella situación. Una vez que estuviese a su altura y la mirase de tú a tú, estaba perdido.

—¡Yo también salgo! Mi madre dice que soy la estrella. La pequeña estrella de la película.

Su hermano pequeño, que estaba sentado en el carro con un peluche con forma de luna entre sus brazos, repitió las palabras de su hermana.

—¡Pequeña estrella!

—Cla..., claro. —Sonrió Jeff—. Vosotros también sois actores. ¡Los más importantes! ¿Verdad, James?

James hizo un ademán con la cabeza y continuó:

—¡Hora de ponernos en marcha!

—¿Qué hacemos aquí? Esto es un parque infantil. No hay nada sobre un parque infantil en el guion.

—Y no lo hay —respondió James—. Lo ideé anoche. Es algo nuevo.

—¿Entonces?

—Vamos a rodar la escena inicial —dijo, señalando un carrusel infantil algo oxidado que se encontraba entre unos árboles.

## Capítulo 37
## Ryan
# Una explicación lógica

*26 de septiembre de 2015*
*Dos días desaparecida*

Tras decirle a la inspectora que no le había contado toda la verdad, temí una reacción desproporcionada, pero, no sé por qué, algo en su manera de hablar, en su comprensión de la situación, me hizo creer que no sería así.

—¿Nos ha estado mintiendo descaradamente, eso quiere decir? —dijo la inspectora Sallinger al teléfono.

—¡No! Bueno, algo. Pero no le he hecho nada a Miranda. Eso es verdad.

—¿Sabe lo que es la ocultación de pruebas? Es un delito muy grave.

—Inspectora, si le he ocultado algo era porque pensaba que perderían el tiempo conmigo. Y cada minuto cuenta.

Bufó al otro lado del auricular, pero pareció ceder.

—¿Qué me tiene que enseñar?

—Creo que ya sé quién está detrás de todo esto.

—¿Quién?

—Jeremie Morgan.

—¿Su amigo? ¿Su amigo ha hecho desaparecer a su mujer? ¿Qué disparate está diciendo, señor Huff?

—Déjeme explicárselo todo. Nos vemos en el 5757 de Wilshere Boulevard. Hay un Starbucks en la esquina. La espero allí.

—Espero que sea importante. Con la aparición del cadáver de la chica y de los restos de la mujer en el pantano, estamos desbordados. Tengo al inspector Sachs desempolvando el archivo del caso de Paula Hicks, y tenemos aún algunas vías de investigación abiertas con respecto al asesinato de esa joven y a la desaparición de su mujer. No podemos perder tiempo.

—Le aseguro que es importante, inspectora.

—Está bien. Salgo hacia allá en cinco minutos.

Colgué y volví hacia el salón. En el camino, Black se levantó y vino a mi encuentro.

—¿Todo bien? —me preguntó, con mirada de sorpresa.

No sé por qué, pero ya buscaba signos de su envejecimiento en cada frase y cada gesto, y los encontraba por todas partes.

—Todo perfecto. —Había estado mintiendo tantas veces durante los últimos días que aquella mentira piadosa me hizo sentir realmente mal—. Tengo que irme a hacer unas cosas, James. ¿Estarás bien?

Suspiró, tal vez dándome a entender que sin Mandy a su lado retomar aquella casa se le iba a hacer muy cuesta arriba, aunque solo fuese durante unas horas. Saqué mi móvil, busqué durante algunos momentos en internet, y escribí con la mejor letra que pude en el margen de la portada de *Los Angeles Daily* de hace dos días, que estaba sobre el aparador de la entrada.

—Este es el número del Steaks. Llama y pide comida. Seguro que a ti te traen los filetes a casa.

Miró el periódico y asintió, apretando los labios.

—Ryan... —añadió, antes de que abriese la puerta para marcharme—. Si ves a Miranda, dile que no tuve nada que ver con lo de Paula. Esa es la verdad.

—Eso..., eso está hecho, amigo. Miranda no haría nada que te afectase negativamente. Ella no es así.

Aquella frase me puso nervioso. Ella no era así, pero, en realidad, ¿sabía yo acaso cómo era Miranda? Llevaba meses sin saberlo. Desde hacía un tiempo se escondía en su silencio, o simplemente mantenía una conversación conmigo con respuestas que no decían en absoluto nada de ella. «Sí, ha llegado otra letra de la hipoteca». «No, tengo que trabajar hasta tarde». «¿Puedes pasarte por el supermercado y traer guisantes?». Atrás habían quedado todas esas conversaciones sobre cine, sobre nosotros, o nuestros sueños, si es que alguna vez llegamos a tenerlos.

Salí hacia la dirección que le había dado a la inspectora Sallinger. Durante el camino, armé una explicación lógica a la teoría que estaba montando en mi cabeza y cada vez las cosas tenían un mayor sentido. Pensé que si el doctor Morgan era un farsante, si no era en realidad un terapeuta matrimonial, sino un simple actor de tercera categoría, quizá usaba esa consulta ficticia que había montado para encontrar potenciales víctimas. Tenía un papel tan secundario en una serie que nadie veía que era imposible que algún matrimonio precipitándose en el abismo de la incomprensión lo reconociese. El doctor Morgan debía de ser un psicópata, un asesino que había actuado en numerosas ocasiones y del que, si se indagaba un poco, seguro que se descubrirían más víctimas que no habían aparecido. En mi mente tenía sentido. Un asesino al acecho dentro de mi entorno.

Al llegar, aparqué mi coche en la puerta del Starbucks y miré una y otra vez hacia la ventana de la consulta de Jeremie Morgan, en cuyo interior me pareció ver un destello. Estaba allí. Jeremie Morgan estaba allí.

Cogí mi teléfono, busqué su contacto y lo llamé. Quería comprobar si con mi llamada se ponía nervioso, y lo veía por casualidad detrás del cristal, moviéndose inquieto. Tras cada tono, tras cada pitido, el pulso se me aceleraba cada vez más, puesto que intuía que, con cada sonido sin respuesta, aumentaban las probabilidades de que cogiese el teléfono en el siguiente. Pero no fue así.

Unos veinte minutos después, la inspectora Sallinger llegó y, para mi sorpresa, venía acompañada de dos vehículos de la policía de Los Ángeles.

—Me alegra que haya venido acompañada. Quizá sea necesario.

—Parecía importante. Espero que no nos haga perder el tiempo.

—Le aseguro que no.

—¿Y bien?

—Ahí arriba. Ese hombre. Jeremie Morgan. Él ha sido quien se ha llevado a mi mujer.

La inspectora Sallinger se puso seria.

—¿Cómo? ¿Jeremie Morgan? ¿Su amigo, el actor?

—Ahí viene lo de que no le había contado la verdad. Miranda y yo..., bueno, cómo decirlo. Miranda y yo no estábamos pasando una buena racha y empezamos a visitar a un consejero matrimonial.

La inspectora frunció el entrecejo, extrañada. Los cuatro agentes que venían con ella se miraron, intentando descifrar si alguno de ellos había comprendido algo.

Aquella frase, por sí sola, volvía a colocarme en el epicentro de su desaparición, pero ahora sí tenía un plan que ayudase a desviar la atención sobre un potencial culpable.

—¿Qué me quiere decir? —inquirió.

—Jeremie Morgan era nuestro consejero matrimonial. No era un amigo como le conté. Acudíamos a él para reconducir nuestra relación, que se estaba yendo por el sumidero. Pero... ¿y si no era consejero matrimonial? ¿Y si no era todo más que una farsa para colocar a potenciales víctimas en un entorno que él pudiese controlar, alejado de todo, casi incomunicados? Fue él quien nos propuso ir a la cabaña en Hidden Springs. Sé que parece un disparate, pero le juro que él era la única persona que sabía dónde estaría Miranda la noche en que desapareció.

Me miró algo preocupada.

—¿Jeremie Morgan es su terapeuta? Eso no tiene ningún sentido. En su declaración usted nos dijo que también le había contado a James Black que irían a pasar el fin de semana a una cabaña. He vuelto a escuchar esa conversación. También nos contó que su mujer había avisado a su vecina, Hannah Parks, de sus planes en Hidden Springs antes de marcharse de casa por la mañana. Conocer sus planes no convierte a alguien en asesino, señor Huff.

—No. Pero Jeremie Morgan no es quien dice ser. Y eso debería ser suficiente para mirar con lupa lo que hace, ¿no cree?

La inspectora asintió y, el resto de policías que formaban un corrillo a su alrededor, comenzaron a murmurar tapándose la boca.

—Está bien —dijo la inspectora—. Entonces ¿es aquí donde usted acudía con su mujer a la consulta?

—Así es, inspectora. Ahí mismo —añadí, señalando al portal desde el que se accedía al edificio.

—Espere aquí y ahora le avisamos.

—Ni hablar —respondí—. Quiero ver la cara que pone cuando me vea. Quiero que me mire a los ojos y me diga que él no le ha hecho nada a mi mujer.

Esta vez fueron los policías los que esperaron la aprobación de la inspectora.

—Me está empezando usted a cansar un poco —respondió—. Quédese detrás y no haga nada.

Caminaron hacia el portal y yo les seguí. La puerta estaba abierta, como siempre lo había estado, y subimos con rapidez a la primera planta. Allí nos esperaba una única puerta de madera blanca recién pintada que daba acceso a la consulta. Me extrañé al no ver la placa metálica que siempre había estado clavada a un lado de la puerta, con las incipientes letras grabadas con ácido que decían: «Doctor Morgan. Terapeuta matrimonial y familiar»; pero no le di la importancia suficiente a aquel dato como para destacarlo en voz alta.

La inspectora me miró cuando se situó, junto a los demás policías, justo frente a la puerta, mientras yo aún estaba apoyado en el último peldaño de la escalera.

—¿Es aquí? —susurró.

Comprendí el susurro como un guiño a la confianza que me había tendido. El corazón me iba a estallar. No sabía por qué, pero una parte de mí me decía que Miranda estaría al otro lado de la puerta, tal vez viva, o quizá muerta. Mi mente me lanzó la imagen del cuarto de baño de la cabaña de Hidden Springs cubierto de sangre.

La inspectora dio un golpe en la puerta y agarró con rapidez con la mano derecha la pistola que llevaba en su cinturón y que había pasado desapercibida para mí hasta entonces. El resto de agentes hicieron lo mismo. Todos adoptaron una actitud de guardia, y yo, que estaba al fondo, me agaché como acto reflejo.

—Está abierta —susurró la inspectora.

Hizo un par de gestos con la mano al resto de policías, de los que yo no comprendí nada y, de golpe, empujó la puerta, abriéndola de par en par, y dejando ver un interior desolador que dinamitó mi mundo entero.

## Capítulo 38
## Miranda
## Secuencia final

—Me llamo Jeremie—. Alargué la mano hacia él y lo saludé. No me la había soltado aún cuando continuó—: Supongo que Anne ya te lo ha explicado, ¿verdad? —dijo, con los ojos serios.

Me sorprendió la rapidez con la que cambió de gesto, de la cordialidad a la tristeza. Se notaba que era una persona empática, al contrario que su hermana, que tenía una rabia interior que parecía que estaba ardiendo desde donde yo estaba sentada.

—Le he anticipado algo —dijo.

—Necesito detalles —añadí—. Necesito que me lo contéis todo. Quiero saber todo lo que hizo James Black.

—Me parece un trato justo —dijo Jeremie, tras sonreír.

—¿Se lo cuentas tú mientras yo pido un par de cafés? —preguntó Anne. Jeremie asintió hacia su hermana. Anne se levantó, apoyándose con la mano sobre la pierna de su hermano, y vociferó sin volverse—: ¿Lo de siempre?

—No entiendo para qué sigues preguntando —respondió él.

—Ni yo —dijo, de espaldas, cuando ya estaba en el mostrador.

Jeremie se encorvó hacia mí y susurró:

—Pasó en 1976. Mi hermana y yo éramos unos críos. Ella tenía cuatro años y yo dos, aproximadamente.

Hice cálculos con rapidez. Debían rondar los cuarenta años, pero ambos se mantenían en una especie de limbo en torno a los treinta y pocos. Ella parecía haber envejecido bastante menos que él, a pesar de ser la mayor de los dos. Tal vez era la combinación entre la ropa que vestía, con vaqueros ceñidos, o quizá el pelo rubio claro con corte moderno. La camiseta repegada de una banda de rock no hacía más que destacar su figura esbelta, junto con las Converse blancas que llevaba, todos estos elementos le otorgaban un aspecto juvenil que hacía que me perdiese entre los años que debía tener. Alguien que no supiese su edad, diría que estaba entre los veinticinco y los treinta. Él, en cambio, vestido con vaqueros, camisa y un *trench* de paño azul, parecía un poco mayor que yo. No tenía arrugas en la cara, pero sí un mentón afilado con una barba que parecía arañar.

—Nuestra madre era profesora titular en la Universidad de California, Los Ángeles, de Historia del cine americano. Nuestro padre biológico había fallecido un par de años antes y estaba sola para criarnos.

—¿Y en qué momento entra Jeff en esto?

—Eso sucedió después. Déjame llegar ahí.

Asentí, conforme.

—Con el tiempo, no me preguntes por qué, mi madre, que hacía malabarismos para poder sacarnos adelante, acabó teniendo una aventura con un alumno de la facultad. Fue algo secreto, algo que casi nadie sabía.

—¿Con un alumno? —Me quedé sorprendida. No sabía hacia dónde quería ir a parar, pero la historia cada vez me parecía más truculenta.

—Ese alumno era James Black.

—¿En serio? ¿James Black mantuvo una relación con vuestra madre cuando era estudiante?

Anne volvió con ambos cafés e hice hueco en la mesa. Miré mi vaso, que estaba aún casi lleno, pero no me apetecía darle un sorbo. Me latía el corazón con tanta fuerza, estaba tan nerviosa ante su presencia, que si me terminaba el café tenía la sensación de que me acabaría dando un infarto.

—Nuestra madre se llamaba Paula Hicks. —Sacó una foto en blanco y negro. Una mujer morena y realmente atractiva miraba a la cámara, sonriente. Por sus facciones podías saber de quién habían sacado su belleza Anne y Jeremie.

—¿Paula Hicks? ¿De qué me suena ese nombre?

—¿Te suena?

—Sí. Claro. Eso es. Una vez Black nos habló de ella. Hace años, cuando aún estudiábamos en la universidad.

Mi mente viajó a toda velocidad a aquellos momentos. Vi al Ryan del que me enamoré a mi lado, con el brazo sobre mi hombro, riendo a carcajadas. Y me pregunté de nuevo en qué punto de mi vida Ryan se perdió.

—Déjame adivinar qué te contó —cortó Anne—. ¿Te dijo que Paula Hicks fue una persona especial en su vida, y que un triste día, sin saber por qué, se marchó?

Me quedé sorprendida de que acertase con lo que nos había contado.

—Es su versión. Su mentira asquerosa. Lleva toda la vida contándola y él mismo se la cree. Es verdad que mi madre desapareció en el verano de 1976. Fue un caso que pasó desapercibido, porque a pesar de ser de aquí, de Los Ángeles, todo ocurrió cerca de Hidden Springs, un pueblo a las afueras. El asunto no pasó más allá de la prensa local y aquí, en la ciudad, solo consiguió una pequeña nota a pie de página de *Los Angeles Daily*. Sin cobertura mediática, la búsqueda de nuestra madre se suspendió en pocos días. El pueblo era pequeño, compuesto de apenas cien casas, y los vecinos ni siquiera se preocuparon de la investigación. Volvieron a sus vidas en cuanto la policía volvió a la oficina a rellenar los informes. Se organizó una única batida para encontrarla, que empezó por la mañana, unos días después de desaparecer, y terminó antes de la hora del almuerzo. A nadie le importó nuestra madre.

—¿Qué hizo James Black? Supongo que movería cielo y tierra para encontrarla.

—Eso fue lo mejor. No hizo nada. Actuó como si la cosa no fuese con él. Esto nos lo contó nuestro padre.

—¿Jeff, verdad?

—Sí. Lo queremos de verdad como si lo fuese —añadió Anne.

—No había nada que relacionase a James Black de manera pública con mi madre —continuó Jeremie—, salvo el rumor en la facultad de que estaban saliendo juntos. Interrogaron a James Black, siguiendo esos rumores, y ¿sabes lo que dijo?

—¿Qué?

—Que todo era falso y que solo conocía a la profesora de clase —respondió Jeremie.

—Al no haber pruebas de nada, al no poder encontrar ninguna pista que llevase a encontrarla, la investigación se cerró sin ningún sospechoso ni ninguna pista —continuó Anne—. El coche de mi madre y ella desaparecieron de la faz de la tierra y nunca más se supo de ellos. Aún ahora no sabemos dónde está. Tenemos sospechas de que sigue en algún lugar cerca de Hidden Springs, pero la zona es gigantesca y escarpada. Nosotros solos nunca la encontraríamos.

—Luego, la policía no tardó en comprobar que mi madre nos dejaba a menudo con una niñera a horas en las que se supone que no trabajaba —continuó Jeremie—. Aquello sí llamó la atención de la prensa, y pronto, en vez de hablar de una persona desaparecida, se empezó a informar sobre una madre que había abandonado a sus dos hijos. Conectaron aquellas dos ideas y tan rápido como algún horrible directivo de algún periódico decidió caminar por ahí, toda la ciudad empezó a comentar lo horrible que era nuestra madre por marcharse y dejarnos así.

Ambos saltaban sobre la conversación del otro como si fuera un baile de natación sincronizada y en algún que otro momento no sabía ni quién estaba hablando. Sus voces se entremezclaban en mi cabeza, y yo asentía a los dos, con un nudo en el corazón.

—Nuestra madre nos quería —dijo por fin Anne—. Lo recuerdo bien. Nos trataba de una manera angelical. Trabajaba mucho, eso no lo voy a negar, y nos pasábamos bastante tiempo con Alisson, nuestra niñera, pero ella nos quería.

—Muchas veces, por la noche, antes de desaparecer, nos cogía a los dos con fuerza entre sus brazos y nos cantaba «You always hurt the one you love», a modo de nana. Creo que era su manera de pedirnos perdón por las horas que no estaba en casa.

—¿Y por qué sabéis que James Black asesinó a vuestra madre?

—Porque la mejor película de la historia, esa que todo el mundo adora y que ha encumbrado a Black a la fama, termina con la muerte de nuestra madre.

—¿De qué estás hablando?

—La secuencia final de *La gran vida de ayer*. ¿La recuerdas?

—Cla..., claro. Cómo olvidarla. Todo el mundo la conoce.

Recordé, segundo a segundo, lo que sucedía en aquella escena. Un accidente horrible acababa con la vida de Gabrielle, la protagonista de la historia, cayendo por un precipicio tras huir de casa...

—Pues eso mismo le ocurrió a nuestra madre.

## Capítulo 39
# La gran vida de ayer

*Últimos minutos de la película*

Mark, enfurecido, llega a casa de Gabrielle. Había estado bebiendo y apestaba a alcohol. En el bar no había dejado de gritar que su mujer se acostaba con otro. Había hecho eso mismo todas las noches del último año, desde que Gabrielle había decidido que aquella relación tóxica con Mark no llevaba a ninguna parte. Las luces de la casa están encendidas y una sombra parece moverse en una de las habitaciones de arriba. Mark se tambalea hacia la casa y abre la puerta. Seguía teniendo una copia escondida de las llaves.

—¡¿Gabrielle!? —grita, sin respuesta. Se desvía hacia el salón y comprueba que la chimenea está encendida, aún con ascuas que arden lentamente, y que sobre la mesilla de cristal hay dos copas de vino a medio terminar.

—Serás puta... —susurra.

Mark aprieta los nudillos con fuerza, al escuchar, a lo lejos, un ruido proveniente de una de las habitaciones superiores.

Es Tom, la nueva pareja de Gabrielle, que se ha quedado a cargo de los niños mientras ella ha acudido a casa de su madre, que la ha llamado por teléfono minutos antes.

Tom no ha escuchado nada. Se recuesta sobre Adam, el pequeño de los dos, y le da un beso en la frente. Kimberly, que está en una camita a su lado, espera sentada su turno.

—Prometo que en cuanto venga vuestra madre, le diré que suba y os dé un beso de buenas noches.

—¿Y si vienen otra vez los dragones? —pregunta Kimberly, preocupada por una pesadilla que había tenido el día antes.

Tom sonríe, se da la vuelta hacia la caja de juguetes blanca que hay junto a la cuna y agarra un cojín con forma de alas de ángel.

—Si vienen los dragones, vuela más alto que ellos —responde Tom, colocando el cojín junto a la almohada de Kimberly.

Tom se agacha y le da un beso en la frente, dejando ver, tras él, que Mark está inmóvil bajo el arco de la puerta.

Tras aquel instante, la pantalla se oscurece y, con todo negro, se escucha:

—¿Papá?

Unas imágenes se suceden con rapidez en la pantalla: el cuerpo de Kimberly, que tiene las alas de ángel puestas en la espalda; los ojos de Gabrielle, inconscientes y sonriendo, deseando llegar a casa; un cuchillo lleno de sangre; el cuerpo de Tom en el suelo, con un charco que se va esparciendo y que sale de debajo de su espalda.

De pronto, la imagen se queda completamente negra y, tras unos segundos, el coche de Gabrielle aparca frente a la casa. La cámara la sigue desde atrás, flotando hasta que la adelanta y se acerca al pomo que va a abrir, dejando ver que la puerta está abierta.

Gabrielle entra, tranquila, y se extraña al escuchar desde el salón el «Lascia Ch'io Pianga» de Händel. La música suena en toda la casa. Un escalofrío le recorre todo el cuerpo. Era la misma canción que escuchaba Mark, su exmarido, una y otra vez. Al llegar al salón, se queda inmóvil y con un gesto de terror.

Mark está delante de ella. Un plano simétrico de los dos, frente a frente, contrasta las dos realidades. Ella llora desconsoladamente; él sonríe cubierto de sangre.

—Me has obligado a hacerlo —dice Mark—. Yo no soy así. Esto es culpa tuya.

Gabrielle se da la vuelta, desesperada, y corre escaleras arriba. Él se queda inmóvil y la cámara se acerca al tocadiscos, que gira lentamente. De pronto, se escucha un grito desgarrador que proviene de la planta superior.

Poco a poco, la imagen del tocadiscos girando se funde hasta convertirse en la rueda de un coche girando a toda velocidad. El plano se aleja de ella, y se cuela por la ventana, dejando ver a Gabrielle llorando, derrotada, casi sin poder respirar y con las manos y la cara llenas de sangre.

Una serie de imágenes se suceden delante de sus ojos; momentos en los que reía junto a su familia y amigos, o en los que soplaba las velas de cumpleaños cuando era niña, o mientras bailaba descalza en la playa junto a una hoguera con su mejor amiga algunos años atrás, o en los que incluso había llorado sola viendo una película en el cine. Entre todas esas imágenes aparecían escenas de ella jugando con Kimberly o abrazando a Adam. Los momentos más especiales de su vida se suceden delante de ella y en la mayoría de ellos están sus dos pequeños. El primer diente caído de Kim, el primer mami de Adam, la imagen de Kimberly disfrazada de ángel. Gabrielle aprieta el volante con firmeza y, por un segundo, parece dispuesta a seguir adelante. Sonríe. Se ríe al recordar cada uno de esos instantes. Se frota los ojos para apartarse las lágrimas, mientras conduce por una carretera de montaña, llena de curvas. De pronto, cambia de actitud y suspira. La cámara gira desde su rostro desolado, para enfocar el asiento de atrás, en el que yacen, sin vida, los cuerpos de sus hijos.

—Ya estoy llegando, hijos —susurra, al mismo tiempo que estira uno de los brazos hacia atrás y toca el pie inerte de Adam.

Un segundo después, en una siniestra curva a la izquierda, Gabrielle mantiene el volante enderezado y su coche, un Triumph, salta por encima del guardarraíl, cayendo por un precipicio mientras da varias vueltas de campana. Un grotesco plano del volante cubierto de sangre se aleja saliendo por la ventanilla, dejando ver el cuerpo sin vida de Gabrielle dentro del vehículo rojo. La cámara se acerca de nuevo al coche, pero esta vez hasta un primer plano de la rueda delantera del vehículo, que gira lenta e inexorablemente hasta convertirse, con un fundido imperceptible, en un carrusel infantil visto desde arriba, al que una niña se aproxima caminando de espaldas y que detiene con su mano, sincronizando y uniendo de una manera magistral el plano inicial y final de la película.

La escena se funde en negro y aparecen las palabras: «Escrita y dirigida por James Black».

# Capítulo 40
# James Black
## Dos besos

*1976*

El verano avanzó con rapidez y los cinco, Jeff, James, Paula y los dos niños, pasaron casi todo el tiempo juntos. Quedaban a primera hora de la mañana para revisar el guion, rodar la secuencia del día y despedirse a última hora de la noche. Intentaban adaptar el tiempo de rodaje para que siempre hubiese uno de ellos a cargo de los niños, pero por regla general le tocaba a Jeff, puesto que Paula tenía mayor peso en la historia. Mientras James y Paula filmaban y repetían una misma escena una y otra vez, Jeff permanecía cerca o en un parque de la zona, o llevando a los niños a comer a algún restaurante de comida rápida que acababa de abrir. Fue en aquellas tardes en las que Jeff se unió a los pequeños. No pretendía hacerlo. Es más, la primera vez que se quedó a su cargo se dio cuenta de que había sido una encerrona de James, que los había citado a todos juntos para rodar cuando en realidad la secuencia del día correspondía a Paula. En un primer momento lo hizo a regañadientes, por compromiso, pero poco a poco empezó a hacerlo por cariño hacia los dos pequeños. Jugaban durante horas en un parque cerca del domicilio de Paula, mientras James y su madre repetían la misma escena hasta la extenuación. Los días que tenía que actuar Jeff, este se pasaba todo el tiempo pensando en cómo estarían y en cuánto echaba de menos jugar con ellos. El perfeccionismo que desarrolló James hizo que lo que estaba previsto como un rodaje de apenas un mes se alargase durante todo el verano, en jornadas eternas de sol a sol, y fue lo que forjó entre ellos tres un cariño inesperado.

Una noche, después de una jornada de rodaje que parecía no terminar, Jeff esperó con los niños a que James y Paula regresasen a casa. La casa de Paula se había convertido en el punto de encuentro, también en estudio de montaje improvisado cuando la escena lo requería o incluso en punto de descanso entre toma y toma. Jeff había pasado todo el día con Anne y Jeremie en un parque cercano, enseñándole a Anne a volar una cometa, mientras Jeremie se reía a carcajadas al ver a su hermana corriendo delante de ella. Volvieron a casa a última hora de la tarde, pensando que James y Paula ya habrían terminado de filmar, pero descubrió que aún no habían llegado. Decidió entonces, por primera vez, prepararles la cena y dejarlo todo listo para acostarlos. No podrían tardar en llegar. Pero no fue así. Las horas pasaron, y los niños permanecieron despiertos a su lado, viendo una película sobre el oeste que estaban emitiendo en blanco y negro. Cuando se quiso dar cuenta, tanto Anne como Jeremie estaban abrazados a él y aunque ambos bostezaban de vez en cuando, completamente agotados por la hora que era, la adrenalina de ver una película en la que sonaban disparos los mantenía con los ojos abiertos como platos.

Miró a Jeremie, por si estaba dormido y, para su sorpresa, lo descubrió mirándolo fijamente. El niño permaneció unos instantes con su vista clavada en él, con el baile de luz que emitía la televisión, cuando de pronto dijo:

—Papá.

Aquello le pilló por sorpresa. No sabía cuándo había cruzado aquella línea, pero al escuchar esa palabra proveniente del pequeño Jeremie, se sintió desolado. Recordó que Paula le había contado que su hijo pequeño no había conocido a su padre, Ian, y que esa era una de las cosas que más le dolían. Por lo visto, el padre murió mientras estaba embarazada. Jeff suspiró y, sin saber muy bien cómo reaccionar, salió del paso como pudo.

—No..., yo..., yo soy como un tito.

Aquello, en realidad, le emocionó. No esperaba que le afectase tanto. En ningún momento había pretendido unirse a los dos pequeños. Es más, él detestaba a los niños. Los evitaba a toda costa y, sin preverlo, había caído en sus redes. Había pensado varias veces, cuando los veía jugar riéndose en el parque o comiendo manchándose las manos con la comida que él les daba, que él nunca tendría hijos. Que los hijos te hacían vulnerable. Pero justo en aquel instante se dio cuenta de que estaba muy equivocado.

—Yo soy tito Jeff.

—¿No papá? —insistió el pequeño Jeremie.

Anne se había incorporado de su regazo y esperó una respuesta. Parecía que el tema que había sacado su hermano le interesaba de verdad.

—Yo..., yo nunca llegaría a quereros tanto como lo hacía el vuestro. ¿Sabéis? Yo nunca sería tan buen padre como el vuestro. Por eso soy tito.

De pronto, Anne se echó de nuevo hacia Jeff, y le dio un beso en la mejilla.

—Pues a mí me gustas como papá —dijo ella, para acto seguido echarse de nuevo en el sofá.

El sonido de una tos se coló en el salón y Jeff se reincorporó con rapidez. Paula estaba en silencio, observando desde el arco de la puerta del salón. Un instante después apareció James, cargando la maleta verde, refunfuñando y maldiciendo lo mal que estaba saliendo todo.

—¡Al fin llegáis! A estos dos no hay quién los duerma. ¿Llevas mucho tiempo ahí?

Paula permaneció callada, y los niños, al verla, gritaron y corrieron en su dirección:

—¡Mamá!

—¿Qué tal ha ido? —preguntó Jeff.

—Mal, muy mal —respondió James, molesto—. Así será imposible hacer algo en condiciones. Lo de hoy habrá que rodarlo de nuevo mañana. No ha servido de nada.

—Cálmate, James. Seguro que no es para tanto y alguna de las tomas se puede aprovechar.

James suspiró.

—¿No entiendes nada, verdad? Si quisiera hacer algo mediocre, me conformaría con lo de hoy. Quiero que sea especial. Quiero que hagamos historia. ¿Acaso soy yo el único que lo ve?

Paula y Jeff se miraron y los niños se asustaron al ver que James estaba alzando la voz demasiado.

—Tranquilízate, James. Mañana lo vemos, ¿te parece? Seguro que una sirve. Seguro. ¿Qué me dices de la secuencia que filmamos el otro día y que te empeñaste en que era horrible? ¿Qué me dijiste cuando la vimos montada?

—Que era una joya.

—¿Ves? Relájate. Saldrá bien. Solo quedan dos semanas de rodaje. Solo dos semanas y la película estará lista.

James apretó los labios. Seguía molesto, pero aquello le recordó que no llegaba a tiempo.

—Tengo que preparar las cosas para la secuencia de mañana. —Miró a Paula y luego continuó, serio—: La de mañana es con los niños. Espero que no la caguen.

—James, son mis hijos. Relájate, joder. Si la tienen que cagar, la cagarán todas las veces que ellos quieran —respondió Paula, molesta.

Él se guardó lo que pensaba decir y, enfadado, agarró la maleta verde y se marchó, pegando un portazo.

Paula se quedó en silencio, enfadada por lo que estaba pasando. Una parte de ella quería parar el rodaje y que le diesen por saco a todo. James había cambiado mucho desde el inicio del curso, y ella tenía dudas sobre si sería buena idea continuar con aquello. James seguía siendo brillante, seguía teniendo esa chispa en los ojos, pero estaba tan obsesionado con la película, que lo que comenzó como un proyecto bonito en el que trabajar juntos, aprovechando ese homenaje a su marido, se convirtió en una auténtica pesadilla. James ordenaba repetir una toma tras otra, cambiaba de encuadre, probaba frases que no estaban en el guion, o experimentaba con posturas nuevas ante la cámara, o incluso inventaba escenas enteras surgidas en un instante de su cabeza que parecían no tener sentido ni encajar en ninguna parte de la historia. Aquello era desesperante para quien estaba al otro lado de la cámara, pero Paula se dio cuenta de que solo quedaban dos semanas más. El guion era muy bueno, y las escenas, a pesar de no contar con presupuesto alguno, parecían tener esa magia que solo tenían aquellas que salían de los mejores directores de la historia. Paula identificó en el estilo de James a Capra, a Hitchcock y a Ford. Cuando parecía que la secuencia sería rodada de un modo convencional, James ideaba un plano o un baile de la cámara, o una transición con la escena siguiente, que hacía que todo cobrase una nueva dimensión. Paula tenía la intuición de que la película sería algo grande y, por eso, decidió seguir adelante.

—No se lo tenga en cuenta —dijo Jeff, con Jeremie en brazos—. Está tenso porque cree jugárselo todo con esto. Cree que será una de las mejores películas de la historia. Yo..., bueno. Yo solo aspiro a estar cerca si eso sucede. Algunos nos conformamos con figurar, ¿sabe? Con que se sepa que hemos estado al lado cuando pasó.

Paula se quedó pensativa, mirándolo.

—Y si me lo permite —añadió Jeff—, estos enanos tienen que irse a la cama. ¡Ya es hora!

Arriba, Paula apagó la luz tras dejar a Jeremie en la cuna y despedirse de Anne con un beso en la frente. La niña había subido en los brazos de Jeff.

—Buenas noches. Soñad magia —dijo Paula, justo antes de cerrar la puerta.

—Buenas noches, mamá —respondieron Jeremie y Anne—. ¡Y buenas noches, tito Jeff!

—Buenas noches, chicos.

Paula cerró la puerta y se apoyó contra la pared que estaba al lado. Estaba agotada, pero, a la vez, agradecida a Jeff.

—¿Cómo lo has hecho? —susurró—. ¿Cómo has conseguido que te quieran tanto?

—Yo..., verá profesora, siento..., a ver, yo no quiero que piense que... —Jeff estaba realmente confundido. Había cogido mucho cariño a los pequeños, pero nunca se imaginó que cruzaría aquella línea—. Sus hijos ya tienen un padre..., quiero decir..., tenían un padre. Y, bueno..., yo..., no sé. Creo que no debería comportarme así con ellos.

Jeff se dio cuenta de que Paula lloraba.

—Profesora..., no..., por favor... —dijo, acercándose y borrándole una de las lágrimas que le recorrían las mejillas—. Siento..., siento lo que ha pasado. De verdad que lo siento. Yo no quería que ellos..., su padre...

La profesora comenzó a susurrar algo imperceptible con el poco aire que le quedaba dentro. Estaba completamente sobrepasada. Apenas había visto a los niños en todo el día y el sentimiento de culpabilidad crecía cada segundo que no pasaba con ellos. Al llegar a casa, después de todo el día discutiendo con James para rodar una escena, y verlos tan felices, tan a gusto con una persona como nunca antes los había visto, se había emocionado de verdad. Paula había escuchado cómo Jeremie había llamado papá a Jeff, y había visto el beso que Anne le había dado. El susurro de Paula cada vez se hizo más bajo y Jeff se acercó para intentar comprender qué estaba diciendo.

—Lo siento, créame —dijo Jeff una vez más, mientras le apartaba el pelo que le cubría el rostro.

Jeff se acercó un poco más y, de pronto, los labios de la profesora se acercaron con rapidez a su oreja.

—Gracias, Jeff —le dijo ella al oído.

Jeff giró su rostro hacia el de Paula, nervioso. Le temblaban las manos, le temblaba todo el cuerpo, le faltaba el aliento, pero, en realidad, lo único que hacía que estuviese de aquel modo era que le temblaba el corazón. Se miraron un segundo, bajo la luz del pasillo, junto a la puerta de los niños, a escasos diez centímetros el uno del otro y, antes de que él reuniese el valor necesario para lanzarse a hacer lo que estaba deseando, ella lo besó.

# Capítulo 41
## Ryan
## Un final alternativo

*26 de septiembre de 2015*
*Dos días desaparecida*

La consulta del doctor Morgan estaba completamente vacía, salvo por el gigantesco proyector que estaba apuntando hacia la pared que días antes estaba cubierta de títulos, cursos y seminarios. No quedaba ningún otro mueble en la estancia, y no había ni rastro de la silla en la que solía sentarme a contarle lo mal que iba mi relación con Miranda.

—Es... imposible —vociferé, sorprendido.

—¿Está de broma, señor Huff? —dijo la inspectora Sallinger, al tiempo que enfundaba la pistola.

El resto de policías hicieron lo mismo al comprobar que no había ninguna amenaza.

—Es..., estaba aquí —fue lo único que me atreví a decir.

La inspectora me miraba incrédula.

—¿Nos ha hecho perder el tiempo con esto? ¿Aquí es donde se supone que estaría su mujer, señor Huff?

—Esta... no..., no puede ser. Estaba aquí. La consulta del doctor Morgan estaba aquí. Lo juro.

—No nos estará haciendo perder el tiempo aposta, ¿verdad?

—No..., claro que no. ¡Joder!

Me acerqué al proyector y comprobé que era un Victoria 5 MI, un modelo realmente imponente, y que hacía años que no veía. Creo que fue en la facultad la última vez que había visto uno de ese modelo. Sí, eso era. Fue allí donde lo vi... con Miranda. No sabía por qué, pero aquella coincidencia hizo que me sintiese aturdido. Tuve la sensación de que ella estaba detrás de aquello, como si me estuviese diciendo, desde las sombras o desde donde diablos fuera que estuviese: «¿Recuerdas este día?, ¿recuerdas lo mal que te portaste?». Pero no era eso lo que pretendía decirme. Ojalá solo hubiese sido eso.

Llamaron al móvil de la inspectora y, molesta, chasqueó con la lengua antes de cogerlo.

—No toque nada —dijo la inspectora, llevándose el teléfono a la oreja.

Pero no le hice caso. ¿Por qué me costaba tanto hacer lo que se exigía de mí? Con Miranda se me exigía ser un buen esposo, y tenía la certeza de que era uno de los peores. Si colocaban en una escala a todos los maridos de los Estados Unidos de América, ordenados de mejor a peor, acumulando puntos con los aciertos y restando cuando cometían alguna tropelía, yo estaría situado, sin duda, en los puestos más bajos. Miranda había conseguido (era cosa de ella, no nos engañemos a estas alturas) que cada vez me interesase menos cualquier cosa que hacía, y eso, al fin y al cabo, era lo que mantenía a muchas parejas unidas. La admiración mutua. Miranda y yo no solo habíamos dejado de admirarnos el uno al otro, sino que éramos nuestros críticos más duros. «Ese diálogo es demasiado falso». «Ese punto de la trama tiene un agujero como tu cuenta del banco». Si había algo que admirábamos el uno del otro, hacía mucho tiempo que había pasado a un segundo plano.

Me fijé en que el aparato estaba preparado con una bobina de 35 mm, recorriendo todos sus recovecos y, en un lateral, vi que alguien había pegado un papel con cinta adhesiva que decía: «Ponme en marcha». En el suelo había tres carcasas metálicas negras para películas de 35 mm. Si hubiese sido capaz de atar cabos, de ver cómo todas las noticias que estaban surgiendo llevaban a aquel momento, quizá me hubiese esperado hasta que la policía y la agente Sallinger se marchasen. Es más, a ninguno le interesaba lo más mínimo lo que había en aquella habitación y, mucho menos, el contenido de aquella película. Todo podría haber quedado como un error de un testigo algo tenso por la situación; además, ni siquiera creían que aquel lugar, días antes, fuese la consulta a la que acudíamos Miranda y yo para hablar de nuestras inmundicias. Pero no lo hice.

Apreté el botón y, un instante después, un cañón de luz blanca iluminó la pared. Antes de que tuviese tiempo de saber de qué se trataba, tanto la inspectora como los policías se acercaron a mirar. En la imagen que se proyectaba, un Triumph rojo circulaba por la montaña, girando a un lado y a otro, cuando de pronto, apareció en escena, en un plano corto, la mirada de una mujer morena, llorando desconsoladamente. Tras unos segundos, una serie de imágenes salpicadas y que parecían aleatorias se iban sucediendo con rapidez: unos niños jugando en un parque, una mujer riendo a carcajadas, una niña con unas alas de ángel puestas, moviendo los brazos como si intentase volar. Tras ellas, la imagen del coche circulando por la carretera volvió a la pared y, sin saber desde dónde y sin esperarlo, un hombre se cruzó en mitad de la carretera y fue arrollado a toda velocidad.

La cámara se centró, poco a poco, en el cuerpo del hombre, que daba vueltas por la carretera, quemándose la piel con el asfalto hasta detenerse ensangrentado. No fue tanto lo que veía, sino el manejo de la cámara, el cómo se centraba en aquellas vueltas que daba el cuerpo, lo que hizo que me diese cuenta de qué estaba viendo. No podía creerlo. Era una escena rodada por James Black, de eso no tenía ninguna duda. La cosa era que había tantas diferencias con respecto al final de *La gran vida de ayer*, al menos con la versión que yo había visto, que no relacioné aquellos planos con la película. Pensé, mientras permanecía mirando la pared en silencio junto a la inspectora y los policías, que se trataba de algún trabajo de Black que yo no había llegado a ver nunca. Pero justo en el momento en que el cuerpo al fin se detuvo en la carretera, la cámara se giró para seguir al Triumph, que se alejaba haciendo eses, habiendo perdido el control, mientras se acercaba inexorablemente hacia el quitamiedos de la curva. Segundos después, en silencio, desapareció del plano como si lo hubiese engullido la montaña.

La imagen se puso en negro, el proyector siguió girando, y la inspectora y yo nos miramos sin saber muy bien de qué se trataba. Uno de los dos estuvo a punto de decir algo, cuando de pronto, sucedió algo inesperado y que tendría más consecuencias de las que me imaginé en aquel momento.

La imagen volvió.

La cámara se acercó con cuidado al vehículo, que estaba al fondo de un barranco en la orilla de un lago. Aquel que manejaba la cámara se notaba que estaba nervioso. La imagen temblaba y, en el más absoluto silencio de la noche, solo se escuchaba su respiración entrecortada y los pasos sobre los guijarros de la orilla. La cámara miró hacia arriba, enfocando una pared vertical de más de veinte metros de altura desde la que se había precipitado el vehículo, para luego aproximarse al coche, que tenía las lunas reventadas y el morro hundido. Desde la ventanilla del copiloto, mostró una imagen grotesca que nos sorprendió a todos: la mujer morena que conducía tenía el rostro ensangrentado y miraba a la cámara. Respiraba débilmente y sus ojos estaban llenos de terror. El plano de aquella mirada cubierta de sangre se mantuvo unos segundos para, instantes después, alejarse de nuevo, enfocando la rueda delantera del coche, que seguía girando sin parar. Fue en ese instante cuando me di cuenta de lo que estaba viendo. Era todo tan real, tan natural, que sabía que aquello no era una actuación. De pronto, la pantalla se puso en negro, y mis peores sospechas saltaron por los aires cuando aparecieron los títulos de crédito:

La gran vida de ayer. Escrita y dirigida por
James Black

Reparto:
Paula Hicks - Gabrielle
Jeff Hardy - Tom
James Black - Mark
Anne Morgan - Kimberly
Jeremie Morgan - Adam

Rápidamente miré a un lado y me fijé que la caja metálica negra era la misma que había estado buscando James Black desesperadamente un par de noches antes. Era la misma que habíamos visto Miranda y yo, junto con Jeff, muchos años antes en la universidad.

La inspectora Sallinger tardó en asociar el nombre que apareció en la pantalla, lo justo para hacerme creer que no se había dado cuenta, cuando de pronto, dijo a su móvil:

—¿Inspector Sachs? Manda una patrulla a casa de James Black. Creo que ya sabemos qué es lo que le pasó a Paula Hicks.

La inspectora se giró hacia mí, con gesto preocupado y, mientras hablaba, no separó su mirada de la mía. Desde el auricular, el inspector Sachs parecía estar contándole algo que me inquietó, pero no descubrí de qué se trataba hasta que dejó el móvil a un lado y me dijo:

—¿Señor Huff? Hay cosas que nos tiene que explicar en comisaría.

## Capítulo 42
# Castillo de naipes

*Redacción de Los Angeles Times*
*27 de septiembre de 2015*

Jim Alsey, redactor jefe de *Los Angeles Times,* era uno de los primeros que llegaba a la redacción todos los días. Intentaba revisar antes que nadie la lista de contenidos, para poder repartir correctamente las tareas a realizar por cada miembro del equipo. Se suponía que iba a ser un día tranquilo. No había pasado nada interesante el día anterior, y la agenda del día incluía unas declaraciones de un par de políticos, una actualización sobre una fuga de gas que llevaba varios días afectando la zona de Beverly Hills y algunos cortes previstos en dos de las líneas de metro provocados por una restricción programada del suministro eléctrico.

La sección de deportes consistiría, principalmente, en cubrir otra victoria aplastante de los Lakers sobre los Bulls, y el día, si todo seguía igual, sería una vez más tan insípido que tendría que estrujarse el cerebro para conseguir llamar la atención de los lectores *online* con algún titular morboso sobre alguna estrella de Hollywood.

Estaba a punto de llamar a uno de sus informadores, para que le pusiese al día sobre si había habido algún escándalo digno de contar. Tal vez alguna celebridad habría sido detenida por conducir borracha, o por posesión de drogas, o por pegarle una paliza a su mujer delante de varios testigos. Hollywood era el mejor de los mundos, donde todo resplandecía entre los flashes, pero también el punto en que las estrellas que solían brillar en el cielo de la noche lo hacían el tiempo justo antes de caer y estamparse contra el asfalto.

Al llegar al edificio de la redacción, en el cruce de la primera con South Spring, Jim se paró a saludar a Bob, el conserje, que lo esperaba con una sonrisa y una pequeña caja de cartón embalada.

—Buenos días, Bob, ¿viste el partido?

—¿Con este horario? Dios me salve si consigo ver al menos el último cuarto.

—Deberías trabajar en algo mejor —le dijo Jim, a modo de broma.

—Lo mismo digo, Jim—respondió, con una sonrisa.

—¿Ese paquete es para la redacción?

—Lo trajo anoche una mujer, justo antes de que me marchase a casa. No suelen traer cosas de este tipo aquí.

Jim se fijó en la caja, en la que apenas cabrían dos o tres libros. No tenía anotado ningún remitente. Tan solo unas letras pintadas con un rotulador rojo sobre la tapa: «A la atención de: Redactor jefe de *Los Angeles Times*».

—La mujer era muy guapa. ¿Una nueva novia que no conozca?

—¿Una novia yo? Para tener novia primero necesito un trabajo normal.

—Lo que te digo: deberías trabajar en algo mejor.

Jim sonrió y se despidió escaleras arriba con la caja. Al sentarse sobre su escritorio, encendió el ordenador y, mientras arrancaba, abrió la caja y descubrió su interior: un CD y una nota escrita a mano.

Hacía tiempo que no recibía nada de ese tipo. A primera vista, parecía un disco con pruebas de algo. Recordó cómo, hace años, cuando el periódico aún contaba con un equipo de profesionales para reportajes de investigación, solían recibir cajas de ese tipo con documentos o discos duros, o tal vez algún vídeo de una cámara de seguridad que mostraba algo que verdaderamente era noticia. Su mente comenzó a crear posibilidades sobre lo que contenía aquel disco, aun sin haber leído la nota. Tal vez las cuentas internas de un partido político, filtradas por algún tesorero, que descubrían una contabilidad paralela, o un vídeo turbio sobre algún famoso conduciendo a toda velocidad. El día era demasiado insípido, y la sola idea de tener algo relevante que contar le puso contento. Quizá habría algo con lo que preparar una bomba para la portada del día siguiente. Pensó que ojalá fuese un escándalo sexual de algún político. Eso aumentaría las ventas de periódicos durante una semana. Impaciente, leyó la nota y, para su sorpresa, lo que había era mucho mejor que cualquier cosa que hubiese imaginado:

> *Estimado señor redactor jefe de* Los Angeles Times. *Aquí tiene, en* EXCLUSIVA, *una copia de la película original de* La gran vida de ayer, *de James Black. En ella, rodada por el propio James Black en 1976, se muestra la fatídica y trágica muerte de Paula Hicks, la chica cuyo cadáver ha aparecido recientemente en Hidden Springs en el fondo de un lago. Supongo que esta película será de su interés, y espero que haga lo que tenga que hacer para que las imágenes vean la luz y se haga, por una vez, justicia con la verdad.*
>
> *Atentamente;*
>
> *M. H.*

Jim Alsey se puso eufórico. No tenía ni idea de quién era M. H., pero si era verdad lo que contaba, si aquellas imágenes contenían lo que parecían tener, sería la noticia del año. Uno de los mejores directores de la historia relacionado con el cadáver de una chica que acababa de aparecer, oculto durante más de treinta años.

Esperó a que toda la redacción estuviese en sus puestos para llamarlos a la reunión diaria, y para cambiar el plan de trabajo que había establecido. Algunos reportajes que ya estaban en marcha tenían que ser retrasados, y los reporteros de sucesos del día se dedicarían a abordar aquella cinta desde distintos ángulos. Aquella joya había caído en sus manos, y necesitaba pulirla en veinticuatro horas y lanzarla al mundo antes que nadie.

Lo que no sabía era que decenas de cajas como aquella habían sido enviadas a las redacciones de los principales periódicos del país, haciendo que los siguientes días la cobertura mediática de lo ocurrido con Black adquiriese una escala planetaria y para todo el mundo... Aquel fue el inicio de la caída del legado de James Black, que comenzó a desmoronarse como un castillo de naipes.

## Capítulo 43
## Miranda
## El puño

Según me contaron, durante la grabación de *La gran vida de ayer,* ocurrió un terrible accidente: Paula Hicks atropelló a Jeff en una de las tomas, dejándolo malherido y con las graves secuelas con las que yo lo había conocido. Tras atropellarlo, perdió el control del volante y se precipitó con el coche al fondo de un barranco. Todo podría haber quedado en un trágico suceso si James Black hubiese socorrido a Jeff y hubiese pedido ayuda con Paula, pero lo que hizo fue algo mucho peor: lo filmó todo.

Lo hizo atento, como quien observa un espectáculo de la naturaleza, y seguro de incluir aquellas horribles imágenes en su película. Más tarde, temió que aquella historia trágica manchase las posibilidades de la película e hizo desaparecer todo rastro del vehículo, borrando del mapa el Triumph y a Paula con él. Al menos, esa era su teoría.

Cuando les pregunté que cómo sabían todo aquello, Jeremie continuó:

—Porque ese momento puede verse en la versión preliminar que hizo James Black de *La gran vida de ayer*. No en la película que todo el mundo conoce, sino en la que rodaron él, nuestra madre, Jeff y nosotros. Nosotros también salimos en esa película.

—¿Haciendo de Kimberly y Adam?

Anne asintió, lamentándolo.

—Pero... esto es muy grave.

—James Black terminó aquella versión de la película, y se suponía que la iba a vender a los cines, pero tras la desaparición de nuestra madre y su trágico final, no le quedó más remedio que rehacerla un par de años después, con otros actores. Si llegan a descubrir que Paula Hicks, una mujer que había desaparecido, aparecía en su película, aquella historia negra nunca se hubiese llegado a emitir. Por eso luego, un par de años más tarde, James Black rodó una nueva versión, casi idéntica, tras convencer a uno de los principales productores de la ciudad.

—Un segundo. ¿Esa película ha estado alguna vez en manos de vuestro padre?

—Sí. ¿Cómo lo sabes?

—Vuestro padre nos la enseñó a Ryan, mi marido, y a mí. No llegamos a ver mucho, pero recuerdo que la tenía y que James Black no nos dejó verla. Fue allí cuando... se la llevó.

—Mi padre debería haber denunciado lo que pasó mucho antes, mientras tuvo aquella película en su poder, pero no lo hizo. No se atrevió a hacerlo.

—¿Y por qué no? Si esa película es una prueba tan importante para descubrir lo que le ocurrió a vuestra madre, debería de haberla utilizado cuando la tenía en sus manos. Quizá esa película ya no exista y todas las pruebas hayan desaparecido.

—No lo hizo por miedo a perder nuestra custodia.

—¿Miedo?

—Después de la desaparición de nuestra madre, nos llevaron a Anne y a mí a una casa de acogida. Jeff estuvo más de seis meses en coma tras el accidente. Al despertar, por lo visto, no recordaba nada de lo que había pasado. No sabía qué hacía allí, ni cuánto tiempo había pasado. Había perdido el habla, había olvidado cómo andar. Estuvo meses de rehabilitación hasta que poco a poco volvió a caminar de nuevo y a hablar de manera aceptable. Las cicatrices nunca se fueron. Esas nunca se van. Las cicatrices siempre se quedan para recordarte cómo saliste adelante.

—¿Y qué pasó?

—Mientras estaba en rehabilitación, preguntó una y otra vez por unos niños, incluso cuando apenas sabía balbucear. ¿Dónde están los niños? ¿Y mis niños?

Ni siquiera él sabía a qué niños se refería. Al margen de eso, no recordaba casi nada de aquel verano. No recordaba a nuestra madre, no recordaba haber grabado ninguna película con Black. El último recuerdo que tenía de aquel año era haber visitado la mansión Playboy. Pero por las noches soñaba con nosotros, ¿sabes? Soñaba con nuestras caras. Nos veía jugando en el parque, volando una cometa, riendo en una casa que no conocía. Sus niños lo visitaban de noche, en sueños. Nosotros, mientras tanto, estuvimos en la casa de acogida, con otros niños, y pasaron bastantes meses antes de que nos contasen que nuestra madre ya no estaba. Fue duro, ¿sabes? Realmente duro. Jeremie no se enteró de nada. Era pequeño y, a pesar de que de vez en cuando preguntaba por mamá y lloraba sin descanso, en cuanto se entretenía se le pasaba. Yo lloraba por las noches, abrazada a él, casi en silencio, para que nadie se enterase de que lo estaba pasando mal.

—Tuvo que ser duro —añadí.

Jeremie puso la mano en la rodilla de su hermana y continuó él:

—Un día, sin más, la investigación de nuestra madre llegó al punto en que dedujeron que nos había abandonado en casa con la niñera para fugarse con un amante, y fue entonces cuando la prensa volcó todo su sensacionalismo en busca de carnaza. Hablaron mal de ella, se inventaron posibles adicciones, posibles ubicaciones en los países donde se suponía que la habían visto. En aquella vorágine implacable de bulos y mentiras, ocurrió algo que cambió nuestra suerte: el canal cuatro se saltó el código deontológico del periodismo, ese que dice que no se deben mostrar imágenes de menores, y una mañana, como si no tuviese importancia, mostraron nuestras fotos a todo el país, con el titular: «A estos niños los abandonó Paula Hicks», para alimentar aún más la máquina de las mentiras y del odio sobre nuestra madre.

—Decidme que Jeff os encontró así —supliqué.

Anne asintió, con una sonrisa calmada.

—Fue un error de la prensa que nos salvó de acabar en un hogar equivocado —continuó Jeremie—. Jeff, que nos vio desde el hospital, reconoció a los niños de sus sueños, y desde ese mismo día comenzó a luchar por nuestra custodia. No sabía de qué nos conocía, ni cómo era posible que nos quisiera tanto sin conocernos, pero decidió que el esfuerzo merecía la pena. El amor que nos tenía fue el que le hizo salir adelante. Éramos el único recuerdo que se mantenía inalterable en su memoria.

Suspiré. Tenía el corazón en un puño y no pude evitar emocionarme. No pude evitar llorar.

—Nuestro padre —incidió Anne— se esforzó más en la recuperación y buscó desesperadamente un trabajo con el que poder solicitar de manera solvente nuestra custodia. No le fue fácil encontrar un trabajo así, con su nuevo aspecto físico y con serias dificultades para hablar correctamente, pero milagrosamente surgió una vacante de conserje en la universidad. Abandonó los estudios y se gastó todo lo que iba ganando en el papeleo de nuestra adopción. Ni te imaginas cómo me sentí cuando al cabo de los meses, vi una cara conocida en el hogar de acogida. Y es que Jeff venía a salvarnos, a sacarnos de allí.

—¿Y cómo consiguió la película? ¿Cómo se hizo con las bobinas de la versión preliminar de Black? Supongo que James Black no querría que nadie más la viese.

—Eso es lo mejor. Según nos contó nuestro padre, fue el propio James Black quien le dio una copia. Black, un par de años después, fue a verlo a nuestra casita, donde ya vivíamos los tres detrás de la universidad, tal vez sintiéndose culpable o tal vez para restregarle lo que había logrado crear con la muerte de nuestra madre. Black no era entonces un tipo razonable. Era mezquino. Siempre lo había sido, pero se presentó allí y tan solo le dijo: «El arte por encima de la muerte, viejo amigo. No lo olvides».

—¿Y por qué haría algo así?

—Para demostrar que Jeff también era parte de la muerte trágica de nuestra madre. Para amenazarlo con que nunca contase nada y hacerlo callar para siempre. Si aquella película veía la luz, se desvelaría que nuestro padre estaba directamente implicado en la muerte de la desaparecida Paula Hicks. Era parte de la película, de su desaparición, e incluso en algunas escenas la cámara estaba manejada por él, haciéndolo cómplice de todo lo que sucedió. Si se desvelaba que nuestra madre había muerto en una película de la que él formaba parte, aunque fuese inocente, aunque él no hubiese hecho nada, perdería nuestra custodia. Si contaba lo que sabía, nos perdería. La sombra de la duda y lo mediático de la desaparición de nuestra madre habrían hecho que los servicios sociales se lanzasen contra él por desconfianza, y le arrebatasen lo que más quería.

—¿Y por qué ahora queréis hacer algo? ¿Por qué queréis desvelar lo que ocurrió con vuestra madre?

—Porque nuestro padre se está muriendo, Miranda. Su vida ha sido un desastre desde el día en que decidió ayudar a Black con su película, y la de Black no hizo más que mejorar. Una persona como él no se merece lo que tiene. El mundo necesita conocer la verdad.

—¿Y qué opina vuestro padre de todo esto? ¿Está dispuesto a sacarlo a la luz?

—Él no sabe nada. Está mal, realmente mal. Su cuerpo no ha envejecido bien estos últimos años. Las secuelas del accidente que sufrió antes de adoptarnos fueron aumentando con el tiempo; y un cuerpo con un solo pulmón, con un fragmento de hígado, con el páncreas gravemente dañado tiene pocas posibilidades de envejecer con normalidad. Antes de que..., de que se vaya

—continuó algo afectada por pronunciar aquella frase—, quiero que vea que se hace justicia. Queremos que el mundo entero sepa que James Black no es más que un asesino.

Me quedé pensando en aquellas palabras y seguimos hablando un rato más. Me despedí de ellos algo aturdida. La historia me parecía tan macabra, tan oscura, que no supe qué responder. Tras aquel encuentro con Jeremie y Anne, traté de volver a mi vida normal y quise olvidarme de lo que había pasado. Me había despedido de ellos sin dejarles nada en claro. No les había confirmado que les fuese a ayudar a recuperar la película, pero tampoco que no lo pensase hacer. Anne me había dado su teléfono, que había apuntado sobre una servilleta. Yo necesitaba procesar toda la información que me habían dado aquella tarde antes de llamarla con una decisión.

Y entonces, al llegar a casa, ya tarde, comprobé que Ryan aún no había vuelto. Pasaron varias horas. Él no solía llegar más tarde de las diez de la noche, mucho menos entre semana, y cuando comprobé el reloj y vi que eran cerca de las doce, realmente me preocupé. Me preocupé como una estúpida. Como la estúpida que había sido durante toda nuestra relación.

Un rato después, Ryan llegó a casa borracho, apestando a alcohol y a perfume de mujer. Discutimos. Discutimos una vez más por algo por lo que no debía haberle dado ni la oportunidad de explicarse. Y lo que hizo fue lo que lo cambió todo: me levantó el puño.

Durante el tiempo que estuvo aquella mano en alto, temí que se moviese a toda velocidad en mi dirección. La mano temblaba y el puño estaba tan apretado que se le marcaban los nudillos blancos sobre su piel. Lo peor de todo fue que, cuando miré de nuevo a sus ojos, me di cuenta de que ya no estaba en ellos. Ryan había desaparecido. El Ryan que yo creía haber conocido no era más que un espejismo, y el amor que le tenía se había acabado esfumando en aquel oscuro vacío de su mirada.

No me atreví a hablar, y él, cuando fue consciente de lo que estaba haciendo, se dio la vuelta y me dejó en la cocina con el corazón en la mano tras un portazo y un insulto.

Sobre la mesa aún estaba la servilleta con el teléfono de Anne y, entre lágrimas y de madrugada, sin saber con quién hablar, marqué su número:

—¿Podemos volver a vernos ahora? —dije, entre sollozos.

# Capítulo 44
# Ryan
# Culpable

*26 de septiembre de 2015*
*Dos días desaparecida*

Era la segunda vez que me montaba en el coche de la policía y esta vez sí que me sentí culpable. Me metieron dentro del vehículo, y estuve durante más de una hora esperando a que la inspectora terminase de recoger todas las evidencias posibles de la consulta de Jeremie Morgan. Un furgón de la policía científica aparcó junto al vehículo en el que yo estaba, y vi que entraban al edificio con un par de maletas metálicas, justo en el instante en que la inspectora salía de él. Los saludó y se despidió de ellos. Durante todo el tiempo que estuve en el coche, pensé en llamar a Black, pero me habían quitado el teléfono móvil. No querían que intoxicase su declaración, o algo de eso dijo la inspectora. «¿Qué diablos hiciste, James?». ¿Era real esa imagen de Paula Hicks? ¿Era ella en realidad? No parecían efectos especiales. No conseguía quitarme la mirada de terror de Paula Hicks, jadeando, con el rostro cubierto de sangre.

Estaba sentado en el asiento de atrás y, durante todo el camino a comisaría, no me atreví a hablar. No me habían leído los derechos, así que supuse que una vez más no estaba detenido. Al llegar a la comisaría, me quedé en shock. Más de treinta periodistas estaban en la puerta, con sus cámaras y micrófonos cargados.

—¿Qué está pasando? —dije.

—Será por James Black —dijo la inspectora Sallinger—. Se habrán enterado de que lo hemos detenido.

—¿Ya?

—Están siempre al tanto con la radio, o con alguno del cuerpo, que los llama en cuanto se entera de que hay algo gordo. Es casi imparable. Algunos se ganan un extra así. Todos tenemos facturas que pagar, ¿sabe?

—¿Y no es ilegal?

—Bueno, yo no voy a ser quien abra una investigación para descubrir quién ha sido.

Nos bajamos del coche y, para mi sorpresa, lo que ocurrió fue mucho peor de lo que me imaginaba.

—¡Está allí! ¡Es él! —gritó uno de los periodistas al verme llegar.

Un instante después, una lluvia de flashes cayó sobre mí, mientras los periodistas corrían en mi dirección.

—¿Qué ocurre? —pregunté a la inspectora, realmente aturdido.

Algunos llegaron adonde yo estaba y comenzaron a preguntar antes de que tuviese tiempo de comprender la situación.

—¿Es usted el marido de Miranda Huff? ¿Dónde cree que está su esposa? ¿Cuándo fue la última vez que la vio con vida? ¿Tiene familia? ¿Cuánto tiempo llevan casados?

Ante tanta pregunta, lograron que no supiese ni quién me estaba hablando.

—Yo..., no..., no sé.

De pronto, me vi rodeado de micrófonos y sin escapatoria.

—¿Ha matado a su esposa? —dijo uno—. ¿Han tenido problemas últimamente?

—No responda y entre de una vez —me ordenó la inspectora, alzando la voz para que la pudiese oír entre el ruido de las cámaras y el barullo, a la vez que tiraba de mí hacia la puerta.

Estaba realmente afectado. Me temblaban las manos y apenas podía hablar. Una vez dentro, respiré aliviado. No habían venido por Black, sino por Miranda. La alerta de búsqueda había llamado la atención de la prensa, que hasta ese instante había estado especulando acerca del cadáver encontrado en el lago y sobre el de la chica, del que yo conocía perfectamente la identidad, aunque no había dicho nada todavía. Pero pronto esa tranquilidad se esfumó, como lo había hecho desde que desapareció Miranda.

El inspector Sachs vino a nuestro encuentro con el rostro serio y preocupado.

—¿Nos acompaña, por favor? —dijo, señalando la misma habitación en la que ya había declarado la última vez.

Era reconfortante estar al menos en un entorno que ya conocía, aunque fuese una comisaría.

—Por supuesto —respondí—. ¿Saben algo más de Miranda? ¿Hay nuevas pistas? —le pregunté al mismo tiempo que caminaba tras él.

Ignoró mis preguntas, y no habló hasta que por fin cerró la puerta detrás de mí.

—¿Por qué esas caras? ¿Qué ha pasado? —dije, intentando romper el hielo—. ¿No aparecerá de nuevo mi cuñado a pegarme un puñetazo, no?

Estaban realmente serios. En especial el inspector Sachs. Ambos habían tenido una actitud realmente cordial conmigo desde el principio, pero en ese momento tuve la sensación de que todo se iba a torcer.

—Verá señor Huff —dijo Sachs—. Tiene que explicarnos esto.

Señaló hacia una de las paredes, en la que había un monitor con la pantalla encendida, en la que se veía una cámara de seguridad con la imagen congelada.

—¿El qué?

—Atento, por favor.

Cogió el mando a distancia y lo apuntó a la pantalla. La imagen comenzó a moverse, varias personas empezaron a deambular de un lado a otro, y yo seguía sin comprender nada.

—¿Qué es eso?

—Son imágenes de la cámara de seguridad de un bar del centro que frecuentaba Jennifer Straus, la chica que en un principio pensamos que era su mujer. La que tuvo que identificar.

Un escalofrío me recorrió la nuca. Reconocí el bar, la disposición de las mesas, los cuadros, la mesa de billar del fondo, y lo peor, me reconocí a mí apoyado en la barra, tomándome una copa.

—¿Ve a esa chica de ahí? ¿La que se está tomando la cerveza? Es Jennifer Straus.

Asentí y tragué saliva. Esperé a que él mismo lo dijese.

—¿Y ve a ese hombre de ahí? ¿Reconoce quién es?

—Sí, claro. Soy yo. —No sabía dónde meterme.

—Bien. Eso está bien. Es un progreso —replicó el inspector Sachs—. ¿Me puede decir qué más ocurre?

—Me acerco a ella y comenzamos a hablar. ¿Es necesario todo esto? Verán, yo... estaba...

—Señor Huff. No sé si se da cuenta de la gravedad de esta situación. Tengo la sensación de que nos ha tomado el pelo. Nos dijo que no conocía a esa chica. Que no sabía quién era.

—Yo..., ¿qué podía decir?

—Espere. Por favor —me interrumpió. Aceleró la cinta y la paró unos instantes después—. ¿Y me puede decir qué hace ahora con Jennifer Straus?

Agaché la cabeza. No podía mirar.

—Nos besamos —respondí.

—¿Solo?

—Nos besamos y nos marchamos juntos al cuarto de baño.

No me hacía falta mirar para saber lo que pasaba.

—Bien. ¿Sabe qué, señor Huff? Tenemos otras tres grabaciones como esta. En el mismo bar. En distintos días de los últimos dos meses. Dos meses viendo a esa chica en un bar, manteniendo relaciones con ella, y nos dice que no la conoce.

—¿Me están acusando de algo?

—¿Deberíamos? —interrumpió la inspectora Sallinger, que hasta entonces se había mantenido al margen.

—Mi mujer ha desaparecido. Entiendan que esté nervioso por todo esto. ¿Quieren que diga que soy infiel a Miranda? ¿Es eso lo que quieren que diga?

—A nosotros nos da igual lo que haga con su vida privada. Pero lo que no nos da igual es que nos mienta en una investigación criminal. Esto es muy grave, señor Huff.

—¿Le digo lo que pienso tras haber visto estas imágenes, señor Huff? —saltó la inspectora, en tono molesto—. Creo que usted opina que somos idiotas. Y no hay nada en el mundo que me moleste más que la gente confunda la simpatía con la idiotez. Creo que hemos sido buenos con usted. Todo el departamento se ha volcado con la investigación de su mujer. ¿Y cómo nos lo devuelve? Con una mentira tras otra.

—Lo..., lo siento. De verdad que lo siento.

—Vale. Y ahora que hemos aclarado cómo nos vamos a llevar a partir de ahora, cuénteme una cosa.

—Lo que..., lo que quieran —respondí.

El inspector Sachs le hizo un gesto con la mano para interrumpirla, se acercó y le susurró algo al oído mientras ella asentía varias veces, mirando en mi dirección. No me gustó en absoluto aquel secretismo de repente y tuve la sensación de que todo se iba a descontrolar aún más.

—Bien, señor Huff. Le cuento cómo estamos y usted me responde de manera franca. ¿Está claro?

—Está bien.

—Según el informe de la autopsia de Jennifer Straus, ella murió exactamente hace tres días, la noche del jueves. La desaparición de su mujer la denunció la madrugada del viernes al sábado, un día después.

—¿Qué hizo aquella noche?

—Es..., estuve en casa. Con Miranda —respondí, nervioso.

—Obviamente, eso ella no lo puede corroborar.

—Supongo que no, claro.

—Bien. Le cuento lo que ocurre y usted intenta explicarse lo mejor que pueda.

—Sí, dígame.

—Hemos revisado el contrato de alquiler de la cabaña para el fin de semana. Según usted, solo pensaban quedarse el viernes y el sábado y volverían hoy, domingo, ¿no es así?

—Eso es. Ese era el plan, sí.

—La reserva para la cabaña era desde el jueves.

—Bueno..., puede ser un error, ¿no? Además, esa reserva la hizo Miranda.

—Está pagada con su tarjeta, señor Huff. Desde el jueves al domingo.

—Ella tiene las claves. Lo tiene todo. Quedamos en que ella se encargaba de hacer la reserva. Yo no...

Ambos se miraron, para después volver a mí con gesto de indiferencia. Fue como un paso de coreografía que parecían haber ensayado.

—¿Sabe que después de esas burdas mentiras es difícil que le creamos en algo así, verdad?

Asentí con la cabeza y suspiré. Tenía la sensación de estar entrando en un callejón sin salida.

—Bien. Mire estas hojas, señor Huff.

El inspector Sachs sacó unos folios con una lista interminable de códigos y números que parecían coordenadas. En uno de ellos había un mapa con algunos puntos marcados en rojo.

—¿Qué es esto?

—El registro de conexiones de su móvil a las torres de comunicación. El mapa muestra las torres de comunicación cercanas a Hidden Springs.

—¿Y qué quiere decir con esto?

—¿Ve estos tres puntos de aquí? Están entre tres y cinco kilómetros de distancia de la cabaña. Con esta señal, que registran las tres torres, es relativamente fácil ubicar una zona en la que ha estado.

—Ahá.

—Pues bien. Según la operadora, el jueves por la noche, usted estaba —cogió un bolígrafo e hizo un círculo entre las distintas torres— en algún punto de esta zona, justo donde se encuentra la cabaña en Hidden Springs.

—¡Eso es imposible! ¡Estuve en casa! ¿Qué es esto, una encerrona? Tiene que ser un error.

—¿Se lo digo yo o se lo dices tú? —preguntó el inspector Sachs.

—Tú mismo. Adelante.

—Bueno. ¿Sabe lo que son las pruebas de ADN? Conoce su fiabilidad, ¿verdad?

No respondí. Estaba a punto de vomitar.

—Altísima. Es más fácil que le parta un rayo en mitad de una tormenta a que se equivoquen.

—¿Adónde quieren ir a parar?

—Bien. Hace unas horas recibimos el informe de ADN de la sangre de la cabaña. Pensaba que tardarían bastante más.

—¿Y bien?

—Lo hemos comprobado con su ropa y con las muestras de cabello que hallamos en su coche. Según el informe, la sangre de la cabaña no es de Miranda.

—¿Cómo?

—Lo que oye. Es más. No se han hallado restos de ADN de Miranda en ninguna zona de la cabaña. Ella no estuvo allí. Podríamos asegurar que ella nunca estuvo allí. Sí su coche. Tal vez fue y no entró.

El corazón me iba a explotar y sentí la adrenalina, la acusación y el miedo a pasar toda una vida en la cárcel, en el momento en que lo dijo:

—La sangre es de Jennifer Straus.

Un instante después, el inspector Sachs me leyó mis derechos.

# Capítulo 45
## James Black
## Último día de rodaje

*1976*

Las últimas dos semanas de rodaje fueron las más duras. James estaba completamente absorbido por la película y el genio le había cambiado tanto que Paula y Jeff habían comenzado a evitarlo. Durante los últimos días, Paula no tuvo más remedio que dejar a los niños con Alisson más tiempo del que ella quería. El tiempo corría, el verano llegaba a su fin y James estaba cada vez más desesperado por acabar. Había que rodar la última secuencia de la película. Los días previos habían consistido en filmar muchos momentos de apenas una fracción de segundo. La preparación de cada uno de ellos requería varias horas, y tanto Paula como Jeff tenían la sensación de que estaban perdiendo el tiempo con aquello.

Según el guion, solo quedaba la huida de Paula de casa con los niños en el asiento de atrás del coche, y su suicidio haciendo caer el vehículo por un barranco de una carretera de montaña. Era la secuencia más intensa de la película, el giro final y el que haría que toda la historia cobrase una nueva dimensión, y era ese el motivo por el que James estaba especialmente tenso. Aún no había amanecido. Por petición de James, estaban todos en casa para aprovechar al máximo el día y coordinar cómo tenía que suceder todo.

—Tiene que ser con ellos en el coche —aseveró James, discutiendo con Paula—. Ellos tienen que subirse contigo. Yo me pongo de copiloto y te filmo desde dentro del coche.

—Ni hablar, James —protestó Jeff—. Esos planos los hacemos aquí, con el coche parado, y mientras ellos duermen. ¿No se supone que están muertos? Ruedas los planos aquí y se quedan en casa con Alisson.

—No me vas a decir cómo voy a dirigir mi película.

—Ni tú me vas a decir a mí en qué participan mis hijos, James —protestó Paula, enfadada.

—¡Así nunca haremos historia!

—James, mis hijos ya han rodado suficiente.

—Además, se puede falsear, por el amor de Dios. Todos los directores hacen estas cosas. Aparta ese realismo que buscas. Abandónalo. No vamos a montar a los niños, tumbados en un coche sin cinturón, circulando por una carretera de montaña para que tú tengas ese plano. Es peligroso, James. No es buena idea —insistió Jeff.

—No entendéis nada, ¿verdad? ¿Creéis que lo hago porque quiero? ¿Creéis que a mí me apetece poner a los niños en riesgo?

—A ti te dan igual los niños. A ti te damos igual todos —protestó Paula—. Te estás obsesionando. Te estás volviendo neurótico. Se suponía que esto sería algo especial, ¿no? ¿Dónde diablos está el James Black que conocí?

—James, relájate, ¿vale? —añadió Jeff, calmando los ánimos.

—Estáis en contra de todo lo que propongo. ¿Por qué queréis dilapidar la película? ¿Por qué?

—He puesto mi coche —dijo Paula, visiblemente enfadada—. Vamos a tirar mi coche por un barranco para esta película. Soy yo quien se está jugando más que nadie en ella. ¿Qué más quieres que ponga? ¿Mi vida? ¿Qué más? Pide otra maldita cosa, pero no pienso conducir con ellos atrás a toda velocidad.

—¿Qué pasa, mamá? —dijo Anne de repente, con voz somnolienta y frotándose los ojos.

—Anne..., cariño, sigue durmiendo. Es muy temprano para que te despiertes —susurró Paula.

Paula dirigió una última mirada enfadada a James, que se había quedado en silencio sin saber qué responder. Jeff se dirigió con rapidez hacia Anne y la levantó con un abrazo. Paula se acercó y le dio un beso en la frente.

—No pasa nada, cariño. ¿Quieres que te acompañe a la cama?

James se fijó en algo que había pasado inadvertido para él hasta aquel entonces. Jeff le había pasado la mano a Paula por la espalda, casi de una manera imperceptible. No fue más que un gesto inocente que podría haber pasado como una muestra de complicidad por todo el tiempo que habían estado juntos. Fue tan sutil, tan insignificante, que tal vez si no hubiese estado tan ofuscado en la película se hubiese dado cuenta antes, o precisamente por ese mismo motivo le afectó tanto cuando fue consciente del gesto. Jeff y Paula dejaron a la pequeña Anne en su cuarto y en cuanto volvieron al salón, James, que se había quedado inmóvil en el mismo lugar pensando en cuándo había perdido lo que él pensaba que era suyo, dijo:

—¿Cuánto lleváis acostándoos?

Paula cerró los ojos y suspiró, lamentando que llegase ese momento. Pensaba que podrían abordar la situación cuando terminasen la película, o también creía que al terminarla, aquella complicidad con Jeff desaparecería y volverían a ser alumno y profesora como hasta entonces.

—James... —dijo Jeff.

—No es eso...

—¿Me vais a mentir en mi propia cara? Paula, ¿crees que no me he dado cuenta de que llevas días evitándome?

—No te evito... es solo que...

—¿Cuánto? —insistió, enfadado.

—Dos semanas —sentenció Jeff.

James asintió y permaneció en silencio mientras pensaba qué decir.

—¿Cuándo pensabais contármelo?

—Al terminar la película —exhaló Jeff, tenso.

Dirigió una última mirada a Jeff, para después continuar:

—Pues terminemos de una vez —aseveró James.

James estuvo revisando una y otra vez lo que ya habían rodado. Se había sumergido entre las imágenes y estaba más dubitativo que nunca. De vez en cuando susurraba algo imperceptible, admirando algún encuadre que lograba identificar del film, o chasqueando la lengua cuando encontraba algo que no era de su agrado. Jeff lo miraba preocupado y Paula evitaba iniciar ninguna conversación durante el rato que esperaron a que los niños se despertasen. Cuando por fin lo hicieron, Jeff los preparó para su última secuencia.

Hizo una especie de mejunje rojo con miel y colorante alimentario, y salpicó sus ropas con él. Anne y Jeremie no paraban de reír a carcajadas y James se fue enfadando progresivamente según los niños se iban divirtiendo más.

—¿Rodamos su parte de una vez? —gritó James.

—James, recuerda lo que te he dicho —rechistó Paula—. Trata bien a mis hijos. Compórtate como el hombre que parecía que eras. No digo que demuestres que eres uno de los mejores directores del mundo. Me vale con que no seas una persona mediocre.

—¿Y si es que lo soy?

—Habrás sido uno de los grandes errores de mi vida.

James apretó la mandíbula, molesto.

Jeff bajó con los niños al coche y les indicó que se hiciesen los dormidos para filmar la última escena en la que ellos participarían. Le costó un buen rato que Jeremie imitase a su hermana Anne, quien había captado lo que había que hacer a la primera, pero pronto ambos niños estuvieron tumbados en el asiento de atrás el tiempo suficiente como para que James, con la Arriflex preparada sobre el hombro, filmase algunos planos de los pequeños para intercalarlos con la escena que rodarían por la tarde.

Hizo un plano corto de la mano de Jeremie, manchada de sangre, y de los ojos cerrados de Anne. También de cómo caía su pelo sobre el asiento trasero y de cómo el pie de Jeremie permanecía inmóvil con el pijama puesto.

—Vale. Lo tengo —dijo James, cuando terminó de rodar—. ¿Se quedan aquí los niños entonces? Lo he pensado mejor. Hay un cambio de planes.

—¿Qué cambio?

—Creo que hay un sitio mejor que al que pensábamos ir. Es una zona de montaña al este de aquí. No está lejos. A un par de horas máximo.

—Tengo que esperar a que llegue Alisson para que se quede con ellos y decirle que tardaré en volver.

—Genial —dijo James—. Nos vemos esta tarde en la gasolinera a la entrada de la nacional 2. El rodaje tiene que ser cuando esté atardeciendo, y no hace falta que vayamos tan pronto.

—¿Cuál es ese sitio?

—Hidden Springs.

# Capítulo 46
# Miranda
# La esposa perfecta

Quizá necesitaba respirar, huir de alguien que me estaba destrozando poco a poco, como si con un pequeño martillo y un cincel me estuviese deformando y arrancando trocitos de mi personalidad que nunca volverían. Tic, la confianza en mí misma; tic, la valentía para decir lo que pienso; tic, el sentirme deseada. En varios golpes certeros, Ryan había conseguido convertirme en la esposa perfecta: callada, sumisa y secundaria. ¿Acaso yo ya no importaba nada?

Y una mierda.

Me había criado con dos hermanos y había cuidado de mi padre, tras fallecer mi madre cuando era una niña. Había dedicado toda mi vida a cuidar de hombres anclados en otro siglo y, por mala suerte o malas decisiones, había acabado por sumergirme en un pozo de fango llamado Ryan.

Ni un segundo más. No pensaba tolerarlo. Necesitaba salir de allí y hacer algo con mi vida. Darle un sentido. Cambiar las cosas. Por Ryan había renunciado a tanto que sentí un vacío gigantesco en mi pecho. Había llegado a abortar, y había dedicado todo mi ingenio a ayudarlo a crecer como guionista. Todos sus guiones surgieron de mis ideas. De mi intrincado modo de ver el resto del mundo. No el mío. Había sido incapaz de ver la realidad de mi mundo. Hasta entonces, había utilizado mi cabeza para hacer mejores a los hombres que acababan cerca de mí, y Ryan no fue más que un parásito que se me había agarrado al cuello para succionarme mis últimos anhelos de vida.

Ya no podía más.

En menos de veinte minutos, Anne y Jeremie me recogieron en su coche. No sé qué tenían, por qué los llamé a ellos, por qué confié en dos desconocidos aquella noche. Quizá no fue la confianza, sino el instinto. Anne parecía tener un espíritu luchador, hablaba como una inconformista que parecía, en algún momento, haber sufrido en sus carnes la picadura mortal de un Ryan. Jeremie, en cambio, poseía una dulzura que nunca identifiqué en los hombres que había conocido. Hablaba en tono calmado, movía las manos con tranquilidad y parecía proteger a su hermana con cada pequeño gesto y mirada.

Ryan no se enteró de nada, estaba demasiado borracho para oír cómo me marchaba por la puerta principal.

—¿Qué ha pasado? —me preguntó Anne, nada más montarme en el coche y verme llorar sin control.

—No..., no puedo más..., no puedo más —respondí.

—¿Tu marido?

Asentí.

—Dime la verdad —dijo Anne girándose y volviéndose hacia el asiento de atrás—, ¿te ha pegado?

Asentí de nuevo, y tragué saliva, esperando quitarme el nudo de la garganta, para luego justificarlo en cuanto me di cuenta de que no estaba diciendo la verdad.

—No..., no ha llegado a hacerlo. Solo..., bueno, se ha puesto agresivo.

—¿Acaso hay alguna diferencia? —me respondió.

Agaché la cabeza y esperé a que Jeremie arrancase y me sacase de allí.

Condujo durante un rato y, durante todo el camino, ambos hermanos estuvieron en silencio, mirando al frente. Yo nunca había llegado a tener esa relación de complicidad con ninguno de mis dos hermanos. Tuve la sensación de que en ese silencio que mantenían, estaban lanzándose mensajes el uno al otro, no ya hablando con la mirada, sino directamente con los silencios. Mi hermano Zack era demasiado simple para vincularse a algo más que no fueran sus músculos. Y Morris, bueno, a veces dudaba de si alguna vez me había querido. Estoy segura de que si me pasase algo, Morris seguiría con su vida y ni preguntaría por mí. Casi como Ryan, en realidad.

Llegamos a un apartamento en un edificio de dos plantas con escalera de incendios blanca, en Inglewood. Jeremie se bajó rápido del coche para abrirme la puerta. Fue tan... (a estas alturas ya sabrás lo que voy a decir) diferente a Ryan...

Jeremie y Anne compartían un piso, un acogedor apartamento de ladrillo visto con dos dormitorios. Cuando entramos, tuve la sensación de que alguna vez, en una vida pasada, ya había estado allí. No era que supiese a ciencia cierta qué muebles habría o qué lámparas iluminarían los rincones o qué estampados tendría el sofá; fue más ese pensamiento de que la idea general de aquel piso, con sus luces, sus sombras y su olor, ya lo había visto alguna vez. Aquel falso recuerdo hizo que, extrañamente, no me sintiese fuera de mi zona de confort, pero, en cambio, tuve la sensación de que me volvía a encontrar con gente que llevaba muchos años en mi vida.

—¿Una copa? —dijo Anne, que ya traía una botella hacia el sofá en el que yo ya me había sentado.

Jeremie se puso a mi lado y se me quedó mirando en silencio, como si estuviese sometiéndome a un examen.

—Creo que os debo una explicación..., vosotros no me conocéis y yo..., bueno. No soy nadie para llamaros en mitad de la noche, pidiendo..., bueno, no sé ni qué os estoy pidiendo. Vosotros deberíais estar cuidando de vuestro padre y yo..., bueno, no sé ni qué pensar.

—Nuestro padre está bien, en Hidden Springs. Seguramente durmiendo. Por las noches no necesita nuestra ayuda. No te preocupes por él —respondió Anne.

Jeremie no parecía estar escuchándome. Noté que estaba concentrado mirándome a los ojos, buscando algo en ellos o algún gesto por mi parte. Bajé la vista al suelo.

—Veréis, yo... creo que no debía haberos molestado..., mejor me voy y vuelvo a mi vida. Sí, eso es. Creo que es lo mejor.

Hice un amago de levantarme, pero Jeremie alargó la mano y me agarró con sus dedos recios. No fue agresivo, sino todo lo contrario. Aquello me hizo sentir protegida. Si me hubiese levantado y hubiese vuelto a casa aquella noche, en aquel momento, habría sido como si hubiese saltado al mar desde un transatlántico en mitad de la noche. La mano de Jeremie me salvó. Anne se sentó en la mesilla que estaba frente al sofá y me alargó una copa, sin decir palabra.

—¿Cuánto hace que no eres feliz? —dijo por fin Jeremie, serio.

—Yo..., bueno. Claro que soy feliz. Solo que a veces la vida te sobrepasa. Te golpea como un huracán y hace que todo salte por los aires. Pero nos queremos en realidad.

—¿Que os queréis? —dijo Anne, molesta—. El huracán que se ha metido en tu vida te la está destrozando —añadió.

—Bueno..., digamos que Ryan se ha cansado de mí.

—Nadie se cansaría de alguien como tú, Miranda. Mételo en tu cabeza. Si se cansa de tu vida, no merece estar en ella —dijo muy serio Jeremie.

No respondí. Estaba nerviosa. Realmente nerviosa. Me sentía como una cría evitando hacer contacto visual.

Ellos hablaron de nuevo en silencio y yo intenté descifrar qué pasaba.

—Estoy de acuerdo con eso, Jeremie —apuntilló Anne—. Además, eres muy atractiva, Miranda. Me da pena que alguien como tu marido no lo sepa ver. Cuando un hombre tiene una aventura, no es porque su matrimonio esté hundido o porque busque algo fuera que no consigue dentro. Eso lo dicen para cargar la culpa del engaño en la otra parte. Cuando un hombre tiene una aventura, es para esconder su propia impotencia con alguien de usar y tirar. Saben que cuanto más tiempo pasen con una persona, más posibilidades hay de que descubra lo miserables que son. Por eso reniegan de sus esposas. No porque sus mujeres ya no les atraigan, sino porque no son capaces de soportar una simple verdad: que la vergüenza de no estar a la altura es lo que hace que no se les levante.

—Ahora soy yo quien está de acuerdo —dijo Jeremie.

—Bueno, eso lo decís vosotros porque no me conocéis...

—Miranda..., llevamos bastante tiempo pensando en cómo recuperar la película... No me da vergüenza admitir que últimamente os hemos estado vigilando a tu marido y a ti, ¿sabes? Te conozco lo suficiente como para saber que eres buena persona —aseveró Anne.

Aquello podría haberme hecho sentir incómoda, pero no fue así. Ellos lo decían con tal franqueza, como si de verdad no tuviese importancia y lo hiciesen con un objetivo noble, que incluso llegué a sentirme halagada.

—Tu marido—dijo Anne—, su ayudante, Mandy, y tú sois las únicas personas que estáis muy cerca de Black y que, por tanto, podríais recuperar la copia de la película. En ti podemos confiar; Mandy parece buena persona, pero lleva tantos años con Black que creo que no sería capaz de traicionarle; y tu marido..., bueno..., ¿se lo cuentas tú? —pidió a Jeremie.

—Tu marido no parece un buen tío. No sé cuántas veces lo hemos visto últimamente en el Roger's del centro con esa tal..., ¿cómo se llama esa chica? ¿Jennifer? Sí. Eso es.

La infidelidad de mi marido acababa de adquirir nombre: Jennifer. Intenté recordar alguna conversación en la que hubiese salido ese nombre, algún guion que tuviese algún personaje llamado así. Nada. Esa tal Jennifer había sido un fantasma en mi vida, sin ser vista ni oída. Casi como si en realidad no existiese.

—Tu marido no te merece, Miranda.

—¿Muchas veces? —pregunté, enfadada.

—Cada semana de los últimos meses. En el lavabo del Roger's, o en el coche, o en un callejón oscuro que hay al lado.

Aquella respuesta me superó.

—Por favor, Miranda, ayúdanos a recuperar la película.

Tenía el corazón a mil. Tenía el pecho lanzándome redobles, pidiéndome a gritos una venganza por el daño de tantos años. Lo de esa tal Jennifer había sido una gota de tinta negra húmeda caída sobre el folio. No se podía pasar la mano por encima para limpiarla y que no acabase por mancharlo todo.

—¿Qué piensas hacer? —preguntó Jeremie, esperando a que tomase una decisión.

Las rodillas de Anne chocaban con las mías, y me di cuenta de que Jeremie no me había soltado el brazo desde que me agarró para que no me fuese. Necesitaba hacer algo. Necesitaba explotar de una vez por todas. Hacer que las mariposas que recorrían todo mi cuerpo volasen en todas direcciones por una vez. Había vivido toda la vida atrapada en la tristeza, contenida, esperando comportarme bien, hablando en susurros o dejando que otros tomasen las decisiones por mí y, entonces, ocurrió.

La chispa.

El fuego.

Todo ardía en mi interior.

Sin pensarlo mucho más, me lancé a hacer algo que nunca creí que sería capaz. Me incorporé sobre el sofá, alargué mi brazo hacia Anne y le acaricié el pelo. Anne se extrañó en un principio, pero pronto suspiró. Tiré de ella y la besé. La besé y me devolvió el beso. Y lo hizo una vez más. Y yo se lo devolví y ella lo hizo de nuevo. Los labios suaves, el nudo en la garganta, las mariposas volando y mi cuerpo ardiendo en todas direcciones.

Y pasó lo que deseaba mi alma.

Jeremie apretó con su mano mi brazo y tiró de mí. Anne suspiró porque me separé de sus labios y yo suspiré porque necesitaba otros junto a los míos. Y lo besé a él también, y todo, tras un instante, se fundió a blanco.

## Capítulo 47
## Ryan
# Derrotado

*27 de septiembre de 2015*
*Tres días desaparecida*

Pasé la noche en el calabozo de la comisaría sin pegar ojo. No podía creer cómo todo se había ido precipitando hasta el punto de acabar allí, acusado del asesinato de Jennifer Straus y de la desaparición de mi mujer.

Me acordé de Black y, por un segundo, me lo imaginé en la misma situación que yo, tal vez en otra de las celdas de la misma comisaría en la que yo estaba, o quizá prestando declaración en la sala de al lado. Una leyenda juzgada, vilipendiada a pesar de su talento. Me imaginé cómo se tomaría el mundo entero que una de las mejores películas de la historia tuviese un pasado tan turbio. Si era verdad, ¿acaso podría volver a ver alguien aquella película sin sentir asco por lo que estaba viendo? James Black seguía siendo mi amigo, pero, en el fondo, no me sentía capaz de seguir alabando su trabajo.

Ya por la mañana, la inspectora Sallinger y el inspector Sachs me llevaron de vuelta a la sala de interrogatorios para intentar explicar una vez más lo que había hecho el día antes de desaparecer Miranda.

—Señor Huff, ¿está usted diciéndome que la única persona que puede corroborar su coartada es su mujer? —incidió la inspectora Sallinger.

Asentí, derrotado.

—Cuénteme de nuevo qué hizo el jueves por la noche.

—¿Otra vez? Ya le he dicho que estuve en casa. Es más. Miranda y yo estábamos bien. Llevábamos días sin discutir. Hicimos el amor esa noche y también por la mañana antes de que se fuese.

—¿Y cómo explica que su teléfono lo ubique en Hidden Springs? —preguntó el inspector Sachs.

—¿Cómo puedo saberlo?

—¿Sabe quién estaba también en esa zona el jueves a la misma hora que usted?

—Ya les he dicho que estuve en casa. Esto es ridículo.

—Jennifer Straus. Las conexiones de su móvil también la ubican allí. ¿Nos lo quiere contar de una vez? —espetó ya realmente enfadado el inspector.

Tenía ganas de llorar de impotencia.

—Tendrá que esforzarse algo más con el gran jurado, ¿sabe? La prensa de ahí fuera lo va a poner todo en su contra. Lo van a aplastar. Pero ¿sabe qué? Quizá se lo merece —me soltó sin mucha piedad la inspectora.

—No he tocado a esa mujer.

—Señor Huff..., tenemos las grabaciones del Roger's. Tenemos varias cintas que lo ven con Jennifer. No nos mienta en nuestra cara. Es mucho peor —insistió el inspector Sachs.

—¿Sabe lo que creo? —interrumpió la inspectora—. A ver. Usted tiene problemas con su mujer. Y conoce en un bar a esa tal Jennifer. Comienza a tener una relación con ella y, como ocurre muchas veces con las relaciones a tres, Jennifer le exige que deje a su esposa. Usted se niega, puesto que no puede permitirse un divorcio (hemos comprobado que su situación económica no es la mejor), y, temiendo que lo acabe contando y que en el posible divorcio su mujer demuestre sus infidelidades y le haga perder lo poco que le queda, alquila la cabaña en la que asesina a Jennifer. Al día siguiente, su mujer descubre lo que ha hecho y, para evitar que lo incrimine, la asesina en algún lugar de Hidden Springs y esconde el cadáver. Poco después, denuncia su desaparición y reza porque nadie sepa de su relación con Jennifer. Pero las cámaras..., nadie escapa hoy en día de ellas, ¿sabe? Están por todas partes.

Me llevé las manos a la cabeza. Aquella explicación encajaba con las pruebas, pero no era la verdad. Corroboraba todo lo que había sobre la mesa, mi ubicación compartida con Jennifer, mis continuos encuentros con ella grabados en vídeo, la reserva de la cabaña hecha a mi nombre y mi ADN en el cuerpo de Jennifer.

—¿Creen que haría todo eso por ahorrarme un divorcio?

—Si supiese la de cosas que hemos visto por aquí, no haría esa pregunta. La gente mata por cualquier motivo, ¿sabe? —explicó la inspectora.

—Dígame, señor Huff. ¿Va a alargarnos el proceso con explicaciones inverosímiles o va a confesar lo que hizo? —me interrogó, ya cansado, el inspector Sachs.

—¿Cómo? Ni hablar. No he hecho nada, por el amor de Dios.

De pronto, un jaleo se formó en el exterior de la sala, y me imaginé de nuevo a Zack viniendo a partirme la cara.

—¿Qué pasa? —dijo la inspectora, dirigiéndose hacia la puerta.

Otro policía abrió antes de que ella pudiese agarrar el pomo y se asomó, dejando ver uno de los lados de su cabeza.

—¿Inspectora Sallinger? ¿Era usted quien estaba con lo de Miranda Huff?

—Sí, ¿por?

—Tiene que venir.

—¿Es importante?

—Mucho, inspectora.

El policía desvió su mirada hacia mí, con cara preocupada y volvió con rapidez la vista hacia la inspectora, como si me quisiese ocultar algo.

—¡¿Qué pasa?! —grité—. ¡¿Qué ha pasado?!

—¿Es el marido? —dijo, como si yo no estuviese allí. La inspectora asintió, esperando que continuase—. Quizá sería bueno que él también..., bueno. No sé. Usted lo decide.

—¿Qué diablos pasa? —chillé.

El policía abrió la puerta del todo y dejó ver junto a él, llena de magulladuras y con el pelo y la cara manchados de restos de tierra, a Miranda, temblando y con expresión de terror.

—¿Miranda? —grité, levantándome con fuerza a pesar de las esposas.

Una parte de mí quería seguir creyendo que no había pasado nada, que lo explicaría todo y que me permitiría salir de allí, que aclararía el malentendido. Todo se había acabado al fin. Pero en cuanto me vio al otro lado de la mesa, mirándola y pidiéndole ayuda con los ojos, pegó un chillido desgarrador.

## Capítulo 48
## James Black
# El abismo

*1976*

Paula fue quien condujo todo el camino hasta Hidden Springs. Al principio, la sinuosa carretera giraba una y otra vez a un lado y al otro, incluso dentro de la ciudad, aunque tuviese unos confortables y cómodos dos carriles para cada sentido, y estuviese rodeada de escasa vegetación, como era común en aquella zona de Los Ángeles; pero pronto, al salir de la ciudad, la carretera eliminaba un carril de cada uno de sus lados, y se sumergía en una espesa vegetación de montaña. James aprovechó parte del trayecto para rodar, desde el asiento del copiloto, planos de Paula conduciendo.

—Joder. ¿Hace falta ir tan lejos? Esta carretera me está mareando —protestó Jeff.

—No tenemos permiso para hacer caer un coche por un barranco. Creo que cuanto más alejados estemos, en una zona un poco más remota, mejor.

Paula siguió conduciendo y, mientras lo hacía, se acordó de Anne, que le había pedido que no llegase demasiado tarde aquel día. Era el último de rodaje. Aún quedaban algunos días para el inicio del curso, y pensó durante el trayecto que tal vez aprovecharía aquellos últimos días para ir a la feria del condado de Los Ángeles, que justo había comenzado unos días antes. La gigantesca noria casi podía verse desde todas partes de la ciudad, y pensó que sería un buen plan para celebrar junto con Anne y el pequeño Jeremie que al fin había acabado con la película y que quizá el trabajo pondría la distancia necesaria entre James y ella.

Comenzaron a cruzar embalses y pantanos, rodeados de abetos y pinos que escoltaban la carretera, y al fin leyeron un cartel junto a la calzada en el que rezaba: «Bienvenido a Hidden Springs».

—Para en ese claro entre los árboles —dijo James—. Creo que ahí delante, al final de ese tramo de carretera, es donde hay un precipicio de casi treinta metros. Lo he mirado en el mapa. Es la caída más alta que hay cerca de Los Ángeles.

Paula detuvo el coche y los tres se bajaron para después caminar a pie hasta el final de la carretera. Por aquella zona no solían pasar vehículos y el único sonido que bailaba entre ellos tres era el de la suave brisa del verano llegando a su fin. Cuando llegaron al borde del precipicio, se quedaron sorprendidos por la altura. Abajo, en la distancia, los enormes pinos solo dejaban ver su copa y, junto a ellos, un pantano reflejaba la luz del atardecer como si fuese un espejo ardiente.

De pronto, James se dirigió a los dos, en tono serio:

—Quiero pediros disculpas por cómo me he comportado estas últimas semanas. Especialmente quiero pedirte disculpas a ti, Paula, por cómo te he tratado estos días. Si estamos haciendo esta película es gracias a ti. No me gustaría terminar esto y que luego cada uno se fuese por su camino como si nunca hubiese sucedido.

—James..., no hace falta...

—Lo sé. Pero quiero hacerlo. Necesito hacerlo. Dejadme añadir una cosa. Cuando terminemos hoy, me apartaré de vuestro camino —continuó James, mirando a Jeff a los ojos—. No creo que alguien como yo esté a la altura de lo que una mujer como Paula se merece. Tú, amigo, en cambio has demostrado que bajo esa capa de frivolidad se esconde un buen tipo. Paula merece alguien como tú, Jeff.

Jeff le dedicó un gesto de complicidad y le sonrió. Luego se acercó a James y le dio un abrazo.

—Gracias, James. Significa mucho para mí. Sabes que he cogido mucho cariño a esos niños y..., y, bueno, a Paula también. Este gesto dice mucho de ti, amigo.

James sonrió y, justo después, los tres volvieron a callarse, contemplando el atardecer reflejándose en el lago que tenían a sus pies. Unos segundos después James interrumpió aquel momento de reencuentro alzando la voz con una sonrisa dibujada en la cara.

—Dejadme cinco minutos para preparar la cámara y terminamos esta película de una vez.

Paula y Jeff aprovecharon que James se había ido al coche para disfrutar de la vista que otorgaban las montañas San Gabriel. Se fijaron en que, a lo lejos, dos águilas volaban, moviendo las alas con majestuosidad, a una altura inferior a la que ellos estaban, y Jeff le susurró algo a Paula al oído que nadie más pudo oír, pero que hizo que ella sonriera. Paula se volvió hacia él y estuvo un momento contemplando a aquel muchacho en el que, por un instante, encontró los ojos de su marido. Se besaron mientras las águilas volaban más bajo que ellos y, en lo que duró aquel beso, Paula pensó que quizá la vida le había dado otra oportunidad.

James llegó con la cámara a cuestas y sentenció:

—¿Lanzamos de una vez ese coche por el precipicio?

—¡Venga! —respondió Jeff.

Según habían planeado, rodarían la escena en dos partes. La primera, con Paula al volante, circulando en dirección a la curva en la que se encontraba el abismo. Era una escena simple, en la que Paula se dirigiría hacia el precipicio y detendría el coche a bastante distancia del borde. En la segunda escena, Jeff se encargaría de poner el vehículo en marcha y se bajaría del coche en movimiento. El embrague de la caja de cambios del Triumph haría avanzar el vehículo inexorablemente hacia la caída, mientras James filmaba todo desde abajo. Comprobó que había un camino de tierra, no muy lejos, que conectaba la zona de la carretera con la orilla del pantano, donde se suponía que caería el vehículo.

El plan era sencillo y se prepararon para la primera de las tomas. James se quedó a un lado de la carretera con Jeff, y pidió a Paula que arrancase el vehículo y condujese hacia la zona en la que tendría que frenar. Era simple. Incidió en que Paula tenía que mantener una expresión seria, puesto que la idea de aquel plano era rodar por última vez su expresión en el interior del vehículo.

—Espera a que te hagamos una señal para arrancar.

Paula asintió y se montó en el vehículo. Sonrió a Jeff, que le devolvió la sonrisa, y observó cómo ellos se marchaban en dirección al abismo.

A lo lejos, James se puso la cámara en el hombro y le hizo un gesto a Jeff para que avisase a Paula. Jeff levantó el brazo y Paula vio la señal. Paula levantó el embrague y pisó el acelerador, girando el volante e incorporó el vehículo a la carretera. Pronto, el pequeño coche cogió velocidad y, desde donde estaban James y Jeff, podían observar cómo cada vez más rápido se iba aproximando hacia ellos. De repente, el silencio que ellos mantenían, mientras observaban el Triumph de Paula acercarse cada vez a mayor velocidad, fue interrumpido por una frase que dijo James, sin tan siquiera desviar la mirada hacia su amigo:

—¿En serio te has creído lo de que os daba mi bendición?

En un primer momento, Jeff no comprendió lo que James había dicho. Lo miró extrañado, mientras James seguía atento al encuadre de la cámara, hasta que de pronto, este desvió la cabeza hacia él, y con una sonrisa en la cara, dijo:

—O es mía o no es de nadie.

La expresión de Jeff cambió de la confusión al terror, y comprendió que algo no iba bien.

—¿Qué has hecho? —vociferó Jeff, asustado.

—Asegurarme de que va a ser una escena realista —respondió James, tranquilo, para luego volver a mirar al frente donde el coche ya se aproximaba a toda velocidad.

Jeff permaneció algunos instantes inmóvil, procesando lo que James acababa de decir. Un escalofrío le recorrió todo el cuerpo al imaginar que James le había hecho algo al vehículo cuando había ido a preparar la cámara. De pronto, Jeff corrió hacia la carretera, intentando hacerle señales a Paula para que frenase. El vehículo se echaba ya encima de él y cuando Paula pisó el freno, asustada, comprobó que el coche no se detenía.

—¡No! —gritó Paula, justo una fracción de segundo antes de arrollar a Jeff con el coche.

El impacto fue tan fuerte que Jeff reventó la luna delantera y salió despedido rodando por la carretera. El Triumph siguió avanzando hacia la curva, a toda velocidad, zigzagueando de un lado a otro, en un intento desesperado de frenar el vehículo, pero cuando Paula sintió un cosquilleo en el estómago comprendió que ya estaba volando hacia el fondo del barranco.

James apagó la cámara y corrió por el camino de tierra que conectaba el lugar desde el que había estado rodando con el fondo del barranco y cuando llegó, se encontró a Paula con los ojos abiertos, con el rostro cubierto de sangre que manaba a borbotones de su frente, mirándolo mientras jadeaba, al mismo tiempo que algunas burbujas de sangre salían de su boca. Al ver aquella imagen, con el vehículo volcado, con las ruedas girando sin freno, y con la sangre por todas partes, permaneció algunos momentos inmóvil, pensando en qué hacer. De pronto, lo vio claro.

Agarró la cámara y, con una ilusión especial por estar ante algo irrepetible, se la echó de nuevo al hombro y comenzó a rodar, sabiendo que aquella sería una de esas imágenes que nunca olvidaría.

## Capítulo 49
## Miranda
## Euforia sin límites

Cuando me desperté unas horas después, estaba tumbada entre los dos, desnuda. Anne estaba somnolienta. Me levanté con cuidado y fui al baño. Al llegar, me giré sorprendida al verme así en el espejo.

Verme desnuda en aquel cuarto de baño de baldosas negras y blancas hizo que me diese cuenta de una cosa: me estaba viendo a mí misma. Por primera vez en años me sentía sexi y viva. Una noche sin Ryan había sido suficiente para despertar en mí a la Miranda que yo quería ser. Ellos dos, sin saberlo tal vez, o sin pretenderlo, me habían despertado. Habían conseguido sacar a flote a la Miranda que se escondía en mi interior. Comencé a analizar todas las posibilidades. A pesar de que una parte de mí seguía teniendo miedo a equivocarse, la otra que acababa de despertar me pedía a gritos seguir sintiendo aquel nudo en el corazón.

Salí del baño y tanto Jeremie como Anne ya estaban despiertos y expectantes por mi presencia. El despertador digital de la mesilla marcaba las cuatro de la mañana y de vez en cuando se colaba la luz de algún vehículo por la ventana. Mi mente de guionista no podía parar de conectar ideas. Ubicaciones, giros, personajes, pasado y presente conectados. Una persona desaparecida, un hombre que me había destrozado la vida, una mujer a la que no le importaba acostarse una y otra vez con alguien casado. De pronto, lo vi claro.

—Vale. Os ayudaré a recuperar la película de Black. Pero será a mi manera.

Ambos asintieron conformes, y durante los siguientes días, estuve planeándolo todo hasta el más mínimo detalle.

Seguí viéndome con ellos por las tardes, tras salir de la oficina, y sustituimos los cafés del Starbucks por horas tumbados en la cama. Estar con ellos dos era especial. Tenían tal complicidad que se movían como si fueran solo uno, y emanaba tal energía de sus cuerpos que me hacían vibrar con solo agarrarme la mano. ¿Era capaz de enamorarme de dos personas a la vez? Jeremie me aportaba una tranquilidad conciliadora; Anne, una energía inquebrantable. En aquellas tardes que pasamos juntos, descubrí muchas cosas de ellos: Jeremie era actor, o al menos intentaba serlo, de ahí sus movimientos suaves, casi controlados, su serenidad y su manera de ser desenfadada. Anne no tenía una profesión estable, saltaba de una cosa a otra, y aprovechaba su mayor tiempo libre para cuidar de Jeff.

Una tarde, incluso, me llevaron a verlo. Jeff vivía en una casita de madera vieja, escondida tras un profundo sendero de Hidden Springs. Desde aquella última vez que yo lo había visto en la universidad, había cambiado a peor. Estaba sentado en un sillón orejero con un estampado horrible, y cuando le sonreí, esperando que tal vez guardase un recuerdo de mí, ni siquiera desvió la mirada hacia donde yo estaba.

—¿Papá? ¿Te acuerdas de Miranda? Creo que... una vez la conociste.

Parecía no estar en su cuerpo, era como si se hubiese caído junto a Paula Hicks por el precipicio. Sus cicatrices estaban más marcadas, sus arrugas más profundas, su mente más ausente.

—Papá..., ella nos va a ayudar a encontrar a nuestra madre —dijo Anne, para después acercarse y acariciarle el pelo—. No es justo, ¿sabes? Alguien como Black disfrutando del éxito, y nuestra madre muerta en algún lugar de esta zona y nuestro padre, la única persona a la que le importamos cuando ella desapareció, sufriendo de esta manera.

Según me contaron, durante años había estado sobreviviendo, vendiendo piezas de coches que recuperaba del desguace del pueblo. Su aspecto, con las cicatrices y con la mirada perdida, me resultaban muy perturbadores, pero justo antes de marcharnos de nuevo de vuelta a Los Ángeles, giró su cabeza hacia mí y me susurró:

—Gra..., gracias.

Una vez que supe más de ellos, y de todo lo que había pasado, estructuré mi mejor guion.

En primer lugar robaría a James Black la copia de la película que, según ellos, debía de estar en su archivo personal, en el sótano de su casa. Así fue. No me resultó difícil, en una de las muchas visitas que le hacíamos, escabullirme al sótano con alguna excusa sin importancia (apenas me prestaban atención) y coger las bobinas para esconderlas en nuestro coche, para después seguir cenando como si nada hubiese pasado.

Luego, pensé en la mejor manera de que se reactivase el caso de Paula Hicks. Su cadáver debía seguir estando en la zona, a pesar de haber transcurrido más de treinta años. Al menos su coche, que nunca apareció. Si yo desaparecía en Hidden Springs, donde se supone que todo debía de haber pasado, una búsqueda a fondo de la zona permitiría, tal vez, encontrar el coche de Paula, si es que seguía estando allí. No pretendía que fuese a hallarse nunca el cadáver, pero, tal vez, mi desaparición haría revisar de nuevo los casos antiguos para comprobar qué diablos ocurría en aquel pueblo que parecía estar maldito. Si daban con algún indicio del coche, el caso se reactivaría y una vez que se filtrase a la prensa la película de Black, donde aparecía Paula Hicks, al fin pagaría por el daño que hizo entonces a Jeff, a Paula y a los hermanos Morgan.

A la vez, quería librarme de Ryan y devolverle una parte de todo el daño que había conseguido hacerme, así que planeé mi desaparición de la siguiente manera: alquilamos un estudio en la zona norte, que sirviese como consulta de nuestro nuevo consejero matrimonial. Necesitábamos un consejero, eso era obvio, y solo me bastó una nueva pelea, la de una noche que volvió borracho y apestando a alcohol para proponerle que necesitábamos ir a uno. Allí es donde Jeremie se haría pasar por un asesor matrimonial. Él le propondría el fin de semana en la cabaña en Hidden Springs, donde yo desaparecería en extrañas circunstancias y probablemente él se convertiría en el principal sospechoso. Pero lo que nunca pensé que pasaría fue lo que ocurrió finalmente.

Cuando les conté el plan a Jeremie y Anne, estos se pusieron eufóricos, y esa euforia, esa emoción sin límites, fue lo que hizo que todo se descontrolase.

# Capítulo 50
## Ryan
## Mirada salvaje

*27 de septiembre de 2015*
*Tres días desaparecida*

Justo en el instante en que gritó, Miranda firmó mi sentencia de culpabilidad.

—No, no..., con él no..., por favor... —dijo entre sollozos.

—¿Qué estás diciendo, Miranda? Soy yo..., Ryan.

La inspectora Sallinger me miró y, por primera vez, me gritó:

—¡Siéntese ahí!

—Pero... ¡Miranda! —grité—. Diles que esto no es más que un malentendido. Que no te he hecho nada. Por el amor de Dios. Yo..., yo nunca le pondría un dedo encima.

—Por favor..., deténganlo..., ¡deténganlo!

—Respire hondo, señora Huff —dijo el inspector Sachs, tratando de reconducir la situación.

Las magulladuras de Miranda se extendían por brazos y piernas, la tierra negra le cubría los antebrazos y parte del pelo y la cara. Aquella imagen de Miranda me dejó helado. No podía imaginar qué podría haber sucedido desde que desapareció tres días antes.

—¿Qué te ha pasado? ¿Dónde has estado?

—Señora Huff... —interrumpió la inspectora con tono serio—. Necesito que nos responda a una única pregunta.

Miranda asintió, en una especie de gesto asustado. Parecía inquieta y cuando miré a sus pies, me di cuenta de que estaba descalza.

—¿Ha tenido algo que ver su marido en su desaparición?

Volvió a asentir, sin levantar la vista. La inspectora y el inspector Sachs se miraron durante un instante, como si estuviesen confirmando su propia teoría, y acto seguido Miranda lanzó la frase que me inculpaba totalmente.

—Ryan..., Ryan mató a una chica en la cabaña e..., e intentó hacer lo mismo conmigo.

—Pero Miranda..., ¿qué estás diciendo? —dije, mirándola a los ojos.

—Hui por el bosque y..., y no consiguió atraparme. Me llevó a aquella cabaña para hacerme lo mismo que había hecho con la otra chica, pero..., pero conseguí que no me encontrase. He estado tres días vagando por el bosque.

Aquella explicación bastó para mi encarcelamiento. Con ella, tan solo con ella y con un puñado de pruebas circunstanciales, la inspectora me acusó del asesinato de Jennifer Straus y del intento de homicidio de mi mujer. Era un capullo, un mal marido y un despreciable compañero de vida, pero no un asesino. La inspectora me puso las esposas y ordenó mi traslado de nuevo al calabozo, mientras el inspector Sachs se llevaba a Miranda a otra zona de la comisaría.

—¡No! ¡Eso no es verdad! ¡No, no! —grité, una y otra vez, mientras dos policías me arrastraban en volandas—. Miranda, por favor. ¡Miranda!, tienes que decirles la verdad..., yo no..., yo no he hecho nada. Lo de la cabaña fue cosa tuya y..., y tú no estabas..., y luego el mensaje...

Comencé a quedarme sin fuerzas. Me estaba mareando. Aquello me superaba. La declaración de Miranda daba validez a las pruebas que tenían y un gran jurado podría acabar dictando la peor sentencia. Me imaginé en el corredor de la muerte por algo que no había cometido, por algo que nunca se me había pasado por la cabeza. Y, entonces, sucedió.

Miranda, a quien ya habían llevado hasta el otro lado de la comisaría, arropada por dos policías mientras esperaba para contar los detalles de su declaración, levantó, durante una fracción de segundo, la vista hacia mí con una extraña sonrisa y con sus ojos de animal. No fue una mirada indiferente como la que me lanzó la última vez al despedirse de mí en casa, sino una mirada salvaje, llena de rabia.

—¡Está mintiendo! —grité—. ¡Es una trampa! ¡Está mintiendo! ¡Ella lo ha preparado todo! ¡Soy inocente! —chillé con desesperación, hasta quedarme sin energía.

Forcejeé con los policías, que me apretaron los brazos con fuerza, y con quienes intercambié un par de golpes en las costillas, hasta que caí al suelo, derrotado. Me levantaron de un tirón y, a pesar del escaso tiempo que había pasado entre un instante y otro, volví a buscar con la mirada a Miranda, pero cuando miré de nuevo sus ojos, me di cuenta de que ya no estaba en ellos.

# Capítulo 51
## Miranda
## La noche antes de la desaparición

Ryan había bebido bastante una vez más, pero aquella vez fue porque yo le insistí mientras cenábamos y veíamos recostados en el sofá una serie en *streaming*. Cada vez que veía que el whisky de su vaso de cristal se esfumaba, me levantaba y lo rellenaba. Sabía que un Ryan borracho era un peligro incontrolable, pero necesitaba apostarlo todo aquel día. Pronto, comenzó su flirteo, torpe y maloliente, y me intentó robar besos que me dieron ganas de vomitar.

—¿Acaso no puedo acostarme con mi mujer un jueves por la noche? —dijo.

Yo lo evitaba, le agarraba las manos y, como pude, alargué los flirteos lo máximo posible, esperando que el alcohol lo durmiese sobre nuestra cama. Gracias a

Dios, lo único que consiguió de mí aquella noche no fue más que largas y constantes esperas cuando yo me marchaba al baño a ponerme cómoda o a la cocina a beber agua. Pronto se cansó y se durmió.

Jeremie insistió en que necesitábamos vernos esa misma noche, una vez que Ryan se durmiese, para revisar el plan que teníamos para el día siguiente. Nada más dormirse, me vestí con rapidez. Apagué las luces de la casa y, como me había pedido Jeremie, cogí el móvil de Ryan y me lo llevé conmigo. Miré por la ventana y comprobé que un vehículo esperaba al otro lado de la calle, con los faros encendidos. Salí por la puerta principal y corrí lo más rápido que pude hacia el coche, deseando que nadie me hubiese visto. Cuando llegué al vehículo y me monté, noté a Jeremie algo nervioso.

—¿De verdad teníamos que vernos hoy? ¿Era necesario? —dije.

—Créeme que sí.

Anne, que estaba sentada delante en el asiento del copiloto, preguntó:

—¿Has cogido el teléfono de Ryan?

—Sí. ¿Para qué es? Decidme que vamos a repasar rápido lo que vamos a hacer y vuelvo a casa.

—Miranda..., tengo una sorpresa —dijo Anne, algo eufórica.

—¿Qué sorpresa? —pregunté.

—Mejor que la veas en la cabaña.

—¿Tenemos que ir a Hidden Springs ahora? Está lejos. No puedo volver tarde y que Ryan se despierte. No la caguemos ahora. Ya conseguí la película de Black.

—Sí, lo sé. Y yo ya estoy haciendo las copias para la prensa —dijo Jeremie—. Todo va bien..., pero...

—¿De verdad tenemos que ir ahora?

—... pero queríamos darte un regalo por todo lo que has hecho por nosotros, Miranda.

Suspiré. Anne también estaba nerviosa, lo notaba por cómo hablaba, y supuse que les hacía especial ilusión entregármelo antes de que cayese sobre nosotros la tensión de mi desaparición.

—Está bien. Pero, por favor..., rápido. No fallemos.

Jeremie hizo rugir el motor de su vehículo y lo puso en marcha en dirección a Hidden Springs. Las líneas blancas de la carretera eran engullidas, una a una, bajo el coche. Los faros iluminaban esporádicamente los ojos de algún lobo perdido por las montañas San Gabriel y cuanto más cerca estábamos de Hidden Springs, más alterados sentía a los dos hermanos. Cuando por fin llegamos, Jeremie fue el primero en bajarse. Hacía fresco, no me había vestido para estar de noche en mitad del campo. Anne salió del vehículo y lo primero que hizo fue frotar sus manos con mis brazos.

—¿Mejor así? —susurró. La verdad, era reconfortante sentirse querida por una vez.

La cabaña mantenía las luces apagadas, pero los faros del coche de Jeremie iluminaban la fachada, mostrándome, por primera vez, el lugar del que se suponía que desaparecería. En las fotos que había visto *online* en la web de alquiler, parecía mucho más tenebrosa. Pero no era más que una casita bastante encantadora de madera, rodeada de árboles. El número once estaba sobre la puerta. Era esa, sin duda.

—¿Dónde está el regalo? —inquirí, con una mezcla de emociones a caballo entre la ilusión y el nerviosismo.

—¿Se lo das tú o se lo doy yo? —dijo Anne, dirigiéndose a su hermano.

—Que lo coja ella mejor, ¿no? —respondió Jeremie, con una sonrisa.

—¿Está dentro?—. Señalé hacia el interior de la cabaña.

Quizá ya habían puesto mi sorpresa allí dentro. Yo no esperaba nada en realidad. Yo era una mujer de gustos realmente sencillos.

—Está en el maletero.

—¿Lo habéis traído con nosotros aquí? Podríais habérmelo dado en casa.

—Ábrelo. Te gustará —sentenció Jeremie.

Caminé hacia el vehículo, y sentí cómo detrás de mí, Jeremie y Anne se acercaban el uno al otro.

—¿Qué es?

Cuando abrí el maletero, el corazón me estalló en todas direcciones: una chica, de unos veintipocos años, estaba inconsciente y maniatada con cinta americana dentro del vehículo. El pánico, el miedo y el terror me invadieron a la vez y un horrible temor angustioso por haberme equivocado me golpeó las entrañas.

—¿Estáis locos? ¿Qué diablos habéis hecho? —grité.

—Es..., es un regalo.

—¿Un regalo? Pero ¿en qué estáis pensando?

—Te prometimos que si nos ayudabas, te ayudaríamos, ¿no?

Me llevé las manos a la cabeza. Habíamos planeado todo al milímetro, mi huida perfecta, y aquello era lo peor que le podía pasar al plan.

Al día siguiente llegaría a la cabaña antes que Ryan, dejando evidencias claras de que había estado allí, abandonando mi coche y, una vez que lo viese llegar, le enviaría un mensaje para dejar constancia en las torres de comunicación de que yo había estado en la zona. Una vez hecho eso, llamaría a Anne a una cabina telefónica en una gasolinera de la zona (que ya habíamos comprobado que no tenía cámaras), para que estuviese esperándome en un sendero en el bosque, cerca de la cabaña. Desde allí, caminaríamos unos dos kilómetros hasta la casa de Jeff por la noche. La investigación arrancaría, y a Ryan, a pesar de no haber ningún cadáver, lo condenarían por el asesinato de su mujer, y la búsqueda permitiría batir la zona para, quizá, encontrar el coche de Paula y reabrir su caso antes de enviar la película a todos los medios de comunicación que pudiésemos.

—Jeremie, dime que esto es solo una broma —supliqué—. ¿Por qué habéis hecho algo así?

—No es una broma, Miranda. El plan..., el plan tiene un fallo que no podemos tolerar, Miranda. No podemos hacer eso.

—¿Qué fallo? ¿De qué estás hablando?

—Cuando desaparezcas, tendrás que vivir escondida para siempre. Nadie te podrá ver nunca. Tendrás que ser una persona desaparecida, cambiar de nombre, de estado y de aspecto físico. Si en algún momento aparecieses con vida, Ryan sería absuelto. Necesitamos algo más, Miranda. No sería justo que tú tuvieses que ser la víctima en esto.

—Pero...

—Sabes que tenemos razón —sentenció Anne.

Comenzaron a temblarme las manos. En el fondo sabía que decían la verdad, pero me negaba a aceptar que no hubiese previsto aquello.

—¿Quién es? No podemos..., no...

—La chica con la que se ve Ryan en el Roger's.

—¿En serio? —pregunté.

No me afectó verla. Su existencia me era indiferente. Anne asintió, para luego continuar:

—Si ella desaparece, no hace falta que tú lo hagas.

Comencé a pensar con rapidez. Mi mente barajó todas las posibilidades, buscando resquicios en la historia, analizando todos los escenarios y tramas, como si de un guion se tratase, y pronto comprendí, con tristeza, que también Anne se equivocaba. Aquello no era suficiente en realidad. No lo era. Comencé a llorar y me mordí el puño intentando controlar el chillido que estaba a punto dar. Lamenté no haberme esforzado más con el plan inicial, por no haberlo llevado hasta las últimas consecuencias. Ryan me había achacado muchas veces mi poca implicación en mis guiones, diciéndome que tenía buenas ideas iniciales, pero que no me sumergía en ellas con la verdadera profundidad que requerían. Quizá eso fue lo único sincero que dijo de mí en todos nuestros años juntos. Fue en ese instante en el que comprendí a qué se refería.

—Yo tengo que desaparecer y ella tiene que morir —susurré.

Anne y Jeremie se miraron y, en silencio, se acercaron a mí y me miraron a escasos centímetros:

—¿Estás segura?

Lo estaba. Por una vez en mi vida estaba segura de algo. Si solo desaparecía ella, difícilmente la relacionarían con Ryan. A pesar de tener su móvil allí con nosotros, aquello solo era circunstancial. Necesitaba que le hiciesen pruebas de ADN a Ryan, que lo tuviesen en el punto de mira por cualquier otro motivo para que pudiesen vincularlo a ella, y ese motivo debía ser mi desaparición.

—Segurísima —respondí.

Si muere, tienen un crimen con el que incriminar a Ryan. Si solo desaparece, estaríamos en la misma situación. Mi desaparición era necesaria para incriminar a Ryan, su muerte lo era para condenarlo.

Sentí cómo un escalofrío me recorrió el corazón.

Al llegar a casa, después de las horas más intensas de mi vida, me metí corriendo en la ducha antes de que Ryan se despertase. Me froté con intensidad las manos, el pelo y el cuerpo lleno de sangre.

El agua fluía, tintada en rojo, por el sumidero de la ducha, al mismo tiempo que yo jadeaba nerviosa por lo que había hecho. Quería limpiar mi cuerpo, que no quedase ni rastro de ella, antes de que Ryan se despertase. La noche había sido la peor de mi vida, con diferencia, pero necesitaba concentrarme en seguir el plan, aunque hubiese habido cambios de última hora. Estaba segura. Nada podía fallar. Ryan estaba a punto de pagar por destrozarme la vida y el imperio de Black a punto de caer por destrozar la de los hermanos Morgan.

De pronto, sentí los pasos de Ryan descalzos sobre el suelo del baño, y me quedé inmóvil, pensando en cómo escapar de aquello. No había tenido tiempo de limpiarme completamente y, si descubría la sangre, si se fijaba en que aún tenía manchas secas en los antebrazos, estaba perdida; el plan perfecto se esfumaría en un segundo. El agua seguía precipitándose sobre mis pies teñida de rojo y, sin pensarlo mucho más, decidí lanzarme al vacío sin paracaídas, esperando que la mente simple de Ryan, esa que solo se fijaba en una única cosa, le impidiese intuir lo que había ocurrido. Me incliné hacia un lado y asomé la cabeza por la cortina:

—¿Vienes? —dije, mirándolo expectante.

—Claro —respondió—. Cómo decirte que no.

## Capítulo 52
# Cine y muerte

*Unos meses después*
*Prisión Estatal de California, Los Ángeles*

Era la primera vez que nos veíamos en la prisión. Desde nuestra detención y encarcelamiento preventivo, no habíamos podido comunicarnos. No se habían permitido las visitas, y el contacto entre nosotros había estado prohibido, puesto que nuestros juicios aún estaban en marcha y nuestras historias conectadas. Los dos éramos residentes de aquella cárcel, pero nos habían separado tanto que nunca coincidíamos en los paseos por el patio. Mi abogado me pasaba algún mensaje escueto, resumiéndome la situación fuera, pero no me contaba nada de lo que ocurría con Black. Lo único que me dijo es que Black tenía, palabras textuales, la mierda hasta el cuello. Según me contó, el estado de California no disponía de un plazo de prescripción de los delitos de asesinato, así que, a pesar de haber ocurrido en verano de 1976, a escasos meses de que se cumpliesen cuarenta años de la muerte de Paula Hicks, afrontaría un juicio por asesinato y una potencial condena a muerte o a cadena perpetua. Se encontraba, de un modo u otro, en mi misma situación.

Al fin, el director de la prisión había admitido aquel encuentro bajo sus condiciones: tendríamos que estar separados por un cristal, y la conversación podría ser grabada. Nos comunicaríamos por teléfono, aunque estuviésemos a unos centímetros el uno del otro.

Cuando llegué, lo vi sentado, tranquilo, y en cuanto levantó la vista, James Black me saludó con una sonrisa. Vestía el mismo mono marrón que yo y, a pesar de todo, parecía que se encontraba mejor, que estaba recuperado, no como la última vez que lo vi. Agarró el auricular, feliz, y yo hice lo mismo, inseguro. Podríamos habernos saludado y preguntado que qué tal todo, pero él tan solo dijo:

—¿Te has enterado que van a hacer un *remake* de *Trainspotting*?

Sonreí. No había cambiado lo más mínimo, a pesar de donde nos encontrábamos.

—Ojalá estuviese Cariño por aquí —respondí—. Seguro que echas de menos los filetes del Steaks.

—No le deseo esto. Ella se merece algo mejor. Y, bueno, la comida no es tan mala como me la imaginaba. —Se detuvo un segundo—. ¿Sabes algo de Miranda?

Negué con la cabeza.

—Bueno, sabes lo que siempre he pensado de ella, que es una mujer perfecta. Y tú..., bueno, tú eres Ryan Huff. Demasiado que habéis estado juntos.

Asentí, en parte algo molesto, para luego lanzarle la pregunta para la que necesitaba una respuesta. Tenía la sensación de estar perdiendo el tiempo con él, así que fui al grano.

—¿Por qué nunca me contaste la verdad sobre *La gran vida de ayer*?

Llevaba meses pensando una y otra vez en aquello, justo desde el instante en que había visto la proyección en la consulta falsa del doctor Morgan.

—¿Habría cambiado algo?

—Tal vez nos hubiésemos alejado de ti, James. Tal vez todo se hubiese arreglado distanciándome un poco, y acercándome más a mi mujer.

—Puede que tengas razón —dijo, finalmente.

—Y... —Quería decirlo. Necesitaba decirlo—. Tal vez nada de esto hubiese pasado si no hubieses provocado la muerte de Paula Hicks para tu película.

—Así que es eso. Me culpas a mí de que Miranda no fuese feliz a tu lado.

—Quiero decir... que si Miranda no se hubiese empeñado en destapar lo que ocurrió con Paula, tal vez todo hubiese seguido como siempre.

—¿Sabes, Ryan? En realidad, todo esto tenía que pasar. Mi historia con el cine siempre ha estado ligada a la muerte. Eso es inalterable. Yo empecé en el cine por la muerte y, ahora que es el fin, termino también con ella. Es lo más justo, ¿no crees? Un inicio y un final conectados, como en *La gran vida de ayer*.

—¿A qué te refieres?

—¿Sabes por qué quise ser director, Ryan? ¿Alguna vez te lo he contado?

—Nunca has hablado de tu pasado. En realidad, ahora que lo pienso, tengo la sensación de que nunca llegué a conocerte del todo.

—Esto viene de mucho antes de conocernos. Nadie sabe esta historia. Pero creo, ahora que todo acaba, que es bueno que sepas por qué actué así con Paula. Por qué la dejé morir delante de la cámara.

Me aterrorizó escucharlo tan tranquilo. Pareció recordar una imagen y, dejando la vista perdida, comenzó a hablar como si estuviese en paz.

—Mi amor por las imágenes —continuó—, por el cine, viene de cuando era niño. Tendría ocho o nueve años. Por entonces, salía con varios chicos del barrio a matar el tiempo: patear latas, tirar piedras contra algún árbol o buscar algún cadáver de animal en la orilla del Otter Creek, el río que recorre el oeste de Rutland, la ciudad en la que crecí. En invierno, cuando el río se congelaba, cambiaba el tiempo que tenía que emplear en hacer los deberes del colegio por salir con los chicos del barrio y tirar piedras al río para ver quién rompía la fina capa de hielo que lo cubría. Uno de esos días, salí de casa por la puerta de atrás, como siempre hacía tras las clases mientras mi padre entraba por la delantera después del trabajo, y me estaban esperando Dan Trevino, Tim Bush y Martin Scott con las bicicletas, mi pandilla de amigos del colegio. Aquella imagen siempre me acompañará, Ryan. Nunca ha dejado de estar conmigo. Lo recuerdo como si fuese ayer:

»—Ya se ha congelado —me gritó Dan.

»—¿Ya? ¿No es muy pronto? —respondí.

»—Llevo casi un año esperando mi revancha —dijo—. Esta mañana he pasado con mis padres de camino al colegio por allí y estaba congelado.

»—Yo siempre gano —añadió Tim—. He traído una revista de mi hermano. Quien consiga ganarme esta vez, se la queda hasta que gane otro.

»—Yo no la quiero —dijo Martin, molesto—. La última vez que tuve una de esas revistas mis padres me castigaron un mes.

»—Solo a ti se te ocurriría ver la revista sin cerrar la puerta del cuarto.

»—No tengo puerta en mi dormitorio. Mis padres las quitaron cuando pillaron a mi hermana con Zack.

»—Tu hermana sí que es una mujer. ¿Crees que saldrá algún día en una de las revistas del hermano de Tim?

»—¡Dejad a mi hermana en paz!

»Mientras escuchaba a mis amigos discutir, agarré mi bicicleta que estaba apoyada sobre la madera blanca de casa, y pedaleé hacia ellos. Dan arrancó el primero y lo seguimos por el camino de tierra en dirección a Otter Creek. Llegamos al puente de madera que lo cruzaba y aparcamos las bicicletas a un lado, justo en el instante en que una ranchera destartalada tocó el claxon para advertirnos de que nos apartásemos del camino.

»Tim abrió su mochila y sacó un ejemplar de la revista *Men Only,* cuya portada consistía en un dibujo hecho en acuarela de una mujer con el pecho descubierto. Recuerdo aquella portada. Sigo teniendo esa revista en casa, plastificada.

»—¡Ostras, ostras! —chilló Dan—. Se le ven las tetas.

»—¿Cómo consigue tu hermano estas cosas? —pregunté.

»—Las pide por correo. No se pueden comprar casi en ningún lado.

»—Esta vez será mía —aseveró Dan.

»Se alejó caminando hacia la entrada del puente y trajo en su camiseta, que usó a modo de bolsa de transporte, varias piedras redondas de distintos tamaños. Cuando volvió, permitió que cada uno escogiese una piedra, y dejó caer el resto sobre los tableros de madera del puente, haciéndolo vibrar bajo nuestros pies.

—James, no sé adónde pretendes llegar con esto —le dije, sacándolo de su historia.

Fue en vano. Pareció no escucharme. Su lucidez me dejó helado. Recordaba los detalles más insignificantes de aquel momento de su infancia, pero era incapaz de llevar un orden lógico de los acontecimientos de los días recientes. Al escucharlo, incluso, dudé sobre su posible demencia senil. Quizá sí que fuese un genio excéntrico.

—Martin —prosiguió Black, mientras yo asentía desde el otro lado del cristal—, que no quería ganar esta vez a pesar de la curiosidad de ver el interior de aquella revista, había cogido la piedra más pequeña de todas, y se dispuso a ser el primero en arrojarla hacia el río congelado. Se aproximó al borde del puente y dejó caer la piedra con suavidad. Todos corrimos para asomarnos a ver si la piedra de Martin había conseguido romper la capa de hielo.

»No lo hizo. Cayó con suavidad, rebotó un par de veces, y se deslizó sobre el hielo hasta detenerse. Martin suspiró aliviado.

»—Dejadme a mí —dijo Tim.

»Agarró una de las piedras que había dejado caer al suelo, y se asomó sobre el puente. Cogió impulso y la tiró con todas sus fuerzas hacia abajo. La piedra de Tim impactó con fuerza contra el suelo, levantando incluso un trozo de hielo y rebotando hasta alejarse hacia la orilla, pero no fue suficiente para romper la capa superior y perderse en el agua.

»Y entonces me lancé yo:

»—Esta vez será mía —dije—. Para romper el hielo no hace falta ser el más fuerte ni tener la piedra más grande. Tan solo hace falta encontrar la parte del hielo más fina.

»Trepé y me puse en pie sobre la barandilla de madera del puente.

»—Pero ¿qué haces, James? Bájate de ahí ahora mismo —me gritó Martin, que vi cómo se tapaba los ojos.

»—Ostras —susurró Dan, con una sonrisa en la cara.

»De todos nosotros, Dan era el que siempre hacía ese tipo de cosas. Era el chico imprevisible, el que siempre acababa metido en líos. Al contrario que Martin, a Dan le daban igual las consecuencias siempre y cuando se hubiese divertido por el camino. Nuestro grupo mantenía un equilibrio perfecto, entre el pedante Tim, el temeroso Martin, el macarra Dan y yo, que era el introvertido. Aquello hizo que Dan se riese a carcajadas.

»—¡Salta, James! —me gritó Dan.

»—¿Qué estás hablando, Dan? Joder, bájate de ahí. Como te caigas no quiero saber nada —chilló Martin—. ¿Se te ha ido la olla o qué?

»Recuerdo cómo ignoré a Martin e hice como si no los escuchara. Me fijé con atención en el río, busqué durante unos instantes y tiré la piedra con más puntería que fuerza. Los demás corrieron al borde para fijarse en el recorrido que hacía la piedra en el aire durante unos segundos, para después, justo al tocar el hielo, ver cómo desaparecía bajo el agua por el agujero que acababa de hacer.

»—¡Lo ha hecho! ¡Ha ganado James! —dijo Martin.

»Me bajé con cuidado de la barandilla, y miré en la dirección en la que estaba Dan. Dan permaneció unos segundos mirando el agujero sobre el hielo que había hecho mi piedra, hasta que dijo:

»—Pero ¡ese agujero es diminuto! No vale.

»—¿Cómo que no vale? La regla es atravesar el hielo y lo he hecho —repliqué.

»—Sí, pero gana el agujero más grande y yo aún no he tirado.

»—¿Desde cuándo?

»—Desde ahora —añadió Dan.

»Tim sonrió, porque sabía que Dan estaba a punto de hacer una de las suyas, y los demás asumimos aquella regla improvisada porque significaba seguir con el juego. Cuando se salía con Dan, sabíamos que podía ocurrir cualquier cosa, como cuando acabamos echando carreras dentro de un bidón de metal cuesta abajo, o cuando Dan consiguió una pistola de perdigones y estuvimos toda la tarde disparando a los cristales de una casa abandonada al final del pueblo.

»De pronto, Dan cogió la bicicleta de Martin y, antes de que pudiésemos hacer nada, la elevó por encima de la barandilla del puente.

»—¿Qué agujero creéis que hará ahora? —nos preguntó Tim.

»—Dan, no tiene gracia —dije, molesto—. Deja la bicicleta.

»—¡Dan! ¡Ni se te ocurra! —chilló Martin, que se acercó a intentar agarrarla.

»—¡Seguro que es gigante! —exclamó Tim.

»Tim se quedó inmóvil, porque era el único que quería ver qué ocurriría si la bicicleta caía al río.

»—¡Dan! ¡Devuélveme la bicicleta!

»Martin forcejeó con Dan y consiguió agarrar el manillar, pero en el último instante, Dan le pegó un empujón con el cuerpo, haciéndolo caer a un lado. Todos nos quedamos en silencio, mirando estupefactos a Dan.

»—Sois todos unos cagados —dijo Dan, justo antes de lanzar la bicicleta por el otro lado de la barandilla.

»Unos instantes después, oímos un estruendo bajo el puente, y corrimos al borde para ver cómo la bicicleta se perdía bajo las aguas heladas del Otter Creek. Para nuestra sorpresa, la bicicleta había caído sobre una capa más gruesa de hielo, justo cerca de la orilla, y Dan dijo indiferente:

»—¡Qué puta mierda!

»—Tío, a veces te pasas —le dije a Dan—. Vamos abajo a recoger la bicicleta.

»—¿Yo? Yo paso. Yo me tengo que ir —respondió, como si la cosa no fuese con él.

»Miré a Tim y vi en sus ojos que también iba a marcharse.

»—¿Tampoco vas a ayudarlo?

»Me miró, dudando, pero pronto agarró su bicicleta y se marchó, siguiendo a Dan, que ya le sacaba un buen trozo.

»Martin y yo bajamos a la orilla del Otter Creek, él completamente decidido a recuperarla. La bicicleta estaba a unos tres metros del borde y la superficie de hielo no parecía muy firme. Martin no dudó y caminó sobre el hielo resbaladizo en dirección a la bicicleta.

»—Ten cuidado, Martin —le dije, desde el borde—. No me parece muy seguro.

»Al llegar a ella, la puso sobre sus dos ruedas y me sonrió. Aquel instante de felicidad no se me borra de la mente.

»—Operación rescate completada —dijo, con una sonrisa de oreja a oreja—. Que le jodan a Dan.

»Y entonces sucedió.

»Un leve crujido sonó bajo sus pies y, en un instante, su cara de felicidad cambió a la de terror. El hielo se rompió bajo sus pies, y desapareció de mi vista, al mismo tiempo que la bicicleta caía en el agujero por el que se había sumergido Martin.

»Y ¿sabes lo que pasó, Ryan? ¿Sabes lo que hice para ayudarlo? —dijo, dirigiéndose a mí de nuevo.

Pareció volver a nuestra conversación con el cristal de por medio.

—No —respondí, afectado por aquella historia.

—No hice nada, Ryan. Absolutamente nada. Me quedé mirando, fascinado, cómo su cuerpo se perdía bajo el hielo y cómo la bicicleta lo seguía.

—¿No lo ayudaste? ¿No intentaste salvarlo? ¿Pedir ayuda?

Negó con la cabeza, serio. Se quitó las gafas y continuó. Pocas veces lo había visto sin ellas.

—En un principio me impresionó ver a Martin desaparecer bajo el agua, pero luego..., luego me quedé mirando, en silencio, un remolino que se formó en el agua. Me fascinó cómo el agua giraba y giraba en el mismo punto por el que había desaparecido mi amigo. Era atrayente. Era cine, Ryan. Aquello era cine. ¿Entiendes? Encontraron su cuerpo al día siguiente, a un kilómetro de Rutland. El agua lo había llevado corriente abajo, bajo el hielo, hasta acabar en un cañaveral.

No supe qué decirle. Estaba en shock escuchándolo hablar de aquello.

—Ese fue el motivo que me hizo dejar morir a Paula. Era cine. Paula era cine. Aquel momento era cine. No podía dejarlo escapar. La vi allí, en el coche, cubierta de sangre y sentí exactamente lo mismo que cuando murió Martin bajo el agua. Sentí... admiración por ese momento. Necesitaba filmarlo y nada más. ¿Sabes qué lamento?

Esperé a que continuase.

—Lamento no haber tenido una cámara a mano para filmar la cara de terror de Martin.

Aquella frase me revolvió el estómago. No podía creer que alguna vez hubiese sido mi amigo.

—¿Siempre has sido un monstruo y no lo he sabido?

—Ryan, por favor. Tú estás por encima de esto. Tú tienes el mismo brillo en los ojos que tengo yo. Por eso hemos sido amigos todos estos años. Tienes esa indiferencia con las historias grotescas que hace que puedas ser alguien en este mundo. Tienes talento, Ryan. Somos iguales. Tú escribiendo, yo tras la cámara. ¿Tu mujer desaparece y qué haces? Nada. Te importa una mierda, siempre y cuando no te salpique demasiado. Eres igual que yo, Ryan. Piensas, al fin y al cabo, igual que yo: el arte está por encima de la muerte.

Me tembló el pulso y dejé caer el teléfono que nos comunicaba. No supe qué responder. Miré hacia atrás, y vi al celador haciendo gestos con la mano, avisándome de que la conversación tenía que terminar pronto. Me levanté evitando los ojos de Black y me dirigí hacia la puerta, sin poder evitar emocionarme. Estaba desolado.

Volví la vista hacia James, sabía que aquella sería la última vez que lo vería, no podía estar cerca de alguien como él y, para mi sorpresa, su mente excéntrica, o loca, o vieja, me regaló un último recuerdo. Black, a través del cristal, hizo como que me filmaba con una cámara de cine. Un segundo después, se despidió con la mano y me lanzó una última sonrisa.

Al día siguiente encontraron su cuerpo en su celda, se había ahorcado con las sábanas. El mundo se hizo eco de la noticia de la muerte del gran James Black, y sus películas, que habían sido repudiadas durante los meses posteriores a su detención, volvieron a copar las emisiones de todo el país. La muerte del monstruo había hecho que el mundo perdonase sus atrocidades. Por mi mente pasaron todas las ocasiones en que humillé, golpeé o ninguneé a Miranda. Y me hice una última pregunta para la que no quería encontrar una respuesta: ¿acaso mi muerte haría olvidar las mías?

## Epílogo
# La extraña familia

*Hidden Springs*
*Unos meses después*

La calidad de imagen de la vieja televisión de tubo apenas dejaba ver bien el rostro de James Black saliendo del furgón de la policía con las esposas puestas, pero en ella se intuía perfectamente la tristeza que transmitían sus movimientos. Varios agentes intentaban, en vano, tapar con las manos las cámaras para evitar mostrar al mundo el recorrido que debía hacer el detenido desde el furgón policial hasta la entrada de la prisión estatal de California.

Al ver la pantalla, Jeremie gritó:

—¡Miranda, Anne, Mandy! ¡Corred, venid! Ha pasado algo.

—¿Qué pasa? —dijo Anne, al tiempo que salía de una de las habitaciones con un trapo húmedo en la mano.

Un instante después la siguió Miranda.

—¿Dónde está Mandy? —preguntó Miranda.

—Creo que fuera —respondió Jeremie.

Miranda se acercó a la ventana y la vio sentada en una silla de madera en el pequeño porche, mirando hacia los árboles.

—Mandy, creo que deberías ver esto. Es sobre Black.

Mandy volvió la mirada hacia ella y, al levantarse, dejó ver una incipiente tripa de cinco meses. Cuando entró, Miranda la rodeó con el brazo y desvió la mirada hacia la pantalla.

Mandy, seria, se acarició suavemente la tripa y se mantuvo atenta a la pantalla.

—Sube el volumen —dijo Jeremie—. Que papá también lo escuche.

La voz de la presentadora inundó la cabaña:

—El vicedirector de la prisión estatal de California acaba de confirmar, en una rueda de prensa convocada de urgencia, que James Black, el aclamado cineasta y director de la película *La gran vida de ayer*, detenido hace unos meses por su implicación en la muerte de Paula Hicks en 1976 y cuyo cadáver se encontró recientemente en un lago en Hidden Springs, ha amanecido ahorcado en su celda esta mañana. Esto supone un giro radical en los acontecimientos, puesto que estaba previsto que compareciese la semana que viene en el juicio que investigaba la causa.

La imagen cambió a la del vicedirector de la prisión que se encontraba frente a un atril con decenas de micrófonos apuntando hacia él. El rótulo al pie de la imagen decía, en letras blancas: «James Black se suicida una semana antes del juicio por asesinato».

La voz de la presentadora continuó:

—Por lo visto, en los últimos días, la policía había analizado el vehículo en el que Paula Hicks se precipitó desde una altura de más de treinta metros y descubrió que los cables de los frenos habían sido cortados. La relación del cineasta con la joven se descubrió al filtrarse a la prensa una versión piloto de la película de James Black, *La gran vida de ayer*, grabada de modo *amateur* por este en 1976, y cuyas imágenes les ofreceremos a continuación. En la cinta, que había estado oculta durante años, se observa el vehículo de Paula Hicks cayendo por un precipicio, al igual que ocurre en la famosa película, pero en este caso no se trataría de una actuación sino de un accidente real, provocado por el cineasta. La aparición de Paula Hicks fue posible gracias a la búsqueda de Miranda Huff, que había huido de su marido tras descubrir que supuestamente había asesinado a Jennifer Straus en una cabaña en Hidden Springs.

—Ya está —gritó Anne—. ¡Ya está!

—Ha terminado —susurró Jeremie—. Ha terminado. No me lo puedo creer.

—¡Papá! ¡Ha funcionado! —gritó Anne, corriendo hacia el dormitorio—. ¿Recuerdas que te prometí que el mundo sabría la verdad? —susurró Anne, al oído de su padre, que tenía los ojos cerrados.

De su boca emanó un suave aliento que ella interpretó como un sí.

—James Black ha muerto, papá —susurró, con lágrimas en los ojos—. Y el mundo entero sabrá qué pasó con nuestra madre. ¡Ha terminado!

Al escuchar la palabra «madre», Jeff abrió ligeramente los ojos. Anne le susurró que no se esforzara, pero era demasiado tarde.

—Gra...gracias, Anne. Vuestra... vuestra madre... no se merecía lo que... lo que le pasó.

Anne estaba eufórica y Jeremie también se acercó, con una sonrisa, hasta el lecho de Jeff.

—Fue todo idea de Miranda —dijo Anne, señalando hacia fuera de la habitación—. Ella lo ideó todo. Su cabeza es... es perfecta. Lo conseguimos papá. ¡Lo conseguimos! La cabaña, la película, la desaparición, la muerte de Jennifer. ¡Todo funcionó! ¡Todo!

Jeff tosió con fuerza y, cuando parecía que iba a hablar de nuevo, una lágrima le recorrió la mejilla.

—¿Qué pasa, papá? ¿Te encuentras bien? ¿Necesitas agua? —se preocupó Anne, algo confundida.

—De...decid... decidme que no... que no tenéis nada que ver con... con lo de... esa chica —dijo en un susurro.

Anne se sorprendió.

—Bueno... no... quiero decir... es lo que había que hacer, papá. Era... necesario.

La tos de Jeff volvió con fuerza. Cuando por fin logró controlarla, el rostro arrugado y lleno de cicatrices de Jeff se cubrió, en pocos segundos, de lágrimas. Jeff lloraba mientras respiraba con dificultad.

—¿Por qué lloras, papá? —inquirió Anne, realmente confundida—. Al fin todo ha terminado.

Jeremie frunció el entrecejo, nervioso y se acercó a su hermana poniéndole un brazo encima.

—¿Te encuentras bien, viejo? ¿Qué te pasa? ¿Por qué lloras? —susurró Jeremie, en tono comprensivo.

Los labios de Jeff comenzaron a temblar y pareció luchar por decir algo en voz alta.

—¿Qué quieres, papá? No te esfuerces, por favor —dijo Jeremie.

—So..., sois..., pe..., peores que Black.

Anne se quedó helada. Sintió un escalofrío recorriéndole el pecho y su expresión se transformó, en un instante, de la confusión al terror. Jeremie se agachó con rapidez hacia su padre, en un intento desesperado de comprenderlo.

—¿Por qué dices eso? ¿Por qué?

Jeff susurró algo, moviendo la cabeza en dirección a su hijo, y él se acercó, tratando de descifrar qué decía. Jeremie escuchó con atención y cuando consiguió darle forma al siseo de la voz de su padre, sus ojos se inundaron de lágrimas: «Eres un asesino».

Un instante después, Jeff volvió a la posición inicial, y la mano de Jeremie buscó encontrarse con la de Jeff, pero este la apartó en cuanto sintió la de su hijo. Con escasas fuerzas y temblando, Jeff cerró los ojos, y Anne, asustada al verlo rechazándolo, echó desesperadamente su cabeza sobre el pecho de su padre, intentando sentir su cariño.

Miranda observó la escena, triste desde el salón, donde se había quedado con Mandy.

—¿Te encuentras bien? —le dijo—. Tú y Black..., bueno, estabais muy unidos.

—Bueno..., en parte es triste, ¿no crees?

—¿Su muerte?

—Haber dedicado tantos años a alguien así. Lo hice por admiración a él y a su cine, ¿sabes? Lo admiraba de verdad. Siento que si hubiese sabido antes lo que hizo, no hubiese tirado tantos años de mi vida asistiéndolo en todo. Me da rabia no haberlo visto antes.

—Yo también he cometido el mismo error y aquí estoy. Ryan no llegó a ser así, pero..., pero quién sabe de qué hubiese sido capaz si hubiese seguido a su lado. Ahora estoy en paz. En realidad —se corrigió—, me siento más viva que nunca —dijo Miranda, sonriendo relajada.

—¿Cómo puedes estar tan tranquila? —le interrogó Mandy—. No sé si esta era la mejor manera de... de cambiar las cosas.

Miranda permaneció callada unos segundos, y sintió un dolor punzante en el pecho al recordar a Jennifer.

—Tuve que elegir. A veces uno tiene que sacrificar lo que es para poder seguir adelante. Créeme que nunca seré la misma. Es imposible volver atrás, pero... era ella o yo. Este es un mundo salvaje, y de algún modo hay que sobrevivir.

Mandy asintió, confundida.

Miranda se acercó y posó su mano sobre la tripa de Mandy.

—Por primera vez en mucho tiempo —susurró Miranda— tengo la sensación de haber formado una familia.

—Supongo que tengo que... agradecerte no haberme dejado que lo hiciese a pesar de..., bueno, de ser de Ryan.

—Esa preciosa niña que crece dentro de ti nunca será de él, Mandy. Los hijos son de quien los quiere. Y te aseguro que en esta casita, amor es lo único que nunca le va a faltar.

Mandy asintió una vez más y le hizo una última pregunta que necesitaba que respondiera:

—¿Cómo lo supiste? ¿Cómo supiste que estaba embarazada de Ryan?

—Tiene una explicación muy simple. Un día, hace solo unas semanas, y cuando ya estaba viéndome con ellos, llamaste por teléfono para localizar a Ryan, supongo que para decírselo. Saltó el contestador y escuché el mensaje que le dejaste. No fue algo que dijeses explícitamente, pero sí la manera en que..., digamos, que comprendí lo que pasaba.

—¿Podrás perdonarme algún día por lo que pasó?

—Creo que nunca has conseguido hacer que te odie. Ni tan siquiera con aquello. Te aprecio mucho, Mandy.

Mandy se dejó abrazar por Miranda y acto seguido, desvió la mirada hacia el dormitorio, en el que veía a los dos hermanos arrodillados junto a su padre, llorando y sintiendo sus últimas energías.

—¿Sabes? Ya he pensado cómo quiero que se llame —dijo Mandy.

—¿Ya tiene nombre? ¡No me lo creo! ¿Cómo se llamará nuestra pequeña estrella?

—Paula. Creo que es un nombre que, de un modo u otro, ha creado esta familia tan... extraña.

Miranda sonrió, y Mandy le devolvió el abrazo. Pero cuando quisieron darse cuenta, los cuerpos de Anne y Jeremie también las rodeaban.

Los cuatro, unidos y aplastados por el cine, permanecieron así juntos, sintiendo ese abrazo en grupo y el calor de sus corazones. Miranda se dio cuenta entonces de que Anne y Jeremie estaban llorando y que acababan de apagar la lamparita de la habitación donde descansaba Jeff. Aquella luz nunca se apagaba, porque a Jeff le gustaba ver algo de claridad en la oscuridad de sus ojos cerrados. De ese modo, él recordaba la penumbra que había en una sala de cine antes de comenzar la proyección. Miranda se separó de ellos un instante, miró sus ojos y comprendió en un momento por qué habían apagado la luz. Un gesto insignificante pero a la vez radical. De pronto sintió una punzada en el corazón, pero no por Jeff sino por Jennifer. Miranda vislumbró que había cruzado una línea negra sin vuelta atrás, que se había sumergido en un pozo oscuro del que nunca saldría, y se dio cuenta de que nunca volvería a poder disfrutar de nada sin que el agua teñida de rojo que fluía como un remolino hacia el sumidero de la ducha la persiguiese en sueños. Pero aún en esa oscuridad, en esa nueva Miranda, oscura y gris, una diminuta parte de ella, escondida en el fondo de su alma, también fue consciente de que formaba parte de algo distinto, y que la complicidad entre ellos cuatro ya no requería palabras. Los abrazó otra vez, fuerte, y les susurró entre sollozos:

—Nosotros siempre estaremos fundidos a blanco.

# Agradecimientos

Gracias a Verónica, por convertirse en el pilar más fundamental en el que inspirar mis palabras, y a mis pequeños Gala y Bruno, por ser las pequeñas estrellas de mi vida.

También gracias a mi editor Gonzalo, por sus audios, porque merecen formar parte de un libro, y por entrar en mi familia con la suya.

Gracias a Ana, porque a pesar de la distancia y de mis *e-mails* a deshoras, parece que está a la vuelta de la esquina, siempre atenta y con la palabra de ánimo correcta.

Gracias, también, a toda esa gente que consigue que esta novela llegue a tantos lugares del mundo. Hablo de Conxita, María Reina, Rita, Ana, Mar, Laura, Carlota, David, y de un sinfín de personas que empujan al libro con cariño, que lo muestran con mimo y lo recomiendan con ilusión, que no se ven pero que están ahí, por todas partes, para convertirlo en algo gigantesco que escapa de mi control.

Gracias a los libreros, por acogerme a mí y a mis lectores con los brazos abiertos en cada una de las firmas, y por dejarme ocupar un pedacito en sus estanterías.

Siempre me guardo el trocito más especial de la hoja, el final, para vosotros, para los que llegáis hasta aquí con el corazón en vilo y con ganas de más. Gracias, lectores, por las horas de sueño robadas, por los suspiros al final de los capítulos, por los abrazos en las firmas, por las lágrimas de emoción, por las largas esperas para que nos veamos, por esa opinión en internet que significa tanto, por hablar del libro con vuestros amigos y familiares, por decirme qué partes os han gustado más y cuáles os han hecho seguir avanzando, por enamoraros de algún personaje y por odiarlo al conocerlo y también por odiar a uno de ellos y llegar a quererlo al descubrirlo de verdad, pero en especial, GRACIAS, por perderos una vez más en una historia de un pequeño escritor que solo intenta robaros un suspiro.

Gracias, con toda mi alma.

Nos vemos pronto, en Hidden Springs.

**Javier Castillo** creció en Málaga y estudió empresariales y un máster en Management en ESCP Europe. Ha trabajado como consultor de finanzas corporativas, pero abandonó los números a raíz del éxito de su primera novela, *El día que se perdió la cordura* (Suma), convertida en un fenómeno editorial, publicada en Italia, México, Colombia, Argentina y Portugal y próximamente en Turquía, Japón y Corea. Asimismo los derechos audiovisuales han sido adquiridos para la producción de la serie de televisión. Su segunda novela, *El día que se perdió el amor* (Suma), afianzó a Javier Castillo como maestro del suspense y ambas novelas llevan vendidos más de 300.000 ejemplares en España. *Todo lo que sucedió con Miranda Huff* es su tercera novela y supone su confirmación como uno de los mejores escritores del género.